馳 星周
Hase Seisyu

Lost In The Turf

ロスト・イン・ザ・ターフ

文藝春秋

ロスト・イン・ザ・ターフ

1

大井競馬場は相変わらず混み合っていた。倉本葵《くらもとあおい》は手にしていた競馬の予想紙を折り畳《たた》み、団扇《うちわ》代わりにして顔の周りを煽《あお》った。

日はとうに沈んでいるが、気温は優に三十度を超えている。人いきれで体感温度は増すばかりだ。

大井競馬場では三月下旬から十二月下旬まで、〈トゥインクルレース〉と銘打ってナイター競馬を催している。競馬が開催される夜は、仕事帰りのサラリーマンなどでごった返すのが常だ。中には競馬そっちのけでデートに勤《いそ》しむ若者たちもいる。入場料の安い競馬場は、デートにうってつけの娯楽施設でもあった。

「葵、早く。もうすぐパドックがはじまるぞ」

前方の人混みの中で前島芳男《まえじまよしお》が振り返った。和田和美《わだかずみ》と石井健吾《いしいけんご》が一拍遅れて振り返る。三人とも葵が営む競馬バー〈Kステイブル〉の常連客だ。

「そんなに急がなくてもパドックには間に合うでしょ」

葵は予想紙で胸元を煽ぎながら応じた。パドックというのは出走前の競走馬たちの馬体の仕上がり具合やテンションの昂ぶりを客が確認するために行われるものだ。競走馬たちはパドック――下見所と呼ばれる小さな周回コースを歩く。馬券検討のためにパドックを重要視する者もいれば、プロでもないのに馬体を見ても馬のよさはわからないと軽視する者もいる。

実際、パドックで馬を凝視したところで馬券が当たるわけでもない。堂々とした馬体の馬が勝つこともあれば、だれが見ても貧弱に見える馬が勝つこともある。レースが終わるまではどの馬が勝つかはだれにもわからないのだ。

葵は馬券の購入とは関係なく、パドックを見るのが好きだった。競走馬を間近でじっくり見ることができるのはパドックだけだからだ。

ひとくちに馬と言っても、体つきや気性は千差万別だ。

栗毛、鹿毛《かげ》、黒鹿毛、青鹿毛、芦毛に白毛と体の色だけでも何種類もある。スプリンターの馬は胴が詰まってずんぐりしている馬が多く、中長距離馬はすらりと四肢の長い馬が多い。おっとりした馬もいれば、怖がりだったり怒りん坊だったり気性も様々だ。

レースはあっという間に終わるが、パドックではゆっくり時間をかけて馬を観察することができる。

「早く、早く」

前島が声を荒らげた。せっかちなのは飲んでいるときと変わらない。

「わかった。うるさいなあ、もう」

葵は顔をしかめ、歩く速度を上げた。額に汗が浮いてくるのがわかる。不快だが、拭《ぬぐ》えば化粧も落ちてしまう。三十歳を過ぎたあたりから肌の張りが気になりはじめた。すっぴんで人前に出られるほどの度胸はない。

「ほんと暑いわね。こんなんだったら、クーラーの効いた部屋でテレビ観戦してればよかった」

前島たちに追いつき、愚痴をこぼす。

「それはないよ、葵ちゃん。店が休みの時に久しぶりに競馬場に行きたいって言ったのは葵ちゃんだぜ」

石井が言った。

「こんなに暑いとは思わなかったんだもん」

「週に六日、冷房ガンガン効かせたバーで働いてりゃ、八月の夜の暑さなんて忘れるってか」

和田が予想紙を睨みながら続く。

「きんと冷えたビール飲みたい」

葵はフードコートの方に目をやった。

「パドック見終わったらな」

前島に促され、後ろ髪を引かれながらパドックに移動した。

「人が多くてちゃんと見れないな」

石井が肩から吊していたミラーレスカメラを手に取った。大きな望遠レンズが装着されている。

石井はサラブレッドの写真を撮るために、大井をはじめとする南関の競馬場は元より、中央や地方の全国の競馬場を渡り歩いている。写真の腕はプロ並みで、葵の店にも石井の撮ったサラブレッドの写真が飾られている。

「ほんと、よく見えない」

パドックの前列はすでに人で埋め尽くされている。

「重賞でもないのになんなの」

「肩車してやろうか」

和田が言った。

「やめてよ」

人混みの向こうで、次のレースに出走する馬たちが姿を現した。厩務員に引かれてパドックを周回しはじめる。

葵は予想紙に目を落とした。

「えっと、芦毛の馬は……」

「また芦毛かよ。ほんと、女は白毛とか芦毛が好きだよな」

和田が笑った。芦毛というのは馬体に白い毛が混じった毛色で、年をとるにつれて体全体が白くなっていくことが多い。

白馬の王子という言葉があるように、葵の店に来る競馬ファンの中でも、女性は芦毛や白毛の馬に魅了されることが多い。もちろん、葵も例外ではなかった。

このレースに出走する芦毛は一頭だけのようだった。九番のウララペッツという馬だ。

「九番――」

葵はパドックに目を転じた。背伸びをする。ファンの頭越しに、七番のゼッケンをつけた馬が通り過ぎるところだった。

続いて八番の馬がやって来て、そのすぐ後ろに白い馬体が見えた。白毛かと見紛《みまが》うほどに白い。葵はまた予想紙に視線を落とした。九歳の牡馬《ぼば》と表記されている。

「もう九歳なんだ。そりゃ、白くなるわよね」

呟きながら顔を上げると、芦毛の馬と視線が合った。

「えっ――」

ウララペツはゆっくりとパドックを歩きながら、葵のいる方に顔を向けていた。

なぜだかわからないが、鼓動が速まった。

ウララペツは理知的な整った顔立ちをしており、白い顔のなかにある黒い目は、見ているだけで吸い込まれそうになる。

いつまでも見ていたい――葵は思った。

これまでたくさんの馬を見て来たが、こんな気持ちに駆られたのは初めてだった。

ウララペツが前を向いた。厩務員に引かれながらパドックを進んでいく。葵は呪縛が解かれたような気がして、息を吐いた。

「すみません。すみません」

声を出しながら、強引にパドックに群がるファンの間を突き進む。葵を非難する声が聞こえてきたが、すべて耳を素通りした。

あの馬を、ウララペツをもっと近くで見たい。その一心だった。

最前列に来ると、葵は息を整えた。目の前を十三番のゼッケンをつけた馬が通り過ぎていく。唯一の芦毛馬はパドックでもひときわ目立っていた。発達したトモ――後肢の筋肉が歩くたびにうねるのがわかる。

早く来て、早くこっちに来て――心が逸り、居ても立ってもいられない。

この感覚には覚えがある。小学校六年生の春、札幌からひとりの男の子が転校してきた。その子を一目見た途端、心臓がばくばく言いはじめ、息が苦しくなった。

一目惚れ？　馬に？

葵は首を傾げながらウララペッツの姿を追った。パドックを一周し、再び葵の方に向かってくる。

ウララペッツがまた、葵を見た。思い込みではない。間違いなく葵を見ている。

胸の鼓動がさらに速くなった。肋骨や筋肉を突き破って飛び出してしまいそうだ。頬が熱い。息が苦しい。

あの大きな馬体に抱きついて頬ずりしたい――制御不能な感情が葵を支配していく。

葵は近づいてくるウララペッツに手を振った。ウララペッツがぷいと顔を背けた。慌てて手を下げる。

ウララペッツがすぐ近くまでやって来た。その姿を脳裏に焼き付けようと凝視する。胴が長く四肢がすらりとした体型は中長距離馬のそれだ。足取りは軽やかで、レースがはじまればどこまでも駆けていきそうな雰囲気を漂わせている。

貴公子という言葉が頭の中で躍った。

そう。ウララペッツほど貴公子という言葉が似合う馬はいない。

ウララペッツが通り過ぎていくと、葵は踵《きびす》を返した。再び人混みを掻き分けて進んでいく。和田たちが呆れたような視線を向けているのに気づいた。

「驚いたね、葵ちゃんがあんな特攻するとは」

人混みを抜け出ると、石井が言った。

「どの馬が気になったのかな?」

「石井さん、九番のウララペツっていう馬、写真たくさん撮って。お願い」

石井が目を丸くした。

「葵ちゃんに馬の写真撮ってくれなんて頼まれるの、初めてだぞ」

「ウララペツだって?」

前島が細めた目をパドックに向けた。

「メジロマックイーンのラストクロップだぞ」

メジロマックイーンという馬名が、また昔日の記憶を掘り起こす。

父は大の競馬好きだった。その父がなによりも愛していた馬がメジロマックイーンだ。芦毛の馬体の長距離馬。メジロマックイーンがレースに出る日曜は、父は朝からそわそわと落ち着きがなく、レースがはじまればはじまったでテレビの前に陣取って、声を嗄《か》らして応援していた。

そんな父を、母と葵は冷めた目で見ていたのだが、兄の聡史《さとし》は父に感化されて一緒に競馬を観るようになっていった。

「本当?」

葵はまた予想紙に目を落とした。ウララペツの名の横に、父としてメジロマックイーンの名前が記されている。

ラストクロップというのは、その種牡馬《しゅぼば》の最後の世代の産駒という意味だ。

「マックイーン産駒はあんまり走らなかったからな」

和田が言った。

「オルフェーヴルとかゴールドシップの登場で母父としてのマックイーンの名前は残ったけど、産駒はな」

石井が同調する。

オルフェーヴルはステイゴールド産駒でクラシックと呼ばれる三歳馬の大レースすべてを制して三冠馬になった。ゴールドシップも同じくステイゴールドの仔で、クラシックをふたつ制している。ともに、母方の祖父はメジロマックイーンで、ステイゴールドとメジロマックイーンはニックスだと騒がれていたことは葵も知っている。ニックスというのは優れた馬が誕生することの多い黄金配合という意味だ。

「馬券、買わなきゃ」

葵は言った。

「もう予想終わったのかよ？」

前島が目を丸くする。

「ウララペツの単複買うの。馬券買い終わったらゴール近くの最前列に移動するから、後で合流して」

葵は三人をその場に残し、馬券の券売機に向かって走り出した。

＊＊＊

「まったく、単勝に一万、複勝二万って、あの馬の戦績ちゃんと見たのかよ」

前島がビールを啜《すす》りながら葵を睨んだ。葵たちが卓を囲んでいるのは秋葉原にある居酒屋だった。店主が競馬好きで、競馬ファンが集まる飲み屋として一部で知られている。

「当たる当たらないはどうでもよかったの」

葵は焼き鳥を口に放り込み、レモンサワーで胃に流した。

ウララペッツはなんの見せ場もないまま、八着でレースを終えた。だが、そんなことはどうでもよかった。パドックを周回する姿も素敵だったが、実際にレースを走るウララペッツはもっと素敵だった。

目を閉じれば、前を走る馬が蹴り上げる砂をもろともせずに走るウララペッツの姿が浮かぶ。真っ白い馬体が砂で汚れても、その気品が失われることはなかった。

馬券は配当を得るためだけに買うものではない。目の前の男たちにはそれがわからないのだ。

「それにしても、この馬主、辛抱強く使ってるよな」

予想紙に目を落としていた石井が言った。

ウララペッツは二〇〇七年生まれの牡馬で、これまでに九十戦以上のレースで走っている。一着になったのはたったの三回だけで、最後に勝ったのも五年前だ。

競走馬は金がかかる。調教師に預託料を払わなければならないし、馬を移動させるにも馬運車を雇わなければならない。レースでいい着順を残して賞金が入ればいいが、ウララペッツのような成績ではそれも難しい。普通なら、引退させられていてもおかしくはなかった。

「マックイーンのラストクロップだからっていうのがあるのかもしれないな」

和田が烏龍茶を飲みながら言った。和田は下戸なのだ。

「うん。この成績の馬を走らせ続けるっていうのは、ロマンしか考えられないもんね」

石井がうなずく。

「馬主は穴澤芳樹《あなざわよしき》さんか。他にも何頭か南関に持ってるよね」

地方の競馬場は日本各地に点在するが、大井、川崎、船橋、浦和の四場は〈南関〉と呼ばれ、関東地方公営競馬協議会が主催している。他の地方競馬に比べると賞金も高く、レースの質も高かった。

「そういうのは中西《なかにし》さんが詳しいんじゃないか。自分も南関の馬主だし」

前島が葵の店の常連客の名を口にした。

「そうだね。中西さんに頼んで馬主紹介してもらえば、ウララペツに会えるかもしれないよ」

石井が言った。

「いいの。わたしは応援するだけ。前島さん、ウララペツが出走するレースがわかったら教えてね。店閉めて応援に行くから」

「Kステイブルが閉まってたら、おれたち、どこで飲めばいいんだよ」

和田が顔をしかめた。

「飲み屋なんかいくらでもあるでしょ。わたしは決めたの。これから引退するまで、ウララペツを応援し続ける」

「葵ちゃんってそういうキャラだっけ?」

石井が首を傾げた。

「いいから、今日撮った写真見せて」

石井を促し、デジタルカメラを受け取る。ボディの背後にある液晶画面に、ウララペツの勇姿が映し出されていた。

「カッコいい」

葵は写真に見とれ、呟いた。三人がわざとらしい溜息を漏らす。

「夢見る乙女だぜ、おい」

「女子高生みたいですね」

「ウララペツの一物想像してるんじゃないか」

「うるさい！」

葵は三人を一喝し、ウララペツの写真に没頭しはじめた。

2

あれからウララペツは二度競馬に出、二度とも着外に敗れた。葵は店を休んで大井競馬場に応援に出かけたが、出るのは溜息ばかりだった。

ウララペツがいい結果を残せないことへの溜息と、もっと頻繁にウララペツの走る姿を見たいという溜息だ。

開店準備の手を止め、壁に飾った額装した写真を眺める。ウララペツに出会った日に、石井が撮ってくれたレース中の写真だ。飛んでくる砂をものともせず、しっかりと前を見つめて走る姿が捉えられている。

走る姿にも非の打ち所がない。なにも知らない人間が見れば、レースを勝った馬の写真だと思うだろう。

ウララペッツは北海道の馬産地、日高地方の浦河町で生まれた。生産したのは小野里《おのざと》牧場。馬名の由来は、〈霧深き川〉という意味のアイヌ語で、浦河町の語源だとも言われている。

「霧深き川だなんて、名前まで素敵じゃないの」

葵は小さく首を振り、お通しの調理を再開した。

ウララペッツは日高のセリで穴澤芳樹に競り落とされ、二歳の秋にJRAでデビューを果たした。デビュー四戦目で待望の初勝利を飾ったが、その後の成績はぱっとせず、三歳の夏に地方競馬の大井に移籍した。初めのころは二、三着に食い込むなど、さすがは中央からの転入馬と注目を浴びたが、四歳時に二勝をあげただけで、たまに馬券に絡む活躍を見せるものの好調は長続きせず、今では当てにならない穴馬という評価に落ち着いている。百戦三勝、二着五回、三着十一回というのがウララペッツの全成績だ。

普通ならとうに現役を退いて、廃用にされてしかるべき惨憺たる成績である。

競馬で輝かしい成績をあげられなかった馬たちが引退後に辿る道は険しい。牝馬《ひんば》ならば生まれ故郷の牧場に帰って母になるという道があるが、牡馬は乗馬に転身を図るか、食用の肉にされるかしかないのが現実だ。

馬は大きい。一頭の馬を飼育するのにかかる経費は、一年で最低百万円はくだらないと言われている。馬主にとっても、牧場にとってもその金額は大きな負担なのだ。

ウララペッツがこの成績でも現役を続けていられるのはメジロマックイーンのラストクロップだか

らだと前島たちは口を揃える。

それ以外に、この成績の馬を走らせ、調教師に預託料を払い続ける理由が見当たらないからだ。

「穴澤さん、ウララペツを走らせ続けてくれて、ありがとうございます」

ガスコンロの火を止め、ダスターを手に取る。開店時間まであと十五分しかなかった。今日は浦和で競馬の開催があった。浦和まで遠征していた猛者《もさ》たちの予約が入っている。

七時をわずかにまわった頃、予約客がやって来た。前島を筆頭に五人。ほとんどが常連客だったが、ひとり、見慣れぬ顔が混じっていた。

前島たちはいつものテーブル席に陣取った。ナイターがあるときにレース中継を映し出すモニタがよく見える席だ。

「生？」

葵は前島に訊いた。前島が首を振った。

「ビールは競馬場でしこたま飲んできたから、ボトル出して――金本《かなもと》さん、焼酎でいいですか？」

前島が見慣れぬ顔の男に声をかけた。金本と呼ばれた男はドリンクメニューに手を伸ばした。五十代ほどの背の低い男だ。着ているスーツは高そうでネクタイのセンスもいい。

「あ、ラフロイグがあるんだ。じゃあ、ボトルで入れてくれる？　オンザロックで飲むから」

金本が頼んだのは癖の強いシングルモルトウイスキーだ。

「かしこまりました」

「とりあえず、ラムチョップステーキと焼きそば人数分。焼きそば、先に出してくれる？　みんな、腹ぺこなんだ」

「大急ぎで作るわね」

葵は微笑《ほほえ》み、厨房に戻った。前島たちが席を立ち、グラスや氷を勝手に用意していく。アルバイトを雇わずともなんとか店をやっていけるのは、常連たちのこうした気遣いがあるからだ。

葵は酒のボトルが並んだ棚からラフロイグを見つけだし、カウンターに置いた。

「前島さん、このウイスキーお願いね。わたしは焼きそばに取りかかるから」

「おう」

前島がカウンターに近寄ってきた。

「金本さん、南関の馬主やってるんだ。ウララペッツの穴澤さんのことよく知ってるみたいだから連れてきたよ。話、聞いてみたいだろ？」

「ほんと？」

葵は思わず金本を見つめた。

「どうせ他の客は来ないだろうし、料理作り終えたらテーブルに来ればいい」

「お客さん、来るかもしれないじゃん」

葵は唇を尖らせた。競馬バーともなれば、競馬ファンは喜んでくれるが、競馬に興味のない人間は敬遠するのが普通というものだ。

〈Kステイブル〉が混雑するのは中央競馬の開催がある土日で、平日は閑古鳥が鳴いていることの方が多かった。

お通しを盛った小鉢をトレイに並べると、葵は焼きそばの調理に取りかかった。五人前を一遍に作るのは相当な重労働だ。この店を引き継いでからは、二の腕が倍以上太くなったように感じる。

ＯＬ時代なら泣きたくなるところだが、今はもうなんとも思わない。料理に必要な筋肉がついただけなのだ。

　大鍋を振っているうちに額に汗が浮いてくる。十月になってだいぶ涼しくなってきたが、火を使う厨房は真夏のような暑さだ。最初の頃は念入りにメイクを施《ほどこ》していたが、すぐに薄化粧に変えた。厚塗りで調理するのは面倒だし不衛生だ。彼氏を探しているわけじゃないのだから、すっぴんでなければそれでいい。

　焼きそばを作り終え、皿に盛ると前島たちに声をかけた。男たちが焼きそばを運ぶのを横目で確認しながらラムチョップの準備に入る。

　聡史が店をやっていた頃から、ラムチョップのステーキはこの店の看板料理だった。使うのは北海道から取り寄せている国産のラムで、聡史から教わった秘伝のスパイスをまぶして香ばしく焼き上げる。

「葵、ラム餃子三人前と、海鮮サラダ二人前追加よろしく」

　前島の声が響いた。

「了解！」

　葵は元気よく応じた。

　前島は平日に競馬仲間を誘ってよく利用してくれる。店の経営状態を案じてくれているのだ。ありがたくて涙が出てくる。

　葵は熱したフライパンにラムチョップを並べると、海鮮サラダの準備に取りかかった。

＊＊＊

注文された料理をひととおり作り終えた時には、夜の八時をまわっていた。一時間以上、フライパンと格闘していたことになる。

さすがに疲れを感じ、看板の明かりを落とした。前島の言うとおり、客は来ない。だったら、酒宴に加わって、金本からウララペツの馬主の話を聞く方が楽しいというものだ。

エプロンを外し、中ジョッキにサーバーで生ビールを注いだ。額の汗を拭い、まくっていた袖を元に戻すと前島たちのテーブルに向かった。

「お邪魔します」

笑顔で前島の隣に腰を下ろす。金本が向かいに座っていた。

「やっぱり、客来ないな」

前島が笑った。

「うるさい」

葵はぴしゃりと言い、金本に向かってジョッキを掲《かか》げた。

「店主の葵です。今後ともご贔屓《ひいき》に」

「どうも。金本と申します。代々木にこんな素敵な店があるとは知りませんでしたよ」

葵と金本は乾杯の仕草をして酒に口をつけた。ラフロイグのボトルはすでに三分の二近くまで減っていた。相当に行ける口なのだろう。

「本当は新宿とか渋谷がいいんですけど、家賃を考えると……」

「家賃があがると酒や料理の値段も上がるだろ。客の大半は競馬ですっからかんになった連中なんだから、これぐらいの場所がちょうどいいんだよ」

前島が笑った。顔が真っ赤だ。金本に付き合っていつも以上に飲んでいるらしい。

「金本さん、このママが浦和で話してたウララペッツの大ファンなんですよ」

「ああ、あなたが。ウララペッツを応援してるってことは、マックイーンのファンですか」

「メジロマックイーンは父が大好きな馬でしたけど、わたしはまだ子どもで競馬には興味がなくて。競馬を見たり馬券を買ったりするようになったのは、この店をはじめてからなんです」

「亡くなったお兄さんの遺志を継いだとか」

「この店が潰れるようなことになったら、あの世から呪ってやると言われたんで」

葵は微笑んだ。

「聡史は本当に競馬が好きだったからな。競馬好きが競馬を肴に酒を飲む。それがこの店のコンセプトなんですよ」

前島は聡史の大学の同級生だった。いつもふたりで連れ立って、キャンパスには行かずに府中や中山の競馬場に通っていた。中央の競馬がないときは南関だ。それすらないときは地方の競馬場にもよく遠征していた。

卒業後、聡史は一般の企業に就職し、前島は家業の和菓子屋で働きはじめた。浅草に本店を持つ老舗だ。社会人になってからもふたりは肩を並べて競馬場へ行き、聡史が脱サラして競馬バーをはじめるときには親に頼み込んで幾ばくかの出資をしてくれたのだ。

「穴澤さんってどんな馬主なんですか?」

話が一段落したところで、前島が金本に話を振ってくれた。

「ウララペッツの馬主さんね。変わった男だよ」

金本は小さく首を振り、ウイスキーの入ったタンブラーに口をつけた。

「競馬場に来ても、他の馬主とはほとんど口も利かないで、自分の馬の出走するレースを双眼鏡で見てるだけなんだ。株のトレーダーだって話だけどね。持ち馬のレースが終わるととっとと帰っちゃうし、とにかく人付き合いが悪い」

「いくつぐらいの方なんですか?」

葵は身を乗り出した。

「四十前後かな。身だしなみはちゃんとしてるし、なかなかの男前だよ」

「確か、中央の馬主資格も持ってますよね? ってことは、株でかなり儲けてるってことかな」

前島が言った。中央でも地方でも、馬主になるには審査を受ける必要がある。馬を養うのに十分な収入があるか、あるいは反社会的勢力との繋がりはないか。公明正大なギャンブルを謳う競馬界は、馬主にも公明正大であることを求めるのだ。

地方の馬主資格に比べ、中央のそれは格段にハードルが高い。数千万円を超える収入や資産がなければ審査ではねられてしまう。

「羽振りはいいみたいだね。車もポルシェ・カイエンだし」

「そうなんですか……」

葵は頬杖をついた。

「人付き合いは悪いけど、中根《なかね》さんとは親しいみたいだよ。なんでも、馬主になるときに世話になったとかで」

「へえ、中根さんねえ」

前島が右の眉毛を吊り上げた。中根というのは南関の名物馬主だ。都内でパチンコ屋を数店舗経営し、中央の馬主になる資格も財力もあるのに南関の馬主であることに固執している。自分が所有している南関の馬で、中央の重賞を勝つのが夢だと公言してはばからない。この店にも二、三度顔を出してくれたことがある。

「中根さんが誘えば、穴澤君を連れてこられるかもしれないよ。頼んでみれば」

「こいつがそうしたいって言うならそうしてみます」

前島がうなずいた。

「こいつってだれのことよ?」

葵は唇を尖らせた。

「おまえに決まってるだろう」

「おまえって呼ぶなって口を酸っぱくして言ってるでしょ」

「昔からおまえって呼んでるからおまえって呼んでなにが悪い?」

「まあまあ、ふたりとも落ち着いて。夫婦漫才は客のいないところでやれっていつも言ってるでしょう」

前島の向かいに座っていた船山《ふなやま》が葵たちを窘《たしな》めた。

「すみません、金本さん。ママはおれの大学からのマブダチの妹なんです」

前島は頬を赤らめ、言い訳がましい言葉を口にした。

「なるほど。ぼくはてっきり君の彼女なのかと思っちゃったよ」

金本の発言に、他のみんなが爆笑した。葵は右手の壁に目をやった。ウララペツの写真に見とれる。

次の出走はいつになるだろう。必ず応援に行くつもりだ。勝たなくてもいい。とにかく無事にゴールまで駆け抜けて、また、元気な姿を見せてくれればそれでいい。

吐息を漏らし、グラスに口をつける。

前島たちは競馬談義に花を咲かせていた。

＊＊＊

下ごしらえに精を出していると、だれかがドアを開けて店内に入ってきた。

「開店は七時ですけど」

葵は包丁を操る手を止めて顔を上げた。

「葵ちゃん、大変だよ」

石井が血相を変えて駆け込んできた。

「どうしたの、石井さん？」

「これ見てよ」

石井はカウンターの上にカメラバッグを置き、中からスマートフォンを取りだした。

「メジロマックイーンの掲示板なんだけどさ」

スマホを操作し、現れた画面を葵に向ける。

〈ウララペツ、ついに引退だってさ〉

〈えええええっ、じゃあ、マックイーンの現役直仔、いなくなっちゃうじゃん。ショック〉

〈いつかこの日がくるとは思っていたけど……〉

「なにこれ？」

葵はスマホを奪い取った。画面に映し出されているのはメジロマックイーンのファンが集う掲示板だ。

「だから、ウララペツが現役引退だってさ」

「ちょっと待ってよ」

葵は画面に現れる文字を目で追った。

〈ああ、とうとうマックイーンの血筋が絶えるか〉

〈牝系は残るけど、牡系は絶えるね。この成績じゃ種馬にはなれっこないし〉

〈マックイーンは史上最強のステイヤーだったのに、どうして産駒はこうも走らないんだ？〉

葵はスマホから目を逸らした。これ以上は読み続けられない。

「引退って、本当なの？」

「どうかな。ネタ元は書いてないからガセかもしれないけど、あの競走成績で今まで現役を続けてこられたのも奇跡みたいなもんだし」

ウララペツはこの秋に二走したがどちらも結果はふるわなかった。

「引退したら、ウララペツはどうなっちゃうの？」

石井が俯いた。

「石井さん！」

「種馬になれない牡馬の引退後は葵ちゃんも知ってるだろう。奇特な引き取り手が現れるか、どこかで乗馬になるか……どちらもダメならお肉だよね」

「そんなの嫌よ」

「そんなこと言ったって……」

石井が溜息を漏らした。葵に付き合ってウララペツの応援に出向いている間に、石井もまたウララペツのファンになっていたのだ。

スマホの着信音が鳴った。葵は気乗りしないまま電話に出た。

「葵ちゃん、ウララペツが引退かもだって。聞いた？」

和田からの電話だった。

「今、石井さんが来て教えてくれた」

葵は答えた。自分でも妙に思えるほどぶっきらぼうな声だった。

「声、変だぞ。大丈夫？」

「大丈夫じゃない」

葵は答えた。膝に力が入らず、その場で尻餅をついてしまいそうだ。

「だよな。すぐそっちに行くから。石井にも待ってるように伝えて」

「わかった」

葵は電話を切った。

「和田さんも来るって」

「だよね」

石井がうなずいた。和田もまた、葵に付き合ってウララペッツの応援馬券――単勝と複勝を合わせた馬券を買い続けている内に、いつしかウララペッツの勝利を願うようになっていた。

「前島さんも呼ぼう」

石井がスマホを手に取った。

「そうね」

まるでだれかのお通夜のようだと思いながら、葵はうなずいた。

＊＊＊

「こうなったら、おまえが馬主になるしかないな」

前島がビールのジョッキをテーブルに叩きつけるようにしておいた。

葵は前島たち三人とテーブルを囲んでいた。他の客はいない。今日の南関は浦和で開催されており、そんな日は客がほとんど来ないのが当たり前だった。

「わたしが馬主に？」

「そうだ。ウララペッツの馬主になって、現役を続けさせるのさ」

「あ、それ、いい考えかも」

石井が素っ頓狂な声をあげた。

「中根さんに穴澤さんを紹介してもらって、ウララペッツを譲り受けるんだよ」

「わたし、馬主になれるような収入も財産もないわよ」

「所得が五百万あれば大丈夫だ」

前島が言った。

「ぎりぎりなんとかかなあ」

「石井、確か、馬主になるための申請してから許可が降りるまで、最低でも五ヶ月ぐらいかかるんだったよな？」

「ちょっと待って」

石井はレモンハイをひとくち啜ってからスマホを操作しはじめた。

「うん、規約に概ね五ヶ月って書いてあるよ」

「じゃあ、穴澤さんからウララペツを譲ってもらえることになったとして、最低でも半年近くは所有馬登録できないってことだよね。間に合わないよ」

和田が言った。

「そこはさ、預託料はこっちで持つから、しばらくは穴澤さん名義でやってくれって頼めばいいんじゃない？」

「とにかく、穴澤って男に会って話をしてみないとな」

前島がビールを呷《あお》った。

「ちょっと待ってよ」

葵は声を張り上げた。

「わたしが馬主になるっていうことが既定路線みたいになってるけど、わたし、馬主になるなんて一言も言ってないわよ」

「じゃあ、ウララペッツがお肉になってもいいわけ？」

石井が言った。

「それは嫌」

葵は首を振った。

「じゃあ、馬主になるしかねえじゃねえか。グタグタ言うなよ」

前島が自分のスマホに手を伸ばした。そのままどこかに電話をかける。

「もしもし、中根さんですか？　どうも、前島です。和菓子屋の〈いろは本舗〉の。どうも、ご無沙汰しておりまして」

前島は電話をしながら葵に視線を向けてきた。ついで、空になったジョッキに目を移す。お代わりを催促しているのだ。

葵はジョッキを持ってサーバーに向かいながら聞き耳を立てた。

「この前、一緒に行った競馬バーの葵ママの話覚えてらっしゃいますか？　……そう。ウララペッツっていう馬の虜になったって……そうです、そうです。でね、そのウララペッツが現役引退になるみたいなんですよ。だけど、あの成績じゃ種馬になんかなれっこないじゃないですか。どこかの乗馬クラブが引き取ってくれればいいけど、それもダメなら廃用ですよね——」

廃用という言葉に胸が痛んだ。殺して肉にするという意味だ。

「それで、ママが自分が馬主になってウララペッツの面倒を見たいって言ってるんですよ。まだ資格も持ってないし、本当の馬主になれるのは先の話なんですけど……ええ、それで、もし可能なら、穴澤さんを紹介してもらえないものかと思いまして」

ビールを注ぎ終え、急いでテーブルに戻る。

「そうですか。ありがとうございます。いつもお世話になるばかりで本当に申し訳ありません。それでは、ご連絡お待ちしております」

前島は丁重に礼を言って電話を切った。

「穴澤を紹介してくれるそうだ」

前島はビールに口をつけた。

「穴澤がこっちの話に耳を貸してくれるかどうかはわからんが、とりあえず、馬主資格の申請だけはしておこう。いいよな？　腹くくったんだよな？」

葵はウララペッツの写真に目をやった。短時間で、とんでもないところまで話が進んでしまっている。

わたしが馬主？　マジ？

写真の中のウララペッツは必死の形相でゴールに向かって駆けている。

あの子が死ぬのは嫌だ。生き物はいずれ死ぬということはわかっているけれど、それでも嫌だ。あの子を生かすためになにかできるなら、自分も必死になって前に進んでみよう。

「うん。今、腹くくった」

葵は前島に顔を向けた。

「よし。それでこそ聡史の妹だ」

前島が嬉しそうにうなずいた。

「景気づけに乾杯しよう」

和田がグラスを掲げた。

「葵ちゃんが無事ウララペッツの馬主になれることを祈念して、乾杯」

石井が乾杯の音頭を取った。葵たちはグラスを軽くぶつけ合った。

「馬主になったあとはどうするの？」

石井が言った。

「これだけ使ってきた馬を突然引退させるっていうんだから、多分、怪我だと思うんだよね」

葵はうなずいた。競走馬、特に牡馬の引退となれば、真っ先に考えられるのはなにかしらの怪我だ。次いで、加齢による衰え。しかし、ウララペッツは九歳とはいえ、着順は悪くても走る姿はまだ若々しいし、突然衰えたとは思えない。

「やっぱり、怪我なのかな？」

葵は首を傾げた。

「それにしたって、屈腱炎とか、競走能力を喪失するような大怪我だとは思えないんだよな」

和田がポテトチップスを頬張りながら言った。

「だから、怪我と加齢の両方が引退の理由なんじゃないかな。ってことは、葵ちゃんが馬主になってもウララペッツを現役の競走馬として走らせるのは無理があるかも」

「だったら、ただ馬を引き取って余生の面倒をみるってことになるのか」

前島が腕組みをした。

「種牡馬にするのは難しいのかな？」

葵はおずおずと口を開いた。ウララペッツが種牡馬になればいいというのは、ここのところずっと頭にあった考えだった。

「無理だよ」和田が笑った。「あの競走成績で種牡馬になったたって、牝馬を付けてくれる生産者なんていないに決まってる」

「だけど、マックイーンの血を引いてるんだよ」

石井が言った。

「それがなんだよ？　結局、走る馬が出なかったからマックイーンの牡系の血はこれで絶えるんじゃないか……ん？　待てよ」

和田がおでこに人差し指を押し当てた。なにかを考えるときの癖だ。

「マックイーンってヘロド系か？」

和田は石井に尋ねた。

「そう。滅びつつあるバイアリータークの血統」

「そうだよな。バイアリータークだ。だったら、その線で攻めれば、細々とでも種付け数確保できるかも」

葵は首を傾げた。

「なんなの、そのヘロド系とかバイアリータークとかって？」

男たち三人の目が一斉に葵に向けられた。

「そんなことも知らないで競馬ファンやってるのか」

前島が呆れたというように首を振った。

「だれもそんなこと教えてくれないし」

葵は唇を尖らせた。

「サラブレッドには三大始祖って言われている馬がいるんだよ。現代のサラブレッドの血統を遡っていくと、必ずこの三頭に辿り着くの。それがバイアリーターク、ゴドルフィンアラビアン、ダーレーアラビアン」

石井が教師のような口調で説明をはじめた。

「バイアリータークの血統をヘロド系って言うこともあるんだけど、それはヘロドっていう馬がこの血統に大きく貢献してるからなんだ。それはさておき、現代のサラブレッドはダーレーアラビアン系が幅を利かせていて、他の二系統は絶滅の危機にある。ここまではわかる？」

葵はうなずいた。

「で、メジロマックイーンはバイアリータークの血統なの。だから、ウララペツもそうなる。滅び行く血筋ってわけ」

「ほんとに滅びちゃうの？」

「三大始祖の血統を残さなきゃって考えは世界中にあるみたいだけど、言っても、競馬はギャンブルだし、結果がすべてだからさ。そもそも競馬がなんではじまったかっていうと、強い馬を選別して種馬にして、より速い馬を作ろうってことだからね。競馬で勝てない血統が絶えていくのは自然なこととも言えるんだけど……」

「中東の王族がバイアリータークの血統の馬を種馬にしたりしてるよな」

前島が言った。

「そう。バイアリータークとゴドルフィンアラビアンの血をなんとか残そうって頑張ってる人たちは少なからずいるし、日本にだっているはずなんだよね。そういう人たちの協力があれば、ウララペツを種牡馬にすることも可能かもしれないよ」

「そうなの？」

葵は前島に水を向けた。

「そうかもしれねえし、そうじゃねえかもしれねえ。やってみるまではだれにもわからねえよ。そんなことより、馬主になろうってんなら、サラブレッドの歴史や血統のこと、ちゃんと勉強しろよ」

「いわれなくてもこれからするわ」

「ウララペツの仔が走るところ見たいんだろう？」

前島が言った。葵は図星を指されて、頬が熱くなるのを感じた。

「無事にウララペツの馬主になって種牡馬にすることができたとしても、だれも種付けに来てくれないってことになったら、自分で牝馬買い付けて種付けするってことにもなりかねないんだぞ。マックの血統にどんな血統の馬を掛け合わせたら走りそうかとか、自分の頭で考えなきゃならねえんだ」

マックという呼び名に胸が疼いた。父も兄も、メジロマックイーンのことをマックと呼んでいたのだ。

「ウララペツ以外にも馬を買うことになるかもしれないのね？　ウララペツを譲ってもらえることになったとして、相場はいくらぐらいなの？」

「もう引退させる馬だし、五百万だ一千万だってことはねえさ。いいとこ、百万ってとこだろう」

「その他に預託料だとかもかかるのよね。わたしの収入でやっていけるのかしら……」

「心配するな。おれも金を出す」

前島が葵を見た。

「前島さんが？　なんで？」

「おれもバイアリータークの血を残さなきゃって思ってる人間のひとりだからだよ」

前島はビールを一気に飲み干し、ジョッキをテーブルに叩きつけた。

3

緊張に喉が渇き、葵は口に水を含んだ。帝国ホテルのティーラウンジにいるのは外国人が多かった。前島はラウンジから出て、仕事の電話をかけている。

早く戻って来てよ——心で念じながらスマホの画面に目をやった。十時五分。約束の時間は過ぎている。

コーヒーを啜り、ラウンジの出入口に目を向けた。ちょうど、中根と連れの男が入ってくるところだった。中根はいつものようにスリーピースのスーツ姿だ。グレーのスーツはトレードマークの銀髪によく似合っている。連れの男は濃紺のスーツを着ていた。四十歳前後だろうか。ネクタイは締めず、茶色く染めた長い髪をポニーテールにしていた。

葵は唇を嚙んだ。あれが穴澤だろうか。少なくとも、見た目は葵が好きになれないタイプだ。

「葵ママ、待たせたね」

中根が声を張り上げた。見た目にそぐわないだみ声は相変わらずだ。葵は腰を上げた。

「中根さん、ご無沙汰してます」

葵は頭を下げた。

「こちらが馬主仲間の穴澤君だよ」

「穴澤です」

穴澤が張りのある低い声を出した。

「倉本葵です。今日はありがとうございます」

葵は穴澤が差し出してきた手を握った。女のように白く、細長い指が印象的だった。

中根と穴澤が葵の向かいの席に腰を下ろした。視界の隅に、前島が慌てて戻ってくる様子が映った。

「すみません」

前島が葵の隣に座った。中根が前島に穴澤を紹介し、しばらく世間話に花を咲かせる。馬主の話が中心だった。

「ウララペッツという馬のことだったね」

スタッフが注文を取りに来たところで世間話は終わり、中根が本題を持ち出した。

「ええ」

前島がうなずく。

「馬主資格は申請したのかな？」

「はい」

今度は葵がうなずいた。馬主資格を申請するには、必要な書類を地方競馬全国協会に直接持ち込む方法と、調教師を介して申請する方法などがある。どちらが有利というわけではないのだが、調教師を介した方が協会の覚えもよくなるのではないかと中根に紹介してもらったのだ。

「それじゃあ、後は許可が降りるのを待つだけだね。穴澤君、ちょっと話したけど、彼女がウララペッツを譲り受けたいと言っているんだよ。ただ、馬主資格を得るには半年近くかかるし、その間は君が馬主を続けることになるんだが……」

「ウララペッツは引退させるつもりなんですが」

穴澤が口を開いた。こんな状況でなければ聞き惚れてしまうような美声だ。

「脚元に不安でもあるんですか？」

前島が訊いた。

「もう長いこと走ってますから、前走の後、右前脚の球節が腫れて……大きな怪我じゃないんですが、そろそろ引退させた方がいいとテキにも言われましてね」

球節というのは馬の脚の関節のひとつだ。また、テキというのは競馬界特有の言葉で調教師を指す。

「穴澤君はマックイーンの大ファンで、ウララペッツを大事に使ってきたんだが……どんな名馬でも引退の時は必ずやってくるからな」

中根が運ばれてきたコーヒーに口をつけた。

「それじゃ、ぼくは用があるからこれで失礼するよ。葵ママ、また今度顔を出すからね」

「よろしくお願いします」

葵たちは立ち上がり、ラウンジを出ていく中根を見送った。

＊＊＊

中根の姿が消えると、穴澤の言葉遣いが突然、がらりと変わった。

「ああ、肩凝った」

「はい？」

葵は思わず聞き返した。

「馬主って結構古い体質の人多いじゃん。睨まれるとやりづらいし、だから、なるべく付き合わないようにしてきたんだけどさ」

穴澤は足を組むと水を口に含んだ。

「悪いね、こっちが素なんだ。気に食わないんだったら今回の話、なかったことにしてもらってかまわないよ」

「気に食わないなんてとんでもない。ちょっと驚いただけです」

「あんたも馬主になるんなら気をつけた方がいいよ。いい年こいて欲ボケしてるのが多いし、若い女をキャバクラのホステス扱いして平然としてるのもいるから」

葵は隣に視線を向けた。前島は薄笑いを浮かべている。

「ウララペツの話ですが」

前島が話題を元に戻した。

「ウララペツね。売るのはかまわないけど、どうするの？　騙《だま》し騙し使ったとしてもそう長くは走れないよ。年も年だしさ」

「いずれ、種牡馬にしたいと思ってるんです」

葵は言った。

「は？」

穴澤が目を丸くして葵の顔を凝視する。

「種牡馬？　種馬のこと？」

「ええ」

「頭おかしい？」

「自分じゃまともだと思ってますけど」

葵はこみ上げてくる怒りを飲み込んで答えた。

「あんな競走成績の馬が種馬になれるわけないじゃん。どこも繋養《けいよう》してくれないよ。よしんば繋養先が見つかったとしても、だれも種付けしたいなんて思わない」

「繋養先は探しますし、繁殖牝馬も自分が馬主になって種付けしようと思ってます」

穴澤はまた水を口に含んだ。

「この人、本気？」

前島に顔を向ける。

「おれも本気だよ」

前島が答えた。

「なんだよ、それ。もしかして、ヘロド系の血を残したいとか、本気で考えてるわけ？」

「いけませんか?」

葵の言葉に穴澤は首を振った。

「簡単に言うなよ。ぼくがどうしてウララペッツの馬主になったと思う? マックイーンのラストクロップだからだよ。なんとか成績残して種馬にしてやれないかと思ったんだ。だけど、ウララペッツは走らなかった。マックの仔はほとんどそうだ」

穴澤は一気にまくし立てた。

「あれだけの名馬だったんだぞ。だれだってその血を残したいと思うに決まってるじゃないか。だけど、競馬の歴史は血の淘汰の歴史だ。走らない血統は廃れる。マックの血も残らないし、ヘロド系も残らない。しょうがないんだ」

葵はうなずいた。穴澤の言葉は正しい。競馬は元々、貴族たちが自分の所有する馬の速さを競い合うことからはじまった。そこから紆余曲折を経て今の競走形態に到っているのだが、その第一義は速くて強い馬の血統を残す、そのための選別だということだ。

実際、ヨーロッパの歴史のある大きなレースでは、いまだに騸馬《せんば》――去勢された馬の出走が認められていないものが多い。子孫を残せない馬は種牡馬選別レースに出る資格がないのだ。

競走に勝てない血統は淘汰される。

絶えそうになっているか、あるいはすでに絶えてしまった血統は日本でも数えきれない。多くの血統が細っていった転機は、サンデーサイレンスというアメリカ馬の日本への種牡馬導入だ。

サンデーサイレンスはアメリカでGⅠレースを六勝し、エクリプス賞という栄誉ある賞に輝いたこともある名馬だが、日高の社台ファームが大枚をはたいて日本に連れてきた。当時のレートで十六億円の買い物だったそうだ。社台ファームにとっては社運を賭けた導入だったのだが、その賭けは大成功を収める。

サンデーサイレンスが一九九一年から日本での種付けを開始すると、生まれてきた産駒たちは日本の競馬の勢力図をあっという間に塗り替えた。そのスピードは他の種牡馬の産駒たちを圧倒し、勝って勝って勝って勝ちまくった。気がつけば、芝の中長距離路線でサンデーサイレンスの血を持たない馬の方が珍しくなってしまった。

それ以前に日本で幅を利かせていた血統は廃れていくしかなかったのだ。メジロマックイーンが連なる血統もそのひとつに過ぎない。

「わかってます」

葵は穴澤の目を見つめて言った。

「それが自然の流れだっていうことはわかっていても、なんとかウララペッツを種牡馬にしたいんです。ウララペッツの仔がＪＲＡのレースで勝つところをこの目で見たいんです」

「今、ＪＲＡって言った？　地方じゃなくて中央で？」

穴澤の目がさらに大きく広がる。

「はい」

「この人、頭大丈夫？」

穴澤が前島に訊いた。葵は唇を嚙んだ。今までは我慢してきたが、無礼にも程がある。

「時々、頭がおかしいな、この女と思うことはあるけど、今はいたってまともだよ」

前島が答えた。

「ちょっと、なに言ってるの？」

葵は今度は唇を尖らせた。

「なにって、本当のことだろう」

「どっちの味方なのよ」

葵はさらに食ってかかろうとしたが、穴澤の笑い声に機先を制された。

「面白いな。マジ、面白いよ、あんたら」

穴澤は腹を抱えて子どものように笑っている。葵は毒気を抜かれて冷めたコーヒーを啜った。

「馬鹿みたいな夢物語だってことはわかってるんです。でも、わたし、ウララペッツが本当に好きなんです。マックイーンの最後の仔だからとか、バイアリータークの血がどうのとか、そういうこと脇に置いておいて、とにかく、ウララペッツの子どもが中央のターフを走る姿が見たい」

穴澤が笑うのをやめた。

「ウララペッツがセリに出るって知った時から、なにがなんでも落とそうと決めてたんだ。ぼくが馬主になって、なんとしてでも中央で勝たせてやるって」

「そうなんですか」

「産駒はあまり走らなかったけど、それでもマックの仔だぜ。その馬が重賞でも勝ってみろよ。ロマンの塊じゃないか」

葵はぽかんと口を開けた。目の前の無礼な男からロマンという言葉が出てくるのは想定外だったのだ。

「そりゃロマンだよ」

前島がうなずく。

「ぼく、株やってるじゃない。株式相場にロマンなんて要らないのよ。邪魔なだけ。だけど、競馬はロマンだよ。馬主になったって馬券買ったって金にはならないもの。金儲けだけしたいなら、競馬になんか手を出さないって」

「だよな」

前島がまたうなずいた。その横顔は嬉しそうで、皮肉の欠片《かけら》もなかった。

「だけどさ、全然走らないんだよ、あいつ」

穴澤が肩を落とした。

「テキも騎手も一生懸命頑張ってくれたんだけど、なかなか勝てなくてさ、ついに、ぼくの心も折れた。走らない馬養ってもしょうがないから、結局、肉にするしかないのかってさ」

穴澤は身を乗り出してきて、葵の顔をまじまじと見つめた。葵は頬が熱くなるのを感じた。

「これまでだってたくさんの馬を肉にしてきたんだよ。それしかやりようないもの。心を鬼にして、美味しく食ってもらえって送り出してきた。だけど、ウララペツだけはどうしてかここが痛むんだよ」

穴澤は拳で自分の左胸を叩いた。

「そこに中根さんから話が来た。あんな走らない馬を買いたいなんてどこの馬鹿だ、面《つら》ぐらい拝んでやろうって気持ちだったんだけどさ。まさか、ぼくよりロマンの塊だったとは」

「えっと、まあ、ロマンの塊と言われると、ちょっと違うかなって思いますけど」

「売るよ」

「はい？」

「ウララペツ、十万で売る」

葵は右手で口を覆った。引退目前のさしたる成績のない馬とはいえ、十万という値段は破格の安さだ。馬を買い、厩舎に預けて預託料を払い続けるだけで、年間、数百万円の経費がかかるという。馬主はレースの賞金や出走手当などでその経費をまかなうのだ。ウララペツは大赤字だっただろう。

「格安で譲る代わり、ウララペツ種馬大作戦にぼくも加えてくれないかな？」

「種馬大作戦？」

「自分で繁養先見つけたり、繁殖探したりしてる時間は残念だけどないんだ。あんたらがやってくれるっていうなら、ぼくは金を出す」

葵は前島を見た。前島も同じように葵を見た。渡りに船の提案だった。ウララペツの馬主になれたとして、繁養先への預託料や繁殖牝馬の買い付けなど、資金をどう捻出するかが当面の課題だったのだ。

もちろん、葵には経済的な余裕はない。前島にしたって、使える額は限られている。ＳＮＳでメジロマックイーンのファンに呼びかけて寄付を募ろうかという話を先日したばかりだった。

「本当にそれでいいのか？」

前島が言った。

「競馬はロマンだ」

穴澤は答えにならない言葉を口にして、葵に右手を差し出してきた。

「よろしく頼むよ、えっと……名前、なんだっけ？」

「倉本葵」

葵は穴澤の手を握った。

「葵隊長、ウララペツを頼んだぜ」

「隊長？」

「そうだよ。種牡馬大作戦を主導する隊長だ」

真顔で言う穴澤がおかしくて、葵は噴き出しそうになった。慌ててコーヒーカップに口をつけてごまかす。隣を見ると、前島も必死で笑いをこらえているのがわかった。

＊　＊　＊

「おかしなやつだな」

つり革に摑まった前島はまだ笑っている。山手線は品川駅を出発したところだった。

「隊長だって」

葵は手にしていたスマホで口元を隠した。真顔の穴澤が脳裏に浮かんでいる。

「しょうがないだろう。ロマンの塊なんだから」

葵は笑った。限界だった。前島も俯いて肩を震わせている。周りの乗客はほとんどがスマホを睨んでいて、年甲斐もなく笑い呆ける男女に注意を向けてはこなかった。

「でも、いい人でよかった」

大崎駅まで笑い続けた後で、葵は口を開いた。

「だな。結構株で儲けてるらしいから、資金調達の面でも助かる」

「本当ね」

葵はうなずいた。ウララペッツを種牡馬にする上での難関は、繋養先を見つけることと、ウララペッツや繁殖牝馬の預託料をどう工面するかということだったのだ。店の常連たちも幾ばくかの寄付をすると申し出てくれているが、それだけでは到底足りない。当面は前島がゆうちょの定期を解約してしのぐことになっていた。

「でも、前島さんが定期預金してるなんて、ちょっと意外だったな」

葵は言った。

「普通だろう？　結婚資金だぞ」

「結婚するつもりなの？　相手は？」

「まだいねえよ。だけど、いずれ結婚して、跡継ぎ作らないとな。おれの好き勝手で潰してみろよ、親戚どもに袋叩きにされる」

前島の経営する和菓子屋は明治初期から続く老舗だ。手作りの漉《こ》し餡《あん》を使った大福や羊羹はもちろん、手の込んだ和菓子は、老若男女を問わず、ファンが多い。店を継ぐ前から子どもをもうけることを強く望まれていることは葵も知っていた。

「馬のせいで四代目が結婚できなくなったなんてことになったら、わたしもそっちの親戚に恨まれるかも」

前島の叔父の浩太郎《こうたろう》には学生時代に何度かあったことがある。葵を可愛がってくれて、前島の嫁になれと冗談交じりで口にした。

「そんときは葵に責任とってもらうか」

「それより、繋養先、早く見つけないとな。四、五ヶ月なんてあっという間だぞ」

葵はうなずいた。

「おれもツテ頼ってみるけど、知り合いに聞いた感触じゃ、かなり手こずりそうだ。日高の牧場は人手不足が深刻で、余分な馬預かる余裕がないところが大半だってよ。かといって、種牡馬牧場はハナから相手にしてくれないだろうしな」

種牡馬専用の牧場はスタリオンステーションなどとも呼ばれる。トップ種牡馬たちが集まる社台スタリオンステーションを筆頭に、北海道の日高各地に点在している。前島の言うとおり、競走実績のない馬を預かってくれる種牡馬牧場などはない。

「わたし、とりあえず、小野里牧場にコンタクト取ってみようと思ってるの」

葵は言った。小野里牧場は北海道浦河町にあるウララペッツの生まれた牧場だ。事情を説明して協力を求めれば、ウララペッツを預かってくれるかもしれない。それが無理でも、どこかの牧場を紹介してくれないだろうか。

「結構な年寄りだって聞いたぞ。おまえの思いをぶつければ、向こうもロマンの塊を返してくるかもしれないな」

「やめてよ、もう」

葵は前島の脇腹を軽く叩いた。

「隊長の熱い想いがあれば、どんなに高い壁だって乗り越えられる。なぜなら、競馬はロマンだからだ」

「やめてって言ってるじゃない」

葵は腹を抱えて笑った。隣のサラリーマンに睨まれたが、笑いの発作は一向に収まらなかった。

＊＊＊

「それで、ウララペツがどうしたんだっけかな？」

電話の向こうの呑気な声が耳に流れ込んできて、葵は溜息を押し殺した。

声の主は小野里大吉《だいきち》。ウララペツを生産した北海道浦河町の小野里牧場の牧場主だ。

御年八十九歳の現役で、頭はまだはっきりしているが、耳が遠くなっている。話が行ったり来たりするのはそのせいだ。

「ですから、わたしがウララペツの馬主になって、種牡馬にしたいと思っているんです。それで、ウララペツを小野里さんのところで繋養してもらえるか、それが無理ならどこか紹介してもらえないかと思いまして」

葵は辛抱強く説明した。

「ウララペツを種馬に？　はんかくさいこと言うんでないかい」

小野里大吉が言った。はんかくさいというのは北海道の方言で愚かだとか馬鹿らしいという意味だ。最近ではもどかしいという意味で使われることもある。競馬バーをやっていると、東京を訪れた北海道の生産者が利用してくれることもあって、耳慣れていた。

「うちの繁殖牝馬にマックイーンの種付けたときも、息子にえらく怒られたもんさあ。あんな走らない馬の種付けてどうするんだって。したっけ、メジロマックイーンは名馬中の名馬だべさ。もしかしたら走るんでないかいと思ったんだけど、ウララペッツはやっぱり走らんかったさあ」

「そのメジロマックイーンの血を残すためにも、なんとしてでもウララペッツを種牡馬にしたいんです。最後の産駒ですから」

葵は畳みかけるように言った。やっと話が前に進んだのだ。後戻りはさせたくなかった。

「はんかくさい。頑張って種馬にしたところで、だれも種付けになんてきてくれないべ」

「繁殖牝馬も自分で用意します。プライベート種牡馬にするんです」

個人馬主が自分自身のために持ち馬を種牡馬にすることをプライベート種牡馬という。自分の種牡馬に自分の繁殖牝馬を付けて仔馬を産ませるのだ。もちろん、他から種付けをしたいという申し出があれば受けつける。

「物好きだねえ」

「ウララペッツに惚れ込んでるんです。それで、繋養の話ですが――」

「うちは無理だ」

小野里大吉が言った。

「うちはおれと母ちゃん、それに息子夫婦の四人でやってる小さな牧場なのさ。それに畑や山の仕事もある」

小野里大吉が、サラブレッドの生産の他に、農業や林業も営んでいるというのは下調べの段階で摑んでいた。それにしても、八十九歳の老人がする仕事ではない。

「預託料はきちんと払いますから」

「厩舎に空きがないんだ。これ以上馬を増やしたら逆勘当するぞって息子に言われてるんだわ」

「そうですか……」

葵は溜息を押し殺した。

「だったら、どこか日高の牧場で繋養してくれそうなところをご存じありませんか」

「さてなあ。今はどこの牧場も人手不足でいっぱいいっぱいでやってるのさ。おっきいところはおっきいところで、付き合いのある馬主さんの馬預かったりして、やっぱり余裕はないべ」

「そうなんですか」

葵は部屋の天井を仰ぎ見た。あっさり預託先が決まってくれたらと願っていたのだが、それは虫のいい話だったようだ。

「こっちに来なさい」

小野里大吉が言った。

「はい？」

「だいぶ耄碌《もうろく》してしまってさ、電話しながらあれを思い出してこれも思い出してってやると、頭が上手く働かないのさ。直接顔見て話せば、なにか思いつくかもしらんべ」

「でも、仕事があって――」

「今の時期は海鮮も美味いべ。待ってるから、来なさい」

「小野里さ――」

唐突に電話が切れた。葵はリダイヤルして電話をかけ直した。呼び出し音がなるだけで、小野里大吉は電話に出ない。

「マジか……」

道産子――北海道民はなにをやるにしても大雑把だというのは乱暴な括り方だが、東京のやり方が通じにくいことは確かだ。

「どうしよう」

葵はスマホを太股の上に置き、しばし、思案に耽った。

4

暦は三月に変わったが、北海道にはまだ大量の雪が残っていた。今年は例年以上の積雪があったらしい。

新千歳空港駅近くで予約していたレンタカーに乗り、一路、日高を目指す。借りた車は四駆で、もちろんスタッドレスタイヤを履いている。

運転席の前島は、雪の残る道路におっかなびっくりの運転をしていたが、三十分も経つ頃には慣れて、高速道路をそこそこのスピードで走らせていた。

道央道から日高道へ乗り換え、太平洋沿いに南東へ向かう。高速道路の周辺は、はじめのうちは畑が広がるだけだったが、日高管内に入ると放牧地が広がる景色に変わった。積雪量も減っていく。

日高道は延伸中で、今は日高町までしか走ることができない。終点で降り、その先は一般道を走ることになる。

「日高地方が馬産のメッカになった直接の原因は、今の新冠《にいかつぷ》町のあたりに御料《ごりよう》牧場が作られたからなんだ」

新冠町に入ったことを報せる標識を目にして、前島が口を開いた。

「平らな土地が多くて、雪が少ないことがポイントだったらしいな。雪が一メートルや二メートルも積もったら、馬を放牧できないだろう?」

日高地方は日本全国の馬産の八割近いシェアを誇っている。日高なくして日本の競馬は成り立たないのだ。

「あ、とねっこだ。可愛い」

車窓に広がる雪を被った放牧地で、母馬の周りを駆け回っている仔馬を見つけて目を細めた。とねっこというのは当歳馬——その年に生まれた仔馬を指す言葉だ。寒さ対策のためだろうか、母馬もとねっこも馬服を着せられている。その馬服がいささか大きすぎて、それがとねっこの可愛さを引き立てていた。

スピードメーターの下のデジタル温度計はマイナス二度を表示していた。正午を回ってこの気温だから、今日は真冬日になるのかもしれない。東京では桜の蕾がいつ開くかという話題で持ちきりなのに、桜前線が北海道に到達するのはずっと先のことなのだ。

「この辺りに桜前線が来るのっていつ頃?」

葵は前島に訊いた。

「確か、ゴールデンウィークの辺りじゃなかったかな? 静内《しずない》の二十間《にじゅっけん》道路とか、浦河の優駿さくらロードとか、桜の名所がゴールデンウィークには観光客で溢れ返るって聞いたことがあるよ」

「桜咲き乱れる中で、お母さん馬ととねっこが草を食《は》んでるのね。見てみたいなあ」

「おれはごめんだね。どこもかしこも混みっ混みだぞ」

前島は風情のない台詞を口にして、ウィンカーレバーを操作した。目の前に急勾配の上り坂が現れて、道路がふたつのレーンに分かれていた。登坂車線だ。レンタカーが左の車線に移動すると、後ろにいた車がかなりのスピードで追い抜いていった。

「相変わらず、道産子はハンドルを握るとせっかちだな」

前島が言った。前島は学生時代、夏休みになると日高の牧場で住み込みのアルバイトをしていたらしい。競馬にのめり込み、馬に惚れ込み、いつか馬に関わる仕事に就くというのが当時の夢だったそうだ。

だが、二年、三年とアルバイトを続けているうちに、サラブレッドの牧場経営は生半可な気持ちでは務まらないと気づかされたらしい。

もちろん、老舗である和菓子店を継ぐべき長男だったという事情もあるだろう。前島は大学を卒業すると新宿にあるデパートに就職し、五年勤めた後で実家を継いだのだ。

「どの辺りの牧場でバイトしてたの？」

「もうとっくに過ぎちまったよ。門別《もんべつ》――今は日高町か。とにかく、門別の白樺牧場。三年ぐらい前に廃業しちまった」

「経営難？」

「いや」

前島が首を横に振った。

「後継者がいなかったんだ。田所《たどころ》さんってのが牧場の経営者だったんだけど、高齢でね。息子さんは札幌でサラリーマンやってるし、孫も牧場経営にはまったく興味がなくて、体が思うように動かなくなって、牧場を畳むしかなかったんだ」

日高の牧場が直面している最大の問題は後継者不足だという話は、店でも耳にしたことがあった。

「小野里さんは八十九歳で現役の牧夫なんだろう？　凄えよな」

前島が嘆息した。

「現役の牧夫兼農夫兼林業従事者。驚くわよ」

左手にサラブレッド銀座と呼ばれる通りが見えてきた。どこまでも伸びる道の両脇に、数えきれないぐらいの牧場が並んでいるのだ。さらに先へ進めば、右手に道の駅が見えてくる。サラブレッドロード新冠という名前で、敷地内には新冠町内の牧場で生まれた過去から現在に到るまでの名馬の蹄をかたどったオブジェがある。観光シーズンには競馬ファンで溢れ返るのが常だ。

新冠の先は新ひだか町、目的地の浦河町はさらにその先だ。新千歳空港からは概ね二時間半。久々の日高だから、ゆっくり回ってみたいところもあるのだが、今回はスケジュールに余裕がない。葵も前島も休みを取れるのは四日だけ。三泊四日の日程で、なんとかウララペッツを繋養してくれる牧場を見つけなければならなかった。

千歳市内のファミレスで遅い朝食を摂ってから出発したので空腹は感じない。とにかく、浦河に到着するのが先決だ。

新ひだか町を横切り、三石《みついし》というエリアを過ぎれば、そこから先が浦河町だった。人口は一万二千人ほど。かつては二万人前後の住人がいたが、少しずつ過疎化が進んでいる。馬産と漁業の町で、ここの海岸で獲れる日高昆布は旨味が強くて絶品だとされている。

目指す小野里牧場は隣町の様似《さまに》町との町境付近に位置している。

葵はスマホの地図アプリを開き、小野里牧場の位置を再確認した。海岸沿いを除けば牧場しかないのではないかと思える典型的な馬産の町だ。

五冠馬として名高いシンザンや、全国民的なアイドルホースだったハイセイコーをダービーで破ったタケホープなどが浦河で生産された名馬として知られている。メジロマックイーンもこの地で生まれたのだ。

町の東部を流れる幌別《ほろべつ》川を渡り、その先を左に折れてしばらく進むと〈小野里牧場〉の看板が見えてきた。かなり古びてはいるが味のある手作りの看板だった。

厩舎が並ぶエリアの手前に、二棟の住宅が建っていた。手前が小野里大吉夫婦、奥が息子夫婦の家だ。

前島が車を泥まみれの軽トラの横に停めた。車を降りると後ろに回り、手土産の入った紙袋を取り出す。葵はスマホで時刻を確認した。午後十二時四十五分。

小野里大吉には一時前後に到着する予定だと伝えてある。

バックミラーを覗きこんで身だしなみを確認してから、手前の家のインターホンを押した。

「はい？」

すぐにスピーカーから女性の声が聞こえてくる。

「東京の倉本と申します。小野里さんと約束がありまして」

「ああ、はいはい。物好きな馬主さんね。どうぞお入りください」

葵は前島と目を合わせた。

「まあ、物好きに違いない」

前島はそう言ってドアを開けた。暖かい空気が体にまとわりついてくる。

葵はほっと息を漏らした。車を降りてほんのわずかな時間が過ぎただけだが、体の芯まで冷えたような気がしていたのだ。

「遠いところをわざわざ。どうぞお上がりになってくださいな」

綺麗な銀髪の女性が出てきて、葵たちにスリッパを勧めた。

「お邪魔します」

スリッパに履き替えると、前島が女性に紙袋を差し出した。

「よろしかったら食べてください。わたしは前島と申しますが、東京で和菓子屋をやっています。自慢の和菓子です」

「まあ、そんなことしてくれなくてもいいのに。でも、ありがたくいただきます。わたしも父さんも甘いものに目がないのよ」

女性が微笑んだ。小野里大吉の妻ならやはり八十歳を超えているのだろうか。若々しく、笑うとできる目尻の皺も可愛らしかった。

「こちらへどうぞ」

女性は廊下の左手に葵たちを案内した。襖を開け、中に声をかける。

「お父さん、東京からのお客さんがお見えよ」

襖の奥は八畳の和室で、中央にテーブルが据えられ、それを挟むように二人掛けのソファがふたつ、置かれている。テーブルの上にはペットボトルのお茶が用意されていた。小野里大吉は奥のソファに腰掛けており、眠たそうな目で葵たちを見上げた。

「初めまして。電話でお話しした倉本です」

「ウララペツの共同馬主になる予定の前島です」

葵と前島は小野里大吉に頭を下げると上着を脱いだ。部屋の中はサウナのようだった。部屋の隅に置かれた石油ストーブが熱源だ。ストーブの上に置かれた大型のヤカンが盛大に湯気を吐き出している。

「遠路はるばる、ようこそ。まあ、お座りなさい」

小野里大吉が口を開いた。電話で話すときよりしっかりした口調だ。

「失礼します」

葵と前島は小野里大吉の向かいのソファに腰を下ろした。

「東京からなら、こっちはしばれるっしょ」

小野里大吉が微笑んだ。欠けた前歯が剥き出しになる。ユーモラスな表情だった。

「空港を出たときはしばれると思いましたが、後はずっと車の中だったので」

前島が答えた。しばれるというのは寒い、凍えるという意味の北海道弁だ。

「電話で話を聞いてもなかなか信じられなかったけど、本気でウララペツを種馬にするつもりなのかい」

葵はうなずいた。

「まあ、そうじゃなきゃわざわざこんな僻地まで来ないべなあ」

小野里大吉はペットボトルの蓋を開けて茶を啜った。

「あんたらも遠慮せず飲みなさい」

「はい、いただきます」

葵はペットボトルを手に取った。喉が渇いていたのだ。お茶を飲みながら部屋の壁に目をやる。小野里牧場が生産した馬たちが獲得したトロフィや賞状が飾られている。ひときわ大きな写真はピクシーフォレストのものだ。十五年ほど前に、エルムステークスという重賞を勝った。小野里牧場の生産馬で、唯一、中央競馬の重賞を勝った馬だった。

家族経営の牧場が作るサラブレッドの大半は、地方競馬で走ることになる。経営規模が小さく使える金も限られているため、いい血統の牝馬を購入することも、強い種馬に種付けさせることもままならない。ダービーだの有馬記念だのへの出走は夢のまた夢だ。

金のためなら、牧場なんてとうの昔に閉めてるよ――以前、店に来た日高の牧場主の言葉だ。

早朝、まだ暗いうちからの作業。生き物を相手にしているがゆえに休みを取ることもできない。経営は苦しく、働き手も少ない。

それでもサラブレッドの生産を続けているのは、お金だけではないなにかがそこにあるからだ。自分が手塩にかけた馬が大きなレースで勝つという夢。あるいはサラブレッドに対する愛。言葉にすると気恥ずかしいが、そのふたつがなければやっていけない職業であることに間違いはない。

「死ぬ前に、もう一頭でいいから、中央の重賞勝つ馬作りたいんだけどねえ」

小野里大吉が葵の視線を追いかけながら言った。

「地方の重賞は何度か勝たせてもらったけど、六十年馬作り続けてきて、中央はピクシーだけさ。楽なもんじゃないのさ」

「そうでしょうね。ぼくも学生時代、門別の白樺牧場で住み込みで働いていたことがあるのでわかります」

前島が言った。

「田所さんのところもやめちゃったもんな。おれより若いのに」

「小野里さんが特別なんですよ。もうすぐ九十歳なのに現役だなんて」

「息子が頑張ってくれてるからさ。それより、あんた、牧場で大変さ身に染みてるのになんでウラペッツを種馬にしようなんて思ったのさ」

「どうしてでしょうね」

前島が苦笑した。

「この人が、どうしてもって言う、その熱意にやられたのかもしれません。他の馬なら説得して諦めさせただろうけど、メジロマックイーンのラストクロップですし」

「もうちょっと走ってくれればなあ。あれが生まれたときに、ゆくゆくは種馬にしようって話、あったのさ。あんたが言うように、マックイーンのラストクロップだし、マックイーンの血を残さなきゃって人もけっこういたしねえ。だけど、いざ走ってみたらわやだもんな」

小野里大吉は顔をしかめた。わやというのも北海道弁で、大変だとかとんでもないといった意味の言葉だった。

「走らない馬の種付けたってしょうがないべって、息子の言葉は正しかった。でもなあ、馬ってのはそれだけじゃないのさ」

「わかります」

前島がうなずいた。

「これ――」

小野里大吉が上着のポケットから折り畳んだ紙を取り出した。

「浦河の牧場、いろいろ声をかけてみたんだけど、今、出産でわやだべ？　みんな忙しくて、ウララペツを種馬にって口にした途端、耳を貸してくれなくなるんだわ」

サラブレッドの出産シーズンは冬から春にかけてだ。この時期、牧場関係者は一年で一番慌ただしい時間を過ごす。

「そんなときに、本当に申し訳ありません」

葵は頭を下げた。

「いいんだ、いいんだ。ウララペツにそんだけ情熱持ってくれてるってだけでおれはなまら嬉しいからな。したっけ、大手の牧場さんはてんやわんやで話聞く余裕もないから、日高の、うちみたいな家族経営の牧場、リストにしてみたんだわ」

葵は紙を受け取り、開いた。几帳面な文字で、十数軒の牧場の名前と電話番号が記されていた。

「おれの名前出せば、とりあえず話は聞いてくれる。何十年も馬作って、顔が広いのだけが取り柄だからな」

「お忙しい時期に、本当にありがとうございます」

葵はもう一度頭を下げた。

「本当にウララペツを種馬にできたら、いっぺん、うちの繁殖に種付けるかな。いや、また息子に大目玉食らうか」

小野里大吉が欠けた歯を剝き出しにして笑った。素敵な笑顔だった。

＊＊＊

小野里牧場を後にすると、新ひだか町の静内に引き返してエクリプスホテルに一旦チェックインした。前島と手分けして小野里大吉のリストにある牧場に電話をかけ、アポを取る。

最初はつっけんどんな応対だった牧場も、小野里大吉の名前を出すと態度が軟化した。葵はそのたびに、頭の中で小野里大吉に礼を言った。

結局、前島と合わせて十二軒の牧場とアポを取ることができた。最後の電話を切ったときにはすっかりくたびれ果てていた。

シャワーを浴び、化粧を直してロビーに降りる。前島がソファに座り、競馬の週刊誌に目を通していた。脚元には和菓子の入った紙袋が置かれている。前島は前もって和菓子のセットをこのホテル宛てに送っていたのだ。

「お待たせ」

声をかけると前島が顔を上げた。何度も瞬きして葵の顔に不躾な視線を向けてくる。

「おまえ、店に出るときもそれぐらい化粧した方がいいんじゃないのか」

「なによ、その言い方」

仕事中はもちろん、今日だって薄化粧だった。シャワーの後、念入りにメイクを施したのは前島の知り合いと晩ご飯を一緒に食べるからだ。

「おまえ目当ての客が増えると思ってさ」

「褒めてるの？」

「ああ。綺麗だよ」

前島の頬がうっすらと赤くなった。照れているのだ。

「気合い入れてメイクするの久しぶりだからどうかなと思ってたんだけど、それならよかった」

ＯＬ時代は念入りなメイクは朝の日課で、メイクアップ技術もそれなりに上達していた。今はその技術が錆びついたことを痛感するばかりだ。前島の言うように、面倒でも日々、化粧を施すべきかもしれない。そろそろ、皺やシミが気になる年齢だ。

エントランスの自動ドアが開いて、登山用具のメーカーの衣類で上下を固めた男が入ってきた。

「達也《たつや》」

前島が立ち上がった。

「芳男。変わってないなあ」

前島が達也と呼んだ男の顔に笑みが広がる。よく日焼けした精悍な顔立ちだった。いや、この時期なら日焼けではなく雪焼けなのかもしれない。

「十二年ぶりか？　おまえは痩せたな」

前島は男と握手しながら言った。

「馬に乗らなきゃならないからな。ダイエットしたよ」

前島はうなずきながら葵に顔を向けた。

「葵、こいつは杉山《すぎやま》達也。おれが学生時代アルバイトしてた牧場の隣の牧場の長男だ」

「初めまして。倉本葵です」

葵は頭を下げながら、さりげなく杉山の左手を見た。結婚指輪はない。指輪の有無を確認する癖は、いつ頃からはじまったのだろう。

「おい、こんな美人だなんて聞いてないぞ」

杉山の言葉に、頬の筋肉がゆるんでいく。

「田舎者はすぐ化粧に騙される」

前島が意地の悪い声で言った。

「さっきは綺麗だって褒めてくれたくせに」

「化粧を落とせば十人並みだ。ちょっと可愛いぐらいだな」

葵は前島の脇腹を肘で小突いた。

「これ、うちの和菓子だ。牧場のみんなと食ってくれ」

前島が紙袋を杉山に渡した。

「おまえんとこの豆大福、なまら美味いんだよなあ。ありがたくいただくわ」

「十時ぐらいに飯食っただけで腹ぺこだ。早く美味い店に案内してくれよ」

「ここから歩いて五分ぐらいのところだよ。きたねえ店だけど、味は保証する。行こう」

杉山に促され、ホテルを出た。昼間よりがくんと気温が下がっており、吹きつけてくる風が体温をあっという間に奪っていく。

前島と杉山は寒さなどどこ吹く風とばかりに昔話に花を咲かせながら歩いている。

「杉山さんは牧場をやってるんですよね？」

葵はふたりの間に割って入った。口でもなんでも動かしていないと寒さに耐えられない。

「ええ」

「他のところの馬の預託なんてやってます?」

「うちは育成牧場なんですよ」

杉山の答えに葵は落胆した。ひとくちに牧場といってもその形態は様々だ。小野里牧場のような一般的な牧場は生産牧場と呼ばれる。育成牧場というのは、一歳から二歳ぐらいの馬を預かり、鞍を付けて人間を乗せることからはじまって、トレーニングセンターへ送り出す前の調教を行う牧場だ。生産と調教を同時に行う牧場は生産育成牧場だし、セリに出す若馬の見栄えを整えるコンサイナー牧場というものもある。競走や繁殖を引退した馬を繋養する養老牧場もある。

「昔は生産がメインの牧場だったんですが、経営的な問題があって、育成一本の牧場に舵を切りました。あ、ここです」

杉山が指さした先には、赤提灯と縄のれんの古びた居酒屋があった。看板には〈蝦夷屋《えぞや》〉と記されている。

葵はふたりを置き去りにして居酒屋の縄のれんをくぐった。寒さに体が悲鳴をあげている。人に会うからとスーツにコートといういでたちで出てきたのは失敗だった。セーターにダウンジャケットが必要な冷気だ。

店内は暖房が効いて暖かかった。十人ほどが座れるカウンターがあって、小上がりに二組のテーブル席が用意されている。

「おばんです、大将」

後から入ってきた杉山がカウンターの中にいる店主に声をかけ、勝手知ったる態度でカウンターの奥の席に腰を下ろす。葵は杉山と前島に挟まれる形で席に着いた。

「なにを飲みます？」

「焼酎のお湯割り」

杉山に聞かれて葵は答えた。部屋を出るときはビールが飲みたくてたまらなかったのに、そんな気分は消えていた。

杉山と前島は生ビールを注文した。杉山はともかく、前島がこんなに寒さに強いとは驚きだった。

「じゃあ、適当に注文しますね。食べられないものはありますか？」

乾杯をし終えると、杉山が言った。葵は首を振った。

ツブ貝やタコの刺身、きんきの煮付け、ホッケの干物、ジャガバター——杉山が次から次へと注文していく。

「そんなに頼んで食べられるのか？」

前島が言った。

「大丈夫だろ？　東京じゃ味わえないものばっかだから、全部平らげるさ。おれも食うし」

「また昔みたいになっちまうぞ」

「普段は節制してるから平気だ」

杉山はビールに口をつけた。

「こいつさ、ガキの頃の夢は騎手になることだったんだ。だから、小さいときから節制してたんだけど、中学になったら成長期で身長が十五センチも伸びちゃってな。騎手の夢はご破算。それで、やけになって食いまくって、初めて会ったころはぶよぶよのぶよだったんだぜ」

「ほんとですか？」

葵は目を丸くした。杉山の身長は百八十センチに少し足りないというところだろうか。確かに、騎手になるには高すぎる。

「親父もお袋も小柄なんで自分も大丈夫だと思ってたんですけどね。ショックだったなあ。競馬学校の受験もできないんだから」

「それが、実家の牧場継ぐことにして、生産から育成に方針切り替えて、自分も馬に乗らなきゃならないってダイエット決心したんだよな？」

「三十キロ痩せましたよ」

「三十キロも？」

「ほんとに太ってたんです。あの頃の写真は葵さんには見せられないなあ」

刺身が運ばれてきて、葵は早速箸を伸ばした。前島が言ったように腹ぺこでたまらなかったのだ。タコは滋味深く、ツブ貝はこりこりとして噛むたびに口の中にほのかな甘みが広がっていく。確かに、東京では食べられない味だ。

「達也は血統オタクなんだよ」

前島がタコを頬張りながら言った。

「そうなんですか？」

「まあ、いずれ牧場を継ぐことになるんなら、血統を徹底的に突き詰めて、日高の小さな牧場でもGⅠを勝てるような馬を作らなきゃなんて思いまして。若気の至りです。せっかく真面目に勉強したのに、結局、生産は諦めて育成牧場にしちゃいましたしね」

「ウララペッツにどんな血統の牝馬をつけたら走る馬が出そうか、相談しようと思ってるんだ」

「あ、それいいわね」

葵はうなずいた。常連の中にも血統に詳しい客は大勢いる。だが、その知識はあくまでファン目線のもので、どういう血統だとどういう馬場や展開で走るといった、馬券に直結するものでしかない。生産者目線での血統の知識というのは貴重だった。

「その前に、ウララペッツの繋養先を見つけるのが先なんだろう？」

杉山が言った。葵たちとは違って、食べ物にはほとんど箸を付けていない。

「芳男に頼まれて、いくつかの牧場に打診してみたんだけど、見事にフラれちゃいました。みんな、自分のところの馬だけで手一杯で」

「浦河の小野里牧場さんにも同じようなことを言われました」

「大吉爺さん、元気でしたか？」

杉山の目尻が下がった。小野里大吉は若い同業者からも慕われているらしい。

「はい。八十九歳とは思えない若々しさで、びっくりしました」

「大吉爺さんは日高の馬産の生き字引ですからね、長生きしてもらわないと。ただ、そろそろ、自分で軽トラ運転するのはやめて欲しいってみんなで言ってるんですけどね」

小野里のことを話す杉山の声はとても優しい響きを孕《はら》んでいた。

「本当は、大吉爺さんのような年寄りはとっくの昔に現役を退いているっていう業界じゃないとだめだとは思うんですけどね。とにかく、後継者がいなくて……日高の牧場の平均年齢考えるといたたまれなくなりますよ」

「そうなんですね。東京にいると、馬産地の実態にまでは考えが及ばなくて」

葵はしんみりとして焼酎のお湯割りを啜った。

日高の牧場が疲弊すれば、日本の競馬は成り立たなくなる。ＪＲＡなどの主催者、馬主、トレセン関係者、メディア、そしてファンが一体となって動くべきなのだろうが、今のところ、その兆しさえ見えない。

華やかな競馬場の裏側では深刻な事態が進んでいるのだ。

「暗い話はこれぐらいにして、と——葵さん、日本酒は行けますか？」

杉山が笑顔を浮かべた。

「こいつはアルコールが入っているものならなんでも飲む。うわばみってやつだよ」

前島が言った。

「ちょっと、人を化け物みたいに言わないでよ」

「仲がいいな。芳男、付き合ってるの？」

葵は口に含んだ焼酎を噴き出しそうになった。

「変なこと言わないでくださいよ。前島さんは兄の親友。それだけです」

「ふぅん」

「そうだよ。変な勘ぐりはよせ」

杉山が大将に日本酒をオーダーした。大将は銘柄を訊ねることもなく、中身が半分ほど残った一升瓶を杉山の前に置いた。ラベルには〈國稀《くにまれ》〉と記されている。増毛《ましけ》町にある日本最北の蔵元の酒だ。

「冷やでいいですか？　それとも、燗します？」

「冷やで」

杉山の問いかけに葵は即答した。店に入った時は温かい燗酒が飲みたいと切望していたのに、すでに体は火照っている。店内は暖房がよく効いて、上着を脱ぎたいぐらいだった。

「それじゃ、冷やで行きましょう」

杉山は出されたコップになみなみと酒を注いだ。

「葵さん、結婚指輪はしてないけど、彼氏はいるんですか？」

「今はいませんけど」

頬が火照るのを感じながら、葵はコップを受け取った。口をつける。すっきりとした味わいで、米の旨味が伝わってくる日本酒だった。

「そうなんですか？　綺麗なのに、もったいない」

「ＯＬ時代に化粧の腕を徹底的に鍛えたんだ。騙されるなよ。普段は薄化粧なんだが、ただのオバさんだ」

葵は前島の腹を拳で突いた。

「前島さんだってお腹の出てきたオジさんのくせに。ぶよぶよじゃない」

「うるせえな」

前島は頬を膨らませた。酒を啜ると渋面がほどけて柔らかな表情が浮かび上がった。

「大将、美味いよ、これ。地酒？」

「ええ、行けるでしょ。北海道も米が美味しくなったからね。日本酒の質もどんどん向上してるんですよ」

前島と大将は日本酒談義に花を咲かせはじめた。

「葵さんは東京で競馬バーをやってるんですよね」

杉山が口を開いた。

「ええ。兄がはじめた店を引き継いだんです。こんなに大変だとは思わなかったけど」

「今度、遊びに行こうかな」

「是非いらしてください」

「同伴とかアフターとかありですか？」

「はい？」

「いや、葵さんと東京でデートできたらいいなと思って」

「本気で言ってます？」

「言ったじゃないですか」

杉山が真顔になった。

「日高の牧場は後継者不足で大変だって。本気で嫁さんを探してるんですよ。でも、子ども産む前提で付き合ってくれなんて言うと、だれも相手にしてくれなくて」

「わたし、牧場の奥さんは無理だと思うな」

「なにもしなくていいんです。子どもさえ産んでくれれば」

杉山の真剣すぎる眼差しに、葵は苦笑した。

「杉山さん、ちょっと怖い」

「ですよね。普通、結婚を前提に付き合うってまでで、子どもを産むことを前提になんて変ですよね。だけど、こっちは大真面目なんだけどなあ」

「東京にいらっしゃったら、一緒に食事するのはかまわないけど。付き合う、付き合わないはもっとお互いを知ってからだし、結婚とか子どもとかは……」

「脈はあるってことで、今日はここまでにしておきます」

杉山が朗らかに笑った。

「はい、当店自慢、トキシラズの塩焼きでございます」

大将が声を張り上げ、分厚い鮭の切り身の塩焼きが載った皿をカウンターに置いた。日本で獲れる鮭は産卵のため日本の河川に戻ってくるものだが、ときおり、ロシアの川へ向かう鮭が獲れることがあるという。それをトキシラズというのだ。まだ若いため、脂が乗って普通の秋鮭より美味しいと言われている。

「わあ」

葵は歓声を上げてトキシラズの身を箸でつついた。

「花より団子だな」

隣の前島が笑った。

「うるさい」

トキシラズを頬張る。ほんのりと甘い脂が口中に広がり、葵は思わず微笑んだ。

＊＊＊

初日の六軒は空振りに終わり、二日目の五軒も同じだった。

小野里の紹介ということもあってか、どの牧場も葵たちの話を真剣に訊いてくれる。だが、返ってくる答えは決まっていた。

申し訳ないけど、馬を余分に預かる余裕はない。

わずかだが預託料に上乗せしてもいいと申し出ても返事が変わることはなかった。

「残りは一軒か。あまり大きな期待は持たない方がいいな」

レンタカーのステアリングを握りながら前島が欠伸《あくび》をかみ殺した。

ふたりとも、さすがにくたびれ果てている。最後の訪問先は日高町富川《とみかわ》にある三浦《みうら》牧場だった。

六十代の夫婦ふたりでまかなっている小さな牧場で、繋養している牝馬も数頭しかいないらしい。

「決まらなかったらどうするの？」

葵は言った。

「そんときは、日をあらためてまた日高に来て、繋養してくれる牧場を根気よく探すしかないだろう」

「でも、わたしそんなに店休めないわ」

「おれひとりでやるよ」

前島の声には棘《とげ》があった。この二日間、機嫌がよくないのだ。

「怒らなくてもいいじゃない」

「怒ってねえよ」

葵は唇を噛んだ。前島がなにかにへそを曲げたらそっとしておくのが一番なのだ。

カーナビが前方の交差点を右折するよう指示を出した。国道を離れた牧場地帯の一角に三浦牧場はある。

前島がカーナビの指示通りに車を右折させた。カーナビの画面には目的地まであと五分という表示が出ていた。次第に民家が減っていき、その先には放牧地が広がっていた。道の左手に〈三浦牧場〉の看板が見えた。手作りの木製であちこちが欠けており、ペンキはあらかた剝げ落ちている。

前島がウインカーを点滅させ、看板が掲げられている少し先の脇道に車を入れた。放牧地の間を走る砂利道だ。放牧地が途切れると年季の入った厩舎とレンガ造りの家が見えてくる。大きな放牧地を抱える周辺の牧場に比べると、いかにも家族経営のこぢんまりとした牧場だった。

前島が空いている場所に車を停めると、家の中から人が出てきた。作業服の上下に黒いゴム長を履いた男で、髪の毛は銀髪だった。

「倉本さん?」

車を降りると男が声をかけてきた。

「はい、倉本です。三浦さんですね?」

男――三浦がうなずいた。

「こっちは前島です。今日はお忙しいところ、わざわざ時間を作っていただいてありがとうございます」

葵は丁寧に頭を下げた。ここが駄目なら、前島の言うとおり、仕切り直しということになる。せめて、第一印象だけでもよくしておきたかった。

「いやいや、そちらこそ、遠いところからわざわざ来てくれて。内地から来ると、北海道はしばれるっしょ」

三浦は微笑みながら葵たちを家の中に誘った。北海道に到着した日より気温は上がっているが、それでも骨の芯まで凍りつきそうな寒さに違いはない。暖房を効かせた車の中で温まっていた体から、瞬く間に体温が奪われていく。

家の中は暖かかった。葵たちは居間に通され、ソファに座るよう促された。すぐに三浦と同年配の女性がやって来て、葵たちの前に湯気の立つマグカップを置いた。

「どうぞ、温まってください。妻の和子《かずこ》です」

和子は三浦と同じような銀髪をショートに切っていた。体型はスリムで、登山用のウェアがよく似合っている。

「こんな格好でごめんなさいね。夕方には馬たちに飼い葉をあげなければならないし、着替えるのが億劫で」

「気にならないでください。お似合いです」

葵は愛想笑いを振りまき、マグカップを口元に運んだ。入っていたのは火傷しそうに熱いコーヒーだった。

「小野里さんからちらっと話は聞いたけど、種馬を預かってほしいんだってね」

三浦が葵たちの向かいに腰を下ろした。

「ええ、そうなんです」

葵は身を乗り出した。

「したっけねえ、見ての通り、うちはほんとに小さな牧場で、女房とふたりでやってるもんだから、これ以上世話を焼く馬を増やすわけにはいかないのさ」

三浦は渋面を作り頭を掻いた。

「預託料は少し上乗せできると思います」

前島が口を開いた。

「金じゃなくて労働力の問題なのよ」

三浦は自分で持ってきた湯飲みに口をつけて中身を啜った。漂ってくる香りは緑茶のものだった。

葵は溜息を押し殺した。ここまでの展開はこれまでと変わらない。デジャヴを見ているような徒労を覚える。

「その種馬はなんていう馬なんですか?」

お盆を胸に抱えて床に膝をついていた和子が訊いてきた。

「ウララペツというんですが」

葵が答えた次の瞬間、三浦の顔つきが変わった。

「ウララペツったら、あのウララペツかい?」

「え?」

「小野里さんとこで生産した、マックイーンの子どもかいって訊いてるのさ」

「そうです。そのウララペツです」

「お父さん、そしたらその仔、ヘロドじゃないの」

和子が言った。

「まいったなあ。小野里さん、一番大事なこと言わないって、はんかくさいにも程があるわ」

三浦はまたお茶を啜った。

「ウララペツになにか問題があるんですか？」

葵は訊いた。

「もう古い話になるんだけど、うちの生産馬で、一頭だけ中央の芝の重賞勝った馬がいるのさ。ゲッコウっていう牡馬なんだけどね。それが、ヘロド系の馬で、うちは、繁殖にヘロド系の種馬ずっと付けてきたんだよ」

三浦は視線をさまよわせた。記憶を探っているのだ。

「マックイーンにも何頭も種付けさせてもらったもんさ。でも、アメリカからサンデーサイレンスが来て、その子どもたちが勝ちまくって、気がついたらヘロド系の種馬なんてどこにもおらんくなった」

「です、です」

前島が相槌を打った。

「この人、十年ぐらい前まではなんとかヘロド系の血を復活させたいってうるさいぐらい口にしてたんですよ。最近はもう言わなくなったけど」

和子が言った。

「ゲッコウは馬格があって品がよくて、本当に綺麗なサラブレッドだったのさ。ありゃあ、バイアリータークの血だ。ああいう馬がもう作れないっていうのは本当に残念でしょうがない」

「わたしたちも同じ思いでウララペツを種牡馬にって思っているんです」

葵は言った。隣の前島が呆れたという表情を浮かべた。葵は肘で前島を小突いた。まるっきりの嘘というわけじゃないのに、そんな顔で睨むことはない。

「マックイーンの仔なら、考えるか……ラストクロップだべさ？」

「そうなんです。なんとか繋養していただけないでしょうか」

「したっけ、マックイーンの仔を種馬にしたって、だれも種付けになんかこないっしょ」

三浦は寂しそうに目を伏せた。

「繁殖牝馬も自分たちで手に入れて、ウララペッツに種付けさせようと思ってるんです。それで一頭でも勝つ馬が出てきたら、他の生産者も興味を持ってくれるかもしれないですし」

「うちの繁殖を付けてもいいいな」

「お父さん！」

和子が鋭い声を発した。

「うちにはそんな余裕ないっしょ」

「したっけ、マックイーンの仔だぞ。ヘロドの種馬だぞ」

「もし引き受けるつもりなら、自分ひとりで世話を焼いてくださいよ。わたしはもういっぱいいっぱいなんだから」

「そんなこと言うなよ、和子」

三浦が猫なで声を出した。

「つい最近、牧場をいつ畳もうかって話をしてたのに、種馬を引き受けるなんてはんかくさいっしょ」

「最後の我が儘だ。頼むよ」

「その台詞、結婚してからなんど聞かされてきたと思ってるの」

和子の顔がどんどん険しくなっていく。

「奥さん――」

前島が和子に声をかけた。

「先ほども申しましたように、預託料は一般的な額に上乗せします。それに、引き続きウララペッツを預かってくれる牧場は探していきますから、とりあえず、ウララペッツの仮の宿として馬房を貸していただけると助かるんですが」

「上乗せって、なんぼ？」

和子は不機嫌な顔を前島に向けた。

「和子――」

前島は口を開きかけた三浦を制し、スマホを取りだして画面を数度、指で叩いた。

「これぐらいでいかがでしょうか」

和子の横に移動し、スマホの画面を見せる。

「まあ、こんなに？」

和子の表情が和らいだ。

「できればもう少し上乗せしたいんですが、こっちの財布の中身もカツカツで。なにせ、これから繁殖牝馬も仕入れなきゃならないし、預託先も見つけないと」

「そうなのよ。種馬の馬主になるっていうのは、競走馬の馬主の何倍も大変なの。お父さん、ウララペッツ、うちで預かりましょう」

「いいのか?」

「だって、マックイーンの最後の仔なんでしょう?　ヘロド系の種馬ができるんでしょう?」

「う、うん。まあそうだが……」

「じゃあ、決まりですね」

前島が三浦夫妻の声をかき消そうとするように声を張り上げた。

「いいお付き合いができるよう、精一杯努力しますので、よろしくお願いします」

深く腰を曲げて頭を下げる。

「こ、こちらこそ」

三浦と和子も頭を下げた。

「よろしくお願いします」

葵も慌てて頭を下げた。

「ぼくらは明日の朝一の飛行機で東京に戻らなきゃならないので、今日はこれで失礼します。ウラペツの預託の詳しいことは、電話やメールでやりとりできればと思っているんですが」

「それでかまわんよ」

三浦が上着のポケットから名刺入れを取り出した。よく使い込まれた革製で、アルファベットで〈GEKKO〉というロゴが記されていた。ゲッコウが重賞を勝ったときに作った記念品なのだろう。

「これにメールアドレスも書いてあるから」

前島は三浦の名刺を受け取り、ついで自分の名刺も渡した。

「すみません。わたし、名刺を持っていないもので」

店のビジネスカードはあるが、自分の名刺は作ったことがなかった。今後、馬主をやっていくにあたって、名刺は必需品だ。

「今日は千歳に泊まりかな？」

三浦が言った。

「いえ。札幌のホテルに泊まって、早朝、出発します」

「気をつけて行きなさい。日が暮れると、道路が凍結することもあるからね」

「はい。ありがとうございます」

和子は玄関までの見送りだったが、三浦は外まで出てきてくれた。

到着したときはまだ明るかったのに、かなり暗くなっている。気温も下がっていて吐く息が白い。

「今年の三月は本当にしばれるなあ。いつになったら春が来ることやら」

三浦が天を仰いだ。分厚い雲が空を覆っていて、今にも雪が降り出しそうだった。

「雪が多いと、馬の放牧も大変なんじゃないですか」

「わやさ。この辺りは日高じゃ雪が多い方だから慣れてるっちゃ慣れてるけど、それでも今年みたいに多いとくたびれる。もう、年だからね」

「小野里さんがいたら笑われますよ」

葵は言った。

「小野里さんは鉄人だからねえ。一緒にされたらわやだ」

「それじゃ、我々はこれで失礼します」

前島がまた頭を下げた。三浦が肩を震わせて笑いはじめた。

「ぼく、なにか変なこと言いましたか?」

「いや。そうじゃない。うちの和子はさ、ああ見えて商売上手でね。あんたら、してやられたなと思ってね」

葵は思わず三浦の家に目を向けた。

「あれはマックイーンが大好きだったのさ。本当なら、普通の預託料で引き受けたと思うよ。ただ、ちょっと芝居打ってカマかけてみたんだな。そしたら、あんたがすぐに預託料あげたから、今頃ほくほくさ。今夜はご馳走が出るかな」

「そうだったんですか」

「他の生産者には預託料のことは言うなって釘を刺しておくからさ」

「よろしくお願いします」

前島は苦笑して車に乗り込んだ。

「ウララペツのこと、よろしくお願いします。商売をやってるのでなかなか休みが取れないんですが、できるだけ会いに来ますので」

「ウララペツは芦毛だから、緑の放牧地にいるとなまら格好いいべな。暖かいときにまた来なさい」

「はい。失礼します」

葵は三浦に手を振り、助手席に座った。

「行くぞ」

前島の声と共に車が動き出す。前島はそれっきり口をつぐんだ。

半ば諦めかけていたのに、ウララペツの預託先が見つかった。嬉しくて話したいことが山のようにあったが、葵も口を閉じたままでいた。

この二日間、前島が不機嫌だったことを思い出したのだ。和子にしてやられたことで、その不機嫌に拍車がかかったのなら、滅多なことを口にしてはいけない。

国道に出ると、突然、前島が笑い出した。

「どうしたのよ?」

「すげえな、和子さん」

前島はそう言って、笑い続けた。前島の不機嫌は和子の魔法によって消えてしまったようだった。

5

葵は咳払いをしながら喉元まで留めていたブラウスのボタンをひとつ、外した。

スーツを買ったところで懐具合が急に不安になり、ブラウスは手持ちのものでいいと購入をやめたのだ。買ったときより少しばかり体重が増えているせいか、ブラウスはぴっちぴちでボタンをすべて留めると息苦しい。

ほっと息をつきながら辺りを見回す。川崎競馬場の馬主席は高級ラウンジ並の豪奢さを誇っていた。穴澤によると中央の競馬場でも、ここほど立派な馬主席はないそうだ。

今夜の第十二レースにウララペッツが出走する。競走馬としての引退レースだ。ウララペッツの最後の勇姿を見たいだろうと、穴澤が馬主席に招待してくれたのだ。

中央の競馬場と違って、地方の競馬場の多くにはドレスコードがない。それでも普段着で行くのは憚られるし、ウララペッツの引退レースをきちんとした格好で観戦するのが礼儀にかなっているとフランスの有名ブランドのパンツスーツを買ったのだ。どうせならブラウスも一緒に買えばよかった。

穴澤と前島がビールを持って戻ってきた。穴澤は両手にビール、前島は片方の手にスナック菓子の袋を持っている。

「はい、隊長」

穴澤が左手のビールを差し出してきた。

「ありがとう、副隊長」

葵は受け取った。穴澤は満更でもなさそうな笑みを浮かべた。

〈チーム　ウララペッツを種牡馬に〉の副隊長として、穴澤はウララペッツの預託料や繁殖牝馬の買い付けと預託料に出資してくれることになっている。

「最終レースまで後三十分」

穴澤が葵の隣に腰を下ろした。

「ウララペッツが走る姿を見るのもこれが最後だと思うと、なんだか感慨深いよ」

「わたしはちょっと寂しいかな」

葵はビールに口をつけた。よく冷えていて泡がきめ細かい。川崎競馬場の馬主席は提供されるサービスも一流なのだ。

「なに言ってるんだよ。ウララペッツは明日からあらたな馬生に踏み出すんだよ。マックの最後の仔、ウララペッツが種牡馬になるんだから、寂しいなんてダメだよ」

「それはわかってるんだけど……」

「副隊長の言うとおりだよ」

前島が口を開いた。

「引退レースだってのに、十二頭立ての十二番人気だ。これ以上走らせるのは酷ってもんだ」

「低評価を覆して勝ってくれれば種牡馬生活への手土産になるんだけど……」

穴澤の表情が曇った。

「テキの話じゃ、よくも悪くもいつものウララペッツだってさ。人気よりひとつでも上の着ならいい方だね」

穴澤がビールに口をつけた。前島はスナック菓子を頰張り、ビールで胃に流し込んでいる。

葵はジャケットのポケットからさっき買ったばかりの馬券を取りだした。最終十二レース、ウララペッツの単勝と複勝に五千円ずつ。いわゆる応援馬券というやつだ。ウララペッツが馬券圏内に好走する確率は悲しいけれど、低い。それでも買わずにいられないのがファン心理というやつだった。

「ぼくも買ったよ」

穴澤が馬券を取りだした。単複一万円ずつの応援馬券だった。

「おれも」

前島も、穴澤と同じ金額の応援馬券を葵に見せた。

「ウララペツの馬券買えるの、今夜が最後だからね」

しんみりとした口調だった。

「今夜のレースが終わったら、とりあえず厩舎に戻って、怪我がないかどうか様子を見る。それで、来週、北海道に向けて出発の予定」

「助かるよ、副隊長」

前島が言った。

ウララペツを日高の三浦牧場まで運ぶ馬運車の手配から支払いまで、すべて穴澤が引き受けてくれた。はじめのうちは穴澤を〈副隊長〉と呼ぶことを躊躇《ためら》っていた前島だが、最近はなんの屈託もなく副隊長と呼んでいる。

穴澤を上機嫌にしておいたほうがなにかと都合がいいと気づいたのだ。

ウララペツに関する会話を交わしている間も、刻一刻とレースの時間が近づいてくる。

大井競馬場のパドックで出会い、一瞬で恋に落ちた。あれ以来、可能な限り現地で応援し、それがかなわぬ時でも店のテレビの前で声を張り上げた。

ウララペツは一度も勝たなかった。馬券に絡むことすらなかった。せめて一度ぐらいは、先頭でゴールを駆け抜ける姿をこの目で見たかった。もっと前に出会っていれば可能だったのだろうが、時を戻すことはできない。

ならば――ウララペツの仔が勝利する瞬間をこの目に焼き付けるのだ。できれば中央のレースでその瞬間を見たい。

何人かの馬主が、穴澤を見つけては「マックイーンの仔の最後のレースだね」と声をかけに来た。いまだにメジロマックイーンは競馬ファンの心に居続けているのだ。

父系は絶えると思われていたマックイーンの血を持つウララペツが種牡馬になれば、血統表にマックイーンの名前を見つけて喜ぶ競馬ファンがいるだろう。あるいは、バイアリータークの血統が細々とであっても繋がっていることに胸を撫で下ろすファンもいるはずだ。

ウララペツはささやかな希望の星なのだ。

無事にゴールするのよ——葵は胸の前で両手を組み、ウララペツの無事を祈った。

「パドックがはじまるよ」

穴澤の声に、葵は唇を舐めた。そうだ。レースの前にパドック周回がある。現役の競走馬としてのウララペツを間近で見られる最後の機会だ。

葵はビールをテーブルに置き、ハンドバッグとレーシングプログラム、予想紙を脇に抱えて腰を上げた。先を行く穴澤を追いかける。馬主用のパドック見学エリアに向かうのだ。

パドックに到着するのと、レースに出走する馬たちの周回がはじまるのがほとんど同時だった。

葵はレーシングプログラムを広げた。ウララペツの馬番は七。鞍上《あんじょう》は櫻井昇《さくらいのぼる》。中堅どころの騎手で、ウララペツにも何度も跨がっている。

プログラムを折り畳み、深呼吸をする。胸が高鳴って息苦しい。中学生のとき、好きな男の子に告白する直前の気持ちに似ていた。期待と不安。逃げ出したいのに足が動かない。

「来たぞ」

前島が言った。

鹿毛や栗毛の馬たちに混じって、芦毛のウララペッツは光り輝いて見えた。この半年の間に馬体はどんどん白くなっている。

ウララペッツはいつもと同じ様子でパドックを周回していた。相変わらずハンサムだ。ウララペッツがすぐ目の前を通り過ぎていくと、葵の涙腺が崩壊した。

本当に本当にこれが最後なのだ。ウララペッツのパドックを、ウララペッツのレースを見ることはもう二度とない。

「ほら」

横に立っていた穴澤が布を手に押し込んできた。絹のハンカチだった。

「自分のがあるから」

葵はハンカチを返そうとした。

「いいから使いなよ。せっかくのメイクが台無しになってる」

穴澤がハンカチを握った葵の手に自分の手をそっと重ねた。

「おまえが普通の女みたいに泣くなんて驚きだな」

前島が言った。

「わたしはいたって普通の女です」

葵は言った。穴澤の手を静かに外し、ハンカチで目元を押さえる。

ウララペッツが近づいてきた。初めて見たときと同じように葵に顔を向けた。

「頑張れ」

葵は言った。本当は大声で応援の言葉を叫びたかったが、パドックでは厳禁だ。馬は臆病な生き物で、人の大声に驚いてパニックを起こすかもしれない。

「でも、無事でゴールしてくれればそれでいい。怪我だけはしないで。お願い」

「隊長はほんと優しいね」

穴澤の視線を感じて葵は振り向いた。穴澤は目を細めて葵を見つめている。

「競馬ファンならみんな同じ気持ちだと思うけど」

葵は再びパドックに視線を移した。ウララペツの最後のパドックを、しっかりと目に焼き付けておかねば。

馬は自分が走る距離を知らない――競馬ファンがよく使う言葉だ。短距離を走るのか、中長距離を走るのか、馬は知らない。どこがゴールなのかさえわからない。騎手の指示に従って走っているだけなのだ。

それを踏まえて言えば、ウララペツはこれが最後のレースだということを知らない。知っているのは人間だけで、人間だけが特別な思い入れを持ってレースを見る。

ウララペツはそれが最後のレースだとは知らぬまま、いつもと同じようにスタートを切り、いつもと同じように走り、いつもと同じようにゴールするだろう。

それがまた、切ないのだ。

葵は遠ざかっていくウララペツの後ろ姿を見つめながらはなを啜った。

＊＊＊

ゲート裏で出走馬たちの輪乗りがはじまった。奇数番の馬たちから順番にゲートに収まっていく。

七番のウララペッツは早々にゲートに入っていく。

「ウララペッツ、頑張れ!!」

葵は観覧席から大声で叫んだ。パドックとは違い、ここでは叫んでもかまわない。近くの馬主たちが好奇の目を向けてきたがこれっぽっちも気にならなかった。

「ウララペッツ、大好きだよ！　怪我せず、無事にゴールして！」

「葵、興奮しすぎだぞ」

前島に諫《いさ》められて、葵は口を閉じた。

「マックイーンの最後の仔だろ？　引退レースなんだよな。馬券は買わなかったけど、おれも応援するぞ」

客席のどこかでだれかが叫んだ。ウララペッツを応援する葵の声が耳に届いていたのだろう。

「ウララペッツは種牡馬になります！　わたしが馬主です!!　ウララペッツの仔がレースに出てきたら馬券買ってやってください!!」

葵は再び叫んだ。

「種牡馬ってマジかよ？　マックイーンの血が繋がるのか。よし、もちろんウララペッツの仔がデビューしたら馬券買って応援するぞ！」

男の叫びが終わるのと同時に、声のした周辺で小さな拍手が沸き起こった。

メジロマックイーンのファンはまだ大勢いるのだ。みんな、馬券は買わなくてもウララペッツがマックイーンのラストクロップであり、これが引退レースだということを知っているのだ。

「よろしくお願いします!!」

葵は返事をし、また目頭を押さえた。

「また泣いてるのか」

前島が呆れたというような声を出した。

「競馬っていいね」

葵は湿った声で言った。

「競馬はロマンだからね」

穴澤が微笑んでいる。

「中でもウララペツはロマンの塊だ」

葵は目尻を拭いながら笑った。

「さあ、はじまるぞ」

前島が葵を促した。

大外枠の馬がゲートに入ったところだった。葵は両手を組み、全馬の無事を天に祈った。ゲートが開いた。各馬が一斉に走り出す。ウララペツはいいスタートを決め、最初のコーナーに進入するときには先頭から四番手のポジションを確保していた。

「いいぞ。絶好のポジションだ」

前島が言った。

「いいのはいつもスタートだけなんだよ」

穴澤が眉をひそめている。

「いつもこの後はどんどん位置を下げていっちゃうんだ」

レースの距離はダートの千四百メートル。道中、前めのポジションにいることが好走するための絶対条件だ。一コーナー、二コーナーと曲がって、馬群は向こう正面の直線に出た。穴澤の言うとおり、ウララペッツは直線を走っている間にずるずるとポジションを下げていく。

「短距離は追走が厳しくて、距離を伸ばすと体力が保たない。引退の潮時なんだ」

穴澤は必死で走る馬たちに寂しげな目を向けていた。

「頑張れ、ウララペッツ！　負けるな!!」

葵は叫んだ。だが、最終コーナーに入るときには、ウララペッツのポジションは最後尾に近くなっていた。

最後の直線、有力馬たちが一斉にスパートをかける。ウララペッツも一生懸命走っているが前との差は開く一方だった。

結局、ウララペッツはしんがりでゴールした。

精一杯走っても、もう、力が足りないのだ。

「ウララペッツぅ〜」

葵は顔を両手で覆った。涙が止まらない。霧深き川の名を持つサラブレッドの、競走馬としての馬生が終わった。せめて、見せ場のひとつでも作れたらよかったものを――。

「百九戦三勝だ」

前島の声がして、肩に手が置かれた。

「勝ち星こそ少ないけど、立派なもんじゃないか。百回以上レースを走る馬なんてそうそういないぞ。無事《ぶじ》是名馬《これめいば》なり、だ。そうだろう？」

「う、うん。そうだね」

葵は涙を拭った。

「ちょ、ちょっと、副隊長。なんであんたまで泣いてるんだよ」

前島の声に振り返ると、穴澤が葵と同じように滂沱《ぼうだ》の涙を流していた。

「ぼくの持ち馬の中で、一番のロマンの塊なんだ」

穴澤が泣きながら言った。

「そのウララペッツが引退するんだよ、泣かずにいられるか」

葵は胸に手を当てた。温かいものが胸の奥を流れている。

穴澤もウララペッツが大好きだったのだ。だから、勝てなくても勝てなくても手放さず、馬主としての責任を全うしてきたのだ。

「副隊長」

葵は穴澤に声をかけた。声が上ずっている。

「隊長」

穴澤の声は震えていた。

葵は穴澤と抱き合い、さめざめと泣いた。

＊＊＊

競馬場を出ると、タクシーを摑まえ、銀座に向かった。もちろん、タクシーの支払いは穴澤持ちだ。葵と前島だけなら電車を利用していただろう。

銀座八丁目でタクシーを降り、穴澤に従ってすぐそばの雑居ビルに入っていく。一階の奥の店が、老舗の競馬バー〈シンザン〉だ。一九六〇年代に活躍した名馬の名前で、その強さや日本競馬界に与えた影響の大きさから、神馬の別名を保っている。

そういえば、シンザンもウララペツと同じ浦河で生まれた馬だ。引退後は浦河に帰り三十五歳まで生きた。サラブレッドとしては記録的な長生きだ。

ウララペツもシンザンみたいに長生きできますように――心の中で祈りながら、葵は穴澤に続いて店内に入った。

銀座という場所柄か、店内はシックな内装だった。〈Kステイブル〉はバーと名乗りながら実際は居酒屋だが、こちらは本物のバーだ。

店の中程にあるボックス席に案内され、葵たちは腰を下ろした。葵の左隣に穴澤が座り、前島は向かいに尻を据えた。

「とりあえず、〈シンザン〉を二つ」

穴澤が女性店員にカクテルを注文した。この店のオリジナルで、ウォッカをベースに柑橘系のジュースと甘めのリキュールを加えたものだ。

他にも馬名が付けられたオリジナルカクテルがいくつもあって、それが目当てでここに来る競馬ファンも少なくない。

葵も店を引き継いだ当初は売りになるカクテルを考案しようと頭を捻り、試行錯誤を繰り返したが、これといったカクテルを発案するには至っていなかった。そのうち、仕入れや仕込みの忙しさにかまけ、忘れてしまった。

ウララペツという名のカクテルを作ろう。必ず、作るのだ。

「満腹でしょ？」

穴澤が言った。前島がうなずく。前島は馬主席で目につくものを片端から口に放り込んでいたのだ。葵は、川崎競馬場に入ったときから食欲がなかった。今も胸が一杯のままだ。

「よく来るのかい？」

前島が穴澤に訊いた。

「持ち馬が勝った時なんかにはね。今夜は特別だ。ウララペツの引退の夜なんだからさ」

「わたし、お化粧直してくる」

葵は腰を上げた。競馬場でも直したのだが、ここへ来るタクシーの中でも涙ぐんでしまったのだ。

女性用のトイレに入り、洗面台の鏡を覗きこむ。アイラインがすっかりぼやけていた。

手早く化粧を直し、席に戻る。すでにカクテルが運ばれていた。

「ウララペツに」

穴澤がグラスを掲げた。葵と前島もそれに倣《なら》った。

「ウララペツに」

「種牡馬として成功しますように」

グラスを合わせ、カクテルを啜る。

「本当にウララペツが引退したんだなあ」

穴澤が感慨深げに言った。

「七年、よく頑張ってくれたよ」

「七年っていったら、預託料もかなりのもんだよな」

前島が言った。

「金は株で稼いでるからいいんだ。ウララペツは特別だから……っていうか、引退させてどうするって考えると、ぼくの頭じゃできるかぎり走らせ続けるって答えしか出せなかった。隊長が来て、種牡馬にって言い出したときは、目から鱗だったな。成績残した馬じゃないと種牡馬にはなれないって決めてかかってたんだ」

穴澤は口を閉じ、カクテルに口をつけた。

「なんのことはない。成績残せなくても、種牡馬にして、繁殖牝馬連れてくればいいんだよね。子どもがセリで売れなくても、自分で馬主になって競馬で走らせればいいんだ。なんでそんなこと、気づかなかったんだろう」

「競馬を知ってれば、あの成績の馬を種牡馬にしようなんて考えないさ。そんなことを思いつくのは、ここになにかを抱えているやつだけだ」

前島が自分の胸を指さした。普段なら、なにを気障《きざ》な仕草をと笑うところだが、今夜に限ってはとても似つかわしい。

穴澤の言葉が頭の奥で響く。

ウララペツはロマンの塊だ。

「現役の競走馬だけじゃなく、繁殖牝馬も持っている馬主にちょっと声をかけてみたんだ」

穴澤はカクテルを飲み干した。空になったグラスを頭の上で振り、お代わりと声を張る。

「おれも」

前島が言った。前島のグラスもほとんど空になっていた。葵のグラスだけ、ほとんど減っていない。

「みんな、ウララペッツの種牡馬入りに興味がないわけじゃないって感じだった。なにせ、マックイーンのラストクロップで、ヘロド系の血を繋ぐ貴重な種牡馬だからさ」

葵はうなずいた。

「ただ、ロマンを金や名誉と天秤にかけると、みんな躊躇するんだよ。責めるつもりはない。馬主は金がかかる趣味だもんね。ウララペッツの仔が走れば、何人かは自分のところの繁殖に付けてもいいとは言ってくれた」

「やっぱり、それまではウララペッツを付ける繁殖は自分たちで見つけてこなきゃならないってことだな」

前島が身を乗り出している。

「それでいろいろ考えてるんだけど、ステゴとマックイーンはニックスだろう?」

穴澤がスマホを取りだした。何度か画面をタップしてから、前島と葵に見せる。ある牝馬の血統表が表示されていた。

ステゴというのはステイゴールドのことだ。大種牡馬、サンデーサイレンスの仔で、自身の競走成績は重賞での二着、三着が多かった。シルバーコレクター、ブロンズコレクターなどと揶揄されることもあったがファンが多く、引退レースである香港のGIレースで見事優勝を飾り、種牡馬入りの花道を飾った。

種牡馬となってからは、メジロマックイーンの娘との間に、ドリームジャーニー、オルフェーヴル、ゴールドシップといった馬たちが生まれてターフを賑わせ、いくつものＧⅠタイトルを獲得したのだ。
ゆえに、父ステイゴールドと母父メジロマックイーンの掛け合わせはニックス――黄金配合と呼ばれている。

「逆はどうかなと思ってさ」

穴澤のスマホに表示されている血統表はステイゴールドの娘のものだった。

「この繁殖牝馬を買って、ウララペッツに最初に付けてみようかなって」

「それを言うなら、おれはアメリカ血統の走るスピードに秀でた馬の方がいいんじゃないかと思ってるんだよ」

前島の声も熱を帯びている。

「マックイーンの血ってことはステイヤーだろう？　今の日本の競馬じゃ、スピードが足りないってのは致命的だ。アメリカの血でスピードを補ってやったら走る馬出るんじゃないか。そういう血統の繁殖牝馬、何頭か見繕ってるんだけどな」

「それも一理あるんだけどさ、オルフェーヴルなんかめっちゃ速かったじゃん。やっぱり、ニックスを最初に考えるべきじゃない」

葵は真剣に血統を論じるふたりの話に耳を傾け、溜息を押し殺した。

前島も穴澤も、ウララペッツの種牡馬入りに対してすでにアクションを起こしている。それに比べて自分はセンチメンタルな感情に流されて、先のことを考える余裕がなかった。

自分は馬主なのだ。ウララペッツの種牡馬生活に対して責任がある。こんなことじゃだめだ。

「隊長はどう思う」

議論が膠着状態に陥ったところで、穴澤が葵に水を向けてきた。

「検討中。っていうか、繁殖牝馬を購入するのはふたりだから、わたしはふたりの意見を尊重するわ。どうせ、ウララペッツの仔を宿してもらうのは一頭だけじゃないもの」

「そうだな。副隊長が考える一頭、おれが推す一頭、それぞれ買い付けて、ウララペッツに付けるのがいいな。便所行ってくる」

前島が立ち上がり、トイレへ消えていった。

「前島さんも熱いねえ。ロマンの男だな」

穴澤が言った。

「競馬、好きだから」

「ぼくは競馬ももちろん好きだけど、隊長も気になるね」

「は？」

「彼氏いないんでしょ？　ぼくなんかどう？」

「冗談はやめてくださいよ、副隊長」

「ぼく、大真面目なんだけどな。初めて会ったときから気になってたけど、競馬場でウララペッツのために涙流す姿見て惚れ直した。今度、デートしようよ」

ハンドバッグの中で、スマホにメールの着信があることを告げる電子音が鳴った。

助け船だ。

「ちょっとごめんなさい。仕事絡みのメールかも」

葵はスマホを取りだし、メールを開けた。杉山達也からのメールが届いていた。

〈来月、上京することになりました。デートしてください！〉

葵は呆然としてスマホと穴澤に交互に視線を送った。

店を引き継いでから男っ気はまったくなかった。それどころではなかったのだ。それがいきなり、ふたりの男からデートに誘われている。

穴澤も杉山も付き合う相手としては悪くはない。しかし――

ウララペッツの顔が脳裏に浮かんだ。

今はウララペッツのことで頭がいっぱいなのだ。ボーイフレンドのことなど考えている余裕はない。

「だれからのメール？」

穴澤の声に我に返った。

「仕入れ先から」

「デートはどうする？」

「考えさせて」

「ぼく、隊長を幸せにする自信、あるよ」

「考えさせてって言ったでしょ」

穴澤はまだなにか言いたげだったが、口を閉じてカクテルグラスに手を伸ばした。前島がトイレから戻ってきたのだ。

穴澤は葵をデートに誘ったことなどおくびにも出さず、前島との血統論議を再開した。

6

お洒落なイタリアン——それが杉山達也のリクエストだった。

お洒落なイタリアンねえ。

杉山達也の風貌からは想像もつかないリクエストだった。しかし、イタリアンがいいというならかまわない。それに、杉山には訊きたい話もあった。

表参道で待ち合わせ、何度か足を運んだことのあるイタリアンレストランに向かったのだ。

「へえ、いい店だな」

杉山は席に着くと無遠慮な視線をあちこちに向けた。

「よく来るんですか?」

「店を始めてからはあんまり。営業日は来られないし、休日は疲れてぐったりしてるか競馬場に行くから」

「好きなんですね」

「競馬バーだから、最初はお客さんに付き合う程度の営業みたいなものだったんだけど」

葵はメニューを開いた。杉山が奢《おご》ってくれると聞いてから、ここの看板メニューである黒白トリュフのパスタは必ず食べようと決めていた。

「競馬が好きだから競馬バーをやってるんじゃないんですか?」

「兄がはじめた店なの。兄が急逝しちゃって、それで引き継ぐことになったのね」

「そうでしたね」

「父も兄も大の競馬好きだったけど、わたしはあんまり。でも、競馬好きのお客さんたちに付き合ってるうちに大好きになっちゃった」

「へえ——」

杉山もメニューを開いた。

「なにがお勧めですか?」

「なんでも美味しいのよ、ここ」

「じゃあ、葵さんと同じものにしますよ。ワインもお任せします」

「いいの? 予算は?」

「初デートだから奮発したいけど、常識の範囲内でお願いします」

葵は苦笑した。杉山はなんだか憎めない。

「嫌いなものは?」

「ありません」

「じゃあ、頼んじゃうね」

葵はスタッフを手招きで呼んだ。前菜に生ハムのプロシュート、モッツァレラチーズのサラダ、黒白トリュフのパスタにミラノ風カツレツ。赤ワインは一万円ほどの値がついたものにした。

すぐにソムリエがやって来てワインの栓を開け、グラスに注いでいく。テイスティングを要求された杉山はもっともらしい表情でグラスを回し、匂いを嗅ぐ。

「よくわからないけど、いい香り」

杉山はソムリエに笑顔を向けた。

ワインの注がれたグラスを掲げる。

「なにに乾杯しようか？」

葵は杉山に訊いた。

「お馬さんたちに。ぼくも葵さんも馬に食わせてもらってるようなものだし」

「そうね。すべてのお馬さんたちに」

「すべてのお馬さんたちに」

グラスを軽くぶつけてから口に運んだ。蜂蜜を思わせる香りが鼻に流れ込んでくる。ワイン自体は重すぎず、軽すぎず、葵の好みの飲み口だった。

「今日も綺麗ですね」

杉山が言った。

「念入りにメイクしてきたから」

葵は素っ気なく応じた。

「そんなことより、ちょっと訊きたいことがあるんだけど」

「なんです？　年収ですか？　性癖ですか？」

葵は杉山のおちゃらけを聞き流した。

「リナホーンっていう馬がいるの。知ってる？」

「確か、佐々田《ささだ》牧場の繁殖じゃなかったかな。うちの近所ですけど」

「そう。佐々田牧場のリナホーン。ホクトスルタンの半妹なの」

ホクトスルタンというのはメジロマックイーンの産駒だ。四歳時に目黒記念という重賞を勝ち、マックイーン産駒の牡馬として初めての重賞勝ち馬となった。逃げ馬で、いつも果敢に逃げたがなかなか勝ちきれず、父の後継種牡馬となることを期待されていたが、八歳で障害競走に転向し、レース中に怪我を負って天に還った。

「ホクトスルタンはマックイーン産駒ですね。ウララペッツと一緒だ」

「リナホーンの馬主になって、ウララペッツの種を付けられないかと思ってるの」

競馬がロマンだというのなら、志半ばに散ったホクトスルタンの妹と、ウララペッツの間にできた馬を走らせる。これ以上のロマンはないはずだ。マックイーンのファンも熱狂するだろう。

杉山がワインに口をつけ、溜息を漏らした。

「ぼくはデートのつもりで来たんですけどね」

「あら、これ、デートじゃないの？」

「だったら、もうちょっと違う話題で盛り上がりましょうよ」

「リナホーンの話が終わってから」

葵はきっぱりと言った。杉山が溜息を漏らした。

「じゃあ、とっとと話を終わらせましょう。リナホーンの仔はあまり走ってませんよ。それでもいいんですか？」

「うちのお客さんに物凄い血統オタクがいるの。リナホーンはそのお客さんが見つけてきたのよ。ホクトスルタンはマックイーンの後継種牡馬にっていう期待にはこたえられなかったけど、それでも、中央の重賞を勝った馬よ。そのお母さんの血を引くリナホーンに、マックイーンの血を引くウララペッツをかけたら面白いんじゃないかって。ロマンもあるし」

「確かに、血統の構成パターンからいったら、重賞はともかく、中央で勝ち上がるポテンシャルのある馬が生まれてもおかしくはないですね」

「でしょ？」

葵は身を乗り出した。

「試してみる価値はあると思うの」

「でも、馬は犬や猫を買うのとはわけが違いますよ。仮に譲ってもらえたとして、その後の繋養費もかかるわけだし」

「ばんばん買えるわけじゃないから、みんなで知恵を絞って一頭に絞ったんじゃない」

葵はワインを飲んだ。一気にまくし立てたせいか、喉が渇いている。

馬だけではない。自分の財務状況を精査して、牝馬一頭を持つぐらいならなんとかやっていけるという目処《めど》を立てたのだ。

穴澤や前島に頼ってばかりいるわけにはいかない。自分はウララペッツの仔を中央で走らせ、なおかつ勝利を挙げるという夢に向かって足を踏み出したのだ。ウララペッツを付ける牝馬の一頭も所有していなければ、夢を語る資格がないではないか。

「佐々田牧場さんの馬、結構預かってるでしょう？」

杉山の牧場は育成牧場だ。中央や地方のトレセンに送り出す前の馬を、馴致《じゅんち》、調教する。当然、近隣の牧場で生産された馬を預かることが多い。

「うちの牧場のことも調べたんですか？」

「馬主としては当然でしょ」

杉山が首を振った。

「違うベクトルでうちの牧場に興味持ってもらいたいんですけどねえ」

「今はウララペツのことで頭が一杯なのよ。佐々田牧場さんに打診してみてくれないかしら」

「リナホーンを売れって？」

葵はうなずいた。

「訊いてみますけど……」

「ついでに、馬は買うけど、そのまま繋養してもらいたいの。預託料はもちろん払うから」

「訊いてみますよ。予算は？」

「常識の範囲内で」

杉山が破顔した。

「葵さんのそういうところ、いいなあ」

「安ければ安いほどありがたいけど」

「ですよね。そこはうまく話を持っていきますよ」

「売ってくれるかしら？」

「多分、大丈夫なんじゃないかな。佐々田さんのところもなにかと大変だから。牝馬が売れて、なおかつ預託料ももらえるとなったら渡りに船だもの」

「経営が厳しいの？」

「日高の小さな牧場はどこも似たり寄ったりですよ」

葵は溜息を押し殺した。前菜が運ばれてきて、食べることに専念する。昼食を抜いてきたから、お腹がぺこぺこだった。

「葵さんって、休みの日、競馬をやらないときは何をしてるんですか？」

あっという間に前菜を平らげた杉山が訊いてきた。

「寝てる」

葵は答えた。飲食店をひとりで切り盛りするのは本当に大変なのだ。競馬のない休日は、ひたすら眠りを貪っている。三十路過ぎの独身女がなにをしているのかと自虐的になることもあるが、億劫でなにかをする気になれないのだ。

「趣味は？」

「それでね、いずれ、ウララペッツの産駒が生まれてくるじゃない」

葵は杉山の質問を無視した。

「え、ええ」

「その産駒の馴致育成を、杉山さんのところにお願いできないかと思って」

杉山の顔が歪んだ。

「なんだか、葵さんにいいように利用されてる気がしてきた」

「そんなことないわよ。これっぽっちも興味がなかったらデートになんか応じないし。男にたかる女、大嫌いなの」

「じゃあ、脈ありですか？」

葵はうなずいた。杉山は嫌いではない。

「ただ、今はウララペッのことで頭が一杯で、たまたま杉山さんが牧場関係の人だから、あれこれお願いしてるの」

「なんでも言ってください」

杉山が満面の笑みを浮かべた。現金だが、可愛らしい。

「馴致育成、お願いできる？」

「もちろん」

「できるだけ安い料金で」

「も、もちろん」

「達也君――」

葵は杉山を下の名で呼んだ。

「は、はい？」

「ありがとう」

自分の右手を杉山の右手の上に重ねた。

「心から感謝するね」

杉山の頰が赤らんでいく。〈Kステイブル〉を引き継いでからは男っ気はまったくなくなったが、学生時代やOL時代は恋多き女として通っていた。恋愛における手練手管はお任せあれ。後ろめたさに目をつぶれば、自分に気のある男を思い通りに動かすのはたやすかった。

前菜の皿が下げられ、パスタが運ばれてきた。

「んまっ！」

パスタを頬張ると、杉山は目を丸くした。

「でしょ。このお店の一推しメニューなの。これが食べたくて毎週通ってくるお客さんもいるんだって」

葵もパスタを口に運んだ。トリュフとニンニクの香りが絶妙なハーモニーを奏でながら鼻腔をくすぐる。シンプルな味付けのパスタと相俟《あいま》って、口から全身に幸福感が広がっていった。

「おれも毎週、上京しようかな。葵さんに会って、このパスタ食べるために」

「飛行機代足すと、三つ星レストランで食べるより高くつくわよ」

「投資ですよ、投資。それで葵さんがおれの嫁さんになって牧場に来てくれるなら安いもんじゃないですか」

杉山の言葉に、笑みが浮かんでいた顔が強張った。杉山は嫌いではない。付き合ってみてもいいとすら思っている。だが、問題はその後だ。

惚れたというだけで付き合えるのは二十代までだ。三十を過ぎれば、その先にどうしても考えが飛んでいく。結婚するのか。いずれ別れることになるのか。別れるとわかっていて付き合うのはしんどいものだ。そうやって、人は年をとるにつれて恋に臆病になっていく。

馬は好きだが、牧場で働く自分を想像するのは難しかった。余暇で北海道を訪れるのは最高に楽しいが、住むとなれば別だ。葵は東京で生まれ、東京で育った。人いきれのする大都会こそが自分の所属する場所であり、田舎暮らしが性に合うとは思えない。

杉山は結婚を前提にした付き合いを求めている。それに応えるつもりがないなら、付き合うだけ無駄だ。いつかやってくる別れにともなうあれやこれやは、この年になるとしんどすぎるのだ。

「おれ、余計なこと言っちゃいました？」

杉山が不安げな目を葵に向けてきた。

「ううん。そんなことないよ」

葵は無理矢理微笑んだ。

「もう、嫁だの子ども産んで欲しいだのは言いませんね」

杉山が言った。

「でも、そういう女性を求めてるんでしょう？」

「馬はね、今を生きてるんですよ。馬だけじゃないな。犬や猫も、動物はみんな一緒かも。過去を引きずったり、未来のことを思って悩んだりするのは人間だけなんですよ」

葵はフォークでパスタをまとめながらうなずいた。

「馬がそばにいる環境で育って、ずっと思ってたんですよ。馬みたいに今を生きてれば幸せなんだろうなって。過去に囚われず、まだ起きてもいない先のことに縛られず、ただ今をひたすらに生きてたら、なにかを思い煩うことなんかないじゃないですか。ただただ生きて、一瞬一瞬を嚙みしめるんです」

「哲学的ね」

「動物は哲学なんか考えませんよ。とにかく、どうやって今を生き続けるかってずっと考えてたのに、後を継いで経営だのなんだのに頭を使わなきゃならなくなると、そのことを忘れちゃうんだな。まあ、しょうがないですよね。経営者は先のこと考えるのが仕事だから」

杉山は最後のパスタを口に放り込んだ。

「せめて、葵さんと一緒にいるときだけは、今を生きるようにします。葵さんと一緒にいる一瞬、一瞬を目一杯楽しまなきゃ。先のことは考えません」

葵は杉山の日焼けした顔をまじまじと見つめた。目の前にいるのは、自分が思っていたよりはるかに頭がよく、感性の豊かな男性だった。

「あ、その顔、マジでおれに惚れちゃいました？」

「素敵だなとは思った」

葵はパスタを口に運び、ワインを啜った。パスタもワインも、それまで以上に美味しく感じられた。

＊＊＊

「いらっしゃいませ」

ドアの開く音が聞こえて、葵は声を張り上げた。ちらりとスマホに目を走らせる。六時五十五分。開店まではあと五分だが、これぐらいのフライングならゆるしてもいい。

「隊長は働き者だね」

葵はふかしたジャガイモをマッシュする手を止めて視線を上げた。穴澤がカウンターに向かってくる。両手を不自然に背中の方へ回していた。

「まだ開店前ですよ、副隊長」

「他の客が来る前にと思ってね」

穴澤は気障に微笑み、背中にまわしていた両手を前に出した。バラの花束が握られていた。

「綺麗。どうしたの？」

「家の近くに花屋があるんだけどさ、普段は目もくれないのに、今日に限って店内覗《のぞ》いちゃったんだよね。そしたら、鮮やかな赤が目に止まってさ。隊長に似合うと思って買っちゃったわけ」

バラは五十本はあるだろうか。ゴージャスな花束だった。

「わたしに？　本当？」

「ウララペッツの馬主になったお祝いに」

「ありがとう、副隊長。凄く嬉しい」

葵は花束を受け取った。シンクの下の棚から花瓶を取り出し、バラを入れてカウンターの端に飾った。

「なんだか、ここだけ銀座の高級クラブみたい」

「銀座の高級クラブなら胡蝶蘭だよ」

穴澤は笑いながらカウンター席に腰掛けた。

「飲み物は？」

「生ビール。それから……それはポテトサラダ？」

穴澤はマッシュポテトの入ったボウルを指さした。葵は首を振った。

「コロッケ作ろうかなと思って。揚げたてが美味しいって、結構評判なんです」

「揚げたてのコロッケ、いいねえ。それ、もらう――」

穴澤はメニューを広げ、目を細めた。

「和風サラダと……ローストラム？」

「北海道からいいラム肉の塊が届いたんです。たっぷりスパイス利かせてじっくり焼き上げました。そのまま食べても美味しいし、赤ワインソースをつけても」

「それももらう」

穴澤の声が裏返っていた。葵は苦笑しながらサーバーからジョッキにビールを注いだ。

「これは店の奢り。バラの代金には全然及ばないけど」

「プレゼントなんだから気にしなくていいよ。このビールもちゃんとつけておいて」

「はいはい。ありがとうございます」

穴澤は受け取ったビールを一息で半分近く飲み干した。

「ああ、美味い」

口の周りに泡をつけながら、穴澤はジョッキをカウンターに置いた。

「いつも開店直後はこんな感じ？」

「中央競馬がある土日は早い時間から混むけど、平日はこんなものかな。今日は大井でナイターがあるから、もうすぐ中継見ながら馬券買いたいお客さんがちらほら現れる。混んでくるのは最終レースが終わった後だから、九時半過ぎ」

葵は穴澤と話しながら、コロッケの仕込みを再開した。マッシュしたジャガイモに炒めた牛挽肉と刻みタマネギ、バター、粗挽きの黒胡椒を混ぜて練り、ひとつずつ形を整えていく。衣をつけて並べたら、後は注文があるたびに揚げていくだけだ。

「大井からだと、結構時間かかるもんな」

「品川あたりに引っ越してくれっていうお客さんも多いわ。品川なら、大井からも川崎からもそう遠くないし」

「でも、府中からは遠くなる」

「そうなの。まあ、引っ越すつもりなんてハナからないけど」

葵はサラダ用の野菜を皿に盛り付け、自家製の青じそドレッシングをかけた。

「お代わり」

穴澤がジョッキを空にする。サラダを置き、空のジョッキを引き取ってビールを注ぐ。フライヤーの油が設定温度に達していた。

ビールのお代わりを穴澤に渡し、コロッケをふたつ、フライヤーに投入する。コロッケが揚がるのを待つ間、冷蔵庫からラムのローストを持ってきてカットした。

「定休日は月曜だっけ？」

「うん。第三火曜も休み」

ラム肉を皿に並べ、付け合わせの野菜を彩りよくあしらって、赤ワインのソースが入った小鉢を添える。焼き加減も上々の、自慢の一皿だ。

コロッケが揚がった。油を切り、キャベツの千切り、ミニトマトと共に皿に載せる。

「熱々のうちに召しあがれ」

穴澤はすでにサラダを平らげていた。ジョッキの中身もずいぶんと減っている。

「じゃあ、次の連休は再来週か。どう？　温泉にでも行かない？」

「え？」

「一泊で温泉に。長野なんだけど、いい宿があるんだ。標高二千メートルの山肌に建っててさ、正面は浅間山。背後には八ヶ岳があって、天気がいいと富士山まで見える」

「ふたりきりで？」

「問題？　部屋は別に取ってもいいし、ぼく、紳士だから」

「そんなのわかりませんよ」

「無理矢理とか、断れない状況を作ってとかは大嫌いなんだ。温泉入って美味い飯食って酒飲んで夜景見て、もし隊長がその気になってくれたらその時はその時で」

「なりません」

葵はぴしゃりと言った。

「なんで断言できるんだよ？　最高にロマンチックな夜景なんだぜ」

葵は噴き出した。株という冷徹な数字の世界で仕事をしている割に、穴澤はロマンが大好きなのだ。

「こういう言い方もなんだけど、ぼくと付き合ったら、少なくとも金の苦労は忘れられるぜ」

杉山の顔が頭に浮かんで消えた。顔や性格で言えば、断然杉山の方が好みだ。だが、それだけで恋愛に進めるのは二十代まで。女も三十を過ぎれば未来に目を向ける。牧場で苦労するか、東京で贅沢をするか。

そこまで考えて、葵は溜息を漏らした。確かに将来は重要だが、それればかり考えていては、この世に生まれてきた意味がないではないか。

失敗を恐れず、自分の心に正直に――それが二十代までの葵の生き方だったはずだ。

「お兄ちゃんが悪いのよ」

葵は呟いた。兄が死に、この店の経営者になったことで、生きる指針がずれてしまったのは間違いない。

「なんだって？」

穴澤が言った。

「なんでもない」

葵は慌ててかぶりを振った。

「隊長、温泉行こうよぉ」

穴澤は駄々をこねる子どものように身をよじった。

「行きません」

「いい宿なんだってば。軽井沢寄ってお洒落なランチ食べて、アウトレットで買い物して。全部、ぼく持ちだよ？」

ぶれそうになる自分の心に鞭《むち》を入れる。

「そういうのは、何度かデートした後とかに行くのが普通でしょう」

「じゃあ、デートしよう。美味しい物食べて、いいバーで酒飲んで、ぼくたちふたりとウララペッツの将来について語り合うんだ」

葵は反射的にうなずいた。ウララペッツの将来については大いに語り合いたい。

「四谷に美味い鮨屋があるんだ。どう？」

「お鮨？」

自分で自分が恥ずかしくなるぐらい心が躍った。最近は、肉より魚介、特に鮨に惹《ひ》かれてしまう。

「お、目が輝いたぞ。相当の鮨好きだな？」

「そんなに美味しいお鮨屋？」

「うん。いろんな名店行ってるけど、四谷のあの店はトップスリーに入るね」

「行きます」

葵は言った。

「来週？　再来週？」

「再来週の火曜で」

ラムの皿を穴澤の前に置いた。

「決まりだ。早速予約入れておく。六時からでいい？」

「はい」

穴澤が電話をかけた。スムーズに予約が取れる。口調からして常連のようだった。

「ラムローストか。赤ワインだな」

穴澤は予約の電話を終えると、ワインリストに手を伸ばした。

「結構いいワイン揃えてるんだよなあ」

「レースの終わった後に祝勝会やる馬主さんがいたりするから、そこそこのワイン、揃えてあるの。普段はほとんど出ないんだけど」

「これ行こうかな」

穴澤はリストの下の方にあるワインを指さした。カリフォルニアのソノマヴァレーにあるワイナリーのピノ・ノワールだ。一本、三万円の値をつけさせてもらっている。葵の大好きなワインだった。

「それ、最高。ラムにめっちゃ合います」

「ぼくもそう思ったんだ。ひとりで一本空けると酔っちゃうから、隊長も一緒に飲もうよ」

「いいの？」

穴澤がうなずいた。鮨にソノマヴァレーのピノ・ノワール。抱きついて頬にキスしてやりたいような気分だった。

グラスのワインを飲み干したのを見計らったかのように、四人組の常連客が入ってきた。みな、スポーツ新聞や競馬の予想紙を手にしている。葵は慌ててテレビをつけ、大井競馬場の中継を映した。第九レースに出走する馬たちのパドックの様子が流れてくる。

「とりあえず、生四つ」

常連たちは生ビールを注文すると、テレビ画面と手にした新聞や予想紙を交互に睨みはじめた。食べ物の注文が入るのは、彼らがスマホで馬券を買い終わってからだ。

四杯分の生ビールの準備をしていると、前島が姿を現した。我が家にいるような足取りでカウンターまでやって来て、穴澤の隣に腰を下ろす。

「副隊長、来てたんだ。早いな」

「他の客が来るまで、隊長を独り占めしようと思って」

「ふうん」

前島はカウンターの端のバラに目を止め、鼻を鳴らした。

「隊長、前島さんにもワイングラスを」

「はい」

前島の前にワイングラスを置き、生ビールを運ぶ。四人ともビールに口をつけるのも忘れて馬券検討に没頭していた。

戻ってくると、前島と穴澤がワイングラスを合わせていた。

「ウララペッに」

「ウララペッに」

ふたりは呪文のように唱え、ワインを啜る。

「ウララペッツを付ける繁殖牝馬だけど、ぼくは二、三頭買おうかなって思ってるんだ。もう、目処も付けてある」

「おれは予算的に二頭が限界かな」

「他の繁殖なんて集まらないだろうし、五頭につけて、みんな無事に生まれたとしても、いきなり中央で勝利っていうのは難しいかな」

穴澤がラム肉を口に放り込んだ。葵は前島の料理に取りかかった。ひとりで来るときに注文する物は決まっているのだ。季節の野菜のグリルにソーセージとハムの盛り合わせがそれだ。

「普通の種馬は何十頭も付けるんだからな。最初からどうこうは考えないで、長い目で見ないとだめだろう」

「だよな。まずは無事デビューしてくれっていうのが本音だもんな。しかし、このラム、美味しいね」

穴澤が顔を上げた。

「あのね、わたしも繁殖牝馬、買うことにした」

葵は言った。

「そうなの?」

穴澤が目を丸くする。

「聞いてないぞ、そんなこと」

「ふたりにおんぶに抱っこはどうなのと思って。老後のための貯金、崩す。わたしの経済力じゃ一頭買うのがやっとだけど」

「その口ぶりだと、買う馬も決まってるみたいだな」

「リナホーンっていう、ホクトスルタンの半妹」

「へえ」

穴澤の目が輝いた。ホクトスルタンの妹とウララペッツの間に子が生まれれば、それこそロマンの塊のような馬になる。穴澤は絶対に気に入るはずだ。

「ホクトスルタンか。やられた。そこまで頭が回らなかったよ」

「買うのはいいとして預託料とか捻出できるのか?」

「うん。リナホーンは佐々田牧場ってところの馬なんだけど、預託料込みで売ってもらえないか、杉山さんに交渉してもらうことになってるの」

「達也? 会ったのか?」

前島が手にしていたグラスをカウンターに置いた。

「うん。先週、上京してたのよ。知らなかった?」

「聞いてないぞ。おれには一言もなくて、おまえとは会ったのか」

葵は肩をすくめた。まさか、自分と食事をするのだけが目的の上京だったとは言えない。

「だれ、その杉山って」

穴澤が身を乗り出してきた。

「おれの古い知り合い。日高で育成牧場をやってる男だ」

前島は口を閉じ、穴澤の横顔に視線を走らせた。十分に間を取ってから再び口を開いた。

「こいつに気があるんだ」

葵を指さす。

「なんだって？」

穴澤が目を細めた。

「知らないわよ、そんなこと」

葵はとぼけた。

「副隊長のぼくを差し置いて、日高の田舎くさい金もない男とデートしたのか？」

穴澤の細められた目に殺気が宿ったような気がした。

「田舎くさくはないですよ。まあ、お金はそんなに持ってなさそうだけど」

「デートしたんだな？」

穴澤の顔が歪む。

「食事をしただけです」

「ぼくとの温泉旅行は速攻で拒否ったくせに」

「それは――」

「なんだ、その温泉旅行ってのは?」

前島が話に割り込んできた。

「部屋は別々に取るって言ったんだよ。ぼくはただ純粋に、隊長に心と体の疲れを癒して欲しいなと思っただけなのに、考える間もなく拒否された」

少し、話が違う――葵は唇を尖らせた。

「でも、お鮨は食べに行くって言ったでしょ」

「鮨ね。好きだもんな、おまえ」

前島が鼻を鳴らした。

「その日高の男とも鮨を食べたの?」

穴澤が恨みがましい目つきで訊いてくる。

「イタリアン」

「高い店?」

「安くはないけど、高いってわけじゃないわ」

「鮨、大トロでもウニでもなんでも好きなもの食べていいよ」

葵は苦笑した。なにを張り合おうとしているのか。

「あのバラも副隊長が?」

前島がバラに向かって顎をしゃくった。

「そう。隊長に似合うだろう?」

「馬鹿だなあ。花より団子の女だぞ」

「うるさい」

葵は吐き捨てて仕事に戻った。四人組の馬券検討が終わったようだった。飲み物のお代わりと食べる物の注文が間もなく入る。

「花より団子って、隊長に失礼じゃないか」

「事実だからしょうがないだろう」

穴澤と前島はまだくだらない会話を続けていた。

7

海から吹きつけてくる風が刃のように顔の皮膚を苛《さいな》む。葵は手袋をはめた手で頬を覆った。

十二月の北海道はすでに真冬の気温だったが、雪はまだ積もっていない。雪に覆われればまだ暖かさをかんじることもあるのに、剝き出しの凍てついた大地が広がる景色は荒涼としていた。

「家の中で待ってればいいのに。ほっぺがリンゴみたいになってるっしょ」

和子が言った。葵たちは着ぶくれているのに、和子はライトダウンを羽織っているだけだ。寒さに対する耐性が違いすぎる。

「いいんです。ここでウララペッツを待ちます」

葵は答えた。これから厩舎の馬房にいるウララペッツを放牧地に出すのだ。

「おれは家の中でもいいんだけどな」

葵の背後で穴澤が呟いた。

「風がきつすぎるな」

前島も足踏みをしている。男という生き物は本当にだらしがない。

厩舎でいななきが聞こえた。さほど間を置かず、三浦に引かれたウララペッが厩舎から出てきた。綿菓子のような白い息を吐き出し、足を止めて葵たちを一瞥する。

真っ黒で大きな透き通った目が葵の心を鷲摑みにする。葵は自分の手で胸を押さえた。心臓が激しく脈打ち、痛いほどだ。

「近づいて、触ってみたらいい」

三浦が言った。

「そんなこと、してもいいんですか?」

「はんかくさい。あんた、馬主じゃないか」

「そうだよ。馬主なんだよ。ただのファンじゃないんだから」

穴澤の声に背中を押され、葵は足を踏み出した。ウララペッの耳がぴんと立っている。敵意は抱いていないようだ。

「気は強いけど、人に襲いかかったりはしないから大丈夫だ」

三浦が微笑む。葵の緊張ぶりがおかしいらしい。

「はい」

葵はウララペッのすぐ前まで進み、右手を鼻の近くに持っていった。ウララペッが匂いを嗅ぐ。

ウララペッの息が温かい。

ウララペツが匂いを嗅ぎ終えるのを待って、顔にそっと触れた。ウララペツは嫌がる素振りも見せず、じっと葵を見つめている。

「長い間、お疲れ様でした。これからは、たまに種付けして、あとはゆっくり過ごせるね」

ウララペツが体を震わせた。

「和子、ニンジン」

三浦が和子に声をかける。和子はライトダウンのポケットに突っ込んでいた右手を出して、握ったものを葵に手渡した。カットしたニンジンだった。葵は手袋を脱いでニンジンを掌に載せ、ウララペツの口元に持っていった。ウララペツはニンジンの匂いを嗅ぎ、躊躇うことなく食べた。ウララペツの口元のなんとも言えない柔らかい感触が心地よかった。

「あんたたちも触ってみるかね?」

三浦が前島たちに声をかけた。

「おれたちは遠慮します。馬のストレスになってもなんだし」

前島が答えた。

「ぼくは馬主時代に結構触ってるし」

穴澤が葵の隣に立った。

「大きな怪我もせず、よく走ってくれたなあ。これからは、マックイーンの遺伝子を残すのがおまえの仕事だからな。よろしく頼むぞ」

穴澤の言葉には、万感の想いが込められている。

「じゃあ、行こうか」

三浦が引き綱を引いた。ウララペッツが歩き出す。放牧地に向かうウララペッツは生き生きとしていた。

「蹄鉄《ていてつ》はしてないんですね」

ウララペッツの足もとを見て、葵はだれにともなく呟いた。

「鉄を履くのは現役の競走馬だけだからね」

和子が答えた。

「そっか。もう、装蹄されることはないんだね。削蹄《さくてい》だけだ」

削蹄とは要するに爪切りのことだ。装蹄師が専用の道具を使って蹄を削り、歩きやすくしてやる。

ウララペッツが放牧地に入った。三浦が引き綱を外すと、満を持してというように走り出す。躍動する筋肉は、まだ現役馬のそれだった。

「さ、家の中に入って。温かいお茶でも飲みなさい」

和子が言った。

「あ、ご馳走になります」

早速、穴澤が家に向かって歩きはじめた。前島がその後に続く。

「わたしはもう少しウララペッツを見てますから、おかまいなく」

「好きにするといいわよ。本当にあの馬が好きなのねえ」

和子が笑った。葵はうなずき、放牧地に向かう。すれ違った三浦が肩をすくめた。こんな冷たい風の中、放牧地にいる馬を見ていたいなどという人間は希《まれ》なのだ。

牧柵に両肘をつき、両手に顎を乗せて放牧地を駆け回るウララペッツを眺める。芦毛の馬体はこの二ヶ月でさらに白さを増し、風格さえ感じさせた。

風が唸りを上げた。放牧地の脇に立つ木々がしなる。ウララペッツの足が地面を蹴るたびに土埃が舞った。

ウララペッツは放牧地のちょうど真ん中で足を止めた。首を上げ、唸りを上げる風の匂いを嗅ぐ。鬣《たてがみ》がなびき、全身から湯気が沸き立っている。

その姿はすべての生き物が息絶えた氷の世界を征く勇者のようだ。

葵は溜息をついた。

ウララペッツは美しい。ウララペッツは愛おしい。

なんとしてでもウララペッツの血を残すのだ。ウララペッツの仔で、中央の勝利を挙げるのだ。

ウララペッツがいななき、また走りはじめた。

葵は寒さも忘れ、飽きることなくウララペッツを眺め続けた。

＊＊＊

佐々田牧場に向かうと、杉山達也から電話が入った。

「ぼくも佐々田牧場にいます」

電話に出ると、杉山は嬉しそうに言った。

「いやあ、こんなに早く葵さんに再会できるなんて、幸せだなあ」

穴澤の刺すような視線を感じた。今回の来道はウララペッツに会うためと、繁殖牝馬を実際に見ることが目的だったが、穴澤は葵と杉山がふたりきりになることを阻止したがっている。

「今夜、〈蝦夷屋〉予約しようと思ってるんですけど、三人で大丈夫ですよね？」

杉山が言った。今回も、以前と同じく静内のエクリプスホテルを予約してある。

「四人よ」

「え？　葵さんと芳男の他にもいるんですか？」

「穴澤さんっていう以前のウララペツの馬主さん。ウララペツをわたしたちに譲ってくれたけど、種牡馬ウララペツを応援する隊の副隊長なの」

「聞いてないですよ」

杉山はあからさまな落胆の声を出した。

「訊かれなかったもの」

葵はわざとビジネスライクに話した。穴澤の視線が痛いほどだ。

「あと五分ぐらいで着くから。お店の予約、よろしくお願いします」

葵は電話を切った。

「ちょっと声が聞こえたけど、甘えた声だった」

穴澤が言った。

「そんなことないと思うけど」

「ふん。こっちは最高級の江戸前鮨だぞ」

穴澤が子供じみた台詞を口にして腕を組んだ。

まったく、男という生き物は度しがたい。

そう思いながら、しかし、口の中であの時食べた鮨の味わいがよみがえった。新鮮なネタという観点で言えば、東京は北海道には逆立ちしたってかなわない。しかし、超一流の職人が仕事をして成り立つ鮨に関しては、やはり東京が一番だ。酢飯にワサビを付けて新鮮な刺身を載せて握ればそれで美味い鮨になるというわけではない。酢飯やワサビと調和させるために、ネタにいかに仕事を施すか。

一貫二千円の値が付けられていたウニの軍艦の美味しさには、思わず涙が溢れそうになったほどだ。

もちろん、そんな高価な鮨は自腹では食べられない。つい、穴澤にもう一度連れて行ってくれとねだりそうになるのだが、そうしないように自分を戒《いまし》めている。

ウララペツに関することだけでも、穴澤にはとても世話になっているのだ。好意につけ込んでたかるような真似だけはしたくない。

佐々田牧場は日高町と新冠町の町境近くに立地していた。

手描きのイラストが入った看板も、こまめに修繕された跡のある放牧地の牧柵も、牧場の主が働き者であることを物語っていた。

左右を放牧地に挟まれた私道を進んでいくと、こちらに向かって手を振る杉山の姿が見えてきた。

前島がレンタカーを停めると、杉山が葵の座っている側の後部ドアを開いてくれる。

「久しぶりです、葵さん。会いたかったなあ」

「ちょっと大袈裟。数日おきにＬＩＮＥで話してるのに」

葵は車を降りた。

「ＬＩＮＥと実際に会うのは別物ですよ」

杉山の言葉が終わる直前、穴澤が葵と杉山の間に割って入ってきた。

「穴澤です」

「え、えっと、杉山です。この近くで育成牧場をやっておりまして」

「ぼくは中央、地方で十頭前後の馬を持ってる馬主です。葵とは懇意にさせてもらってる」

「葵？」

「毎日顔を合わせてるしね」

確かに、穴澤はここのところ、毎晩のように〈Kステイブル〉に現れている。

「よく、ふたりきりで食事にも行くんだ――てっ！」

葵は穴澤の脇腹に容赦のない肘鉄を食らわせた。穴澤が顔をしかめ、葵を見る。

「なにするんだよ、隊長」

「嘘をつくからよ」

「嘘って、毎晩一緒に酒を飲んでるし――」

葵は穴澤を睨んだ。穴澤が口を閉じる。毎晩、穴澤が注文するワインの相伴に与《あずか》っているのは確かだが、事実を歪曲しすぎている。

「達也、佐々田さんが待ってるぞ。早く紹介してくれよ」

前島が杉山に声をかけた。前島の視線の先に五十代半ばぐらいの、がっしりした体格の男性が立っていた。

「あ、そうだな。すいません、和臣《かずおみ》さん。こちらが、ウララペツの馬主の倉本さんと前島さん。それに、穴澤さんだそうです」

杉山は佐々田に近づきながら葵たちを紹介した。杉山も佐々田もフリースを羽織っているだけだ。脚元はゴム長だし、手袋もはめていない。

「初めまして。倉本です」

葵は佐々田に手袋を脱いだ右手を差し出した。佐々田の厳つい手をそっと握る。氷のように冷たかった。

「初めまして。佐々田和臣です」

前島と穴澤も続けて佐々田と挨拶を交わした。杉山が穴澤の背中を憎々しげに見つめていた。

「じゃあ、早速ですが、リナホーンの馬房に案内します。凍った牧草地で爪が割れて、今は放牧に出してないんですわ」

佐々田が葵たちに背中を向け、厩舎に向かって歩き出した。葵たちはその後についていく。厩舎に入ると、いくぶん、寒さがましになった。風に直接体を晒さなくて済むからだ。

枯れ草と飼い葉の匂いが鼻腔を満たしていく。馬糞などの不快な匂いが少ないのは、まめに馬房を掃除しているからだ。

この牧場の馬なら信用できる――葵はひとり、うなずいた。

「これがリナホーンです」

厩舎の一番奥で佐々田が足を止めた。他の馬房は空で、佐々田と同年配の女性が寝藁《ねわら》を敷き直していた。女性は葵たちが通り過ぎるとにこやかな笑顔を浮かべ、「いらっしゃい」と言った。感じのいい女性だった。

リナホーンが馬房の柵から顔を突き出し、葵たちを見た。栗毛の馬で、太い流星が特徴的だ。

「爪の状態が悪いんですか？」

前島が佐々田に訊いた。佐々田が首を振った。

「この時期にはよくあることです。雪が積もってくれるまでは、地面、がちがちに凍りついてセメントみたいになってますから。明日、装蹄師が来て処置してもらうことになってます。そうしたら、また仲間と一緒に放牧ですよ」

前島がうなずいた。葵は馬房の前に立った。リナホーンと目を合わせる。優しい顔立ちの牝馬だ。だが、現役時代は気の強いことで有名だったらしい。

「ホクトスルタンの半妹ですよね」

「そうなります。兄みたいに中央の重賞、勝ってもらいたかったんですけどねえ」

リナホーンは中央でデビューしたが、二十戦して二勝。その後、馬主が代わって地方の盛岡競馬に移籍した。そこで十二戦三勝の成績を残し、引退して故郷の牧場に戻ったのだ。これまで、七頭の子どもを産んでいるが、中央で勝つ馬は出ていなかった。

「初めまして、リナホーン」

葵はリナホーンに声をかけた。

「あなたはウララペッツのお嫁さんになるのよ」

リナホーンは目を細め、甘えるように顔を葵に近づけてきた。葵はその頰を優しく撫でた。

＊＊＊

〈蝦夷屋〉の大将は葵と前島のことを覚えていて、にこやかな笑みで出迎えてくれた。

「しばれるべ。熱燗でも行くかい？」

葵は冷えきった両手をさすりながらうなずいた。

「最初の一杯は店のおごりだ」

「そんなことまで……」

「いいんですよ。女性の客には甘いのが大将の売りなんだから」

杉山達也が言った。

「はんかくさいこと言うなって」

大将は豪快に笑い、熱燗の支度をはじめた。

「どうだった、隊長。ぼくの買った繁殖は？」

左隣に座った穴澤が話しかけてきた。右隣の杉山が穴澤に鋭い眼差しを向けている。

「いい仔を産みそう。アメリカ血統だから、スピードのある仔が生まれるかも」

穴澤が嬉しそうにうなずいた。

「もう、血統表と睨《にら》めっこで決めたんだから。ウララペツと合うはずだよ。きっと走る仔が出る」

佐々田牧場の後は、穴澤と前島が買った繁殖牝馬を見てまわったのだ。穴澤の馬は新冠町の牧場に、前島の馬は新ひだか町の牧場に繋養されていた。リナホーンを合わせた三頭は、年が明けると、順次、ウララペツの種を付ける予定になっている。

母馬のお腹の中で仔馬が順調に育てば、生まれるのは種を付けてからほぼ一年後。競走馬としてデビューするのはそれから二年後のことになる。三年と考えれば長いが、おそらく、その日はあっという間にやってくるはずだ。

競馬をやっていると、一年は本当に早い。ついこの間、ダービーが終わったばかりなのに、気づけば次のダービーの時期になっている。

「金を出すだけならだれにでもできますけどね」

杉山が言った。

「こっちは気合い入れて馴致育成やりますよ。馬が走るかどうかは血統だけで決まるわけじゃない。デビューするまでの準備が大切なんです。セリで億単位の値がついたのに鳴かず飛ばずの馬だって腐るほどいるじゃないですか。ぼくに任せてください。ウララペツの仔は大切に大切に育てます」

穴澤が舌打ちした。

「育成牧場なんて、預けてくれる馬主がいてなんぼの商売だろう」

「なんですか、その言い方は」

「先にそっちが馬主をくさしたんだろうが」

葵を間において、穴澤と杉山が睨みあう。

「いい加減にして！」

葵はふたりを交互に睨んだ。途端に、ふたりとも穴が開いた風船のように萎《しお》れていった。

「まったくいい大人が、子どもみたいに」

「モテる女は辛いねえ」

大将が微笑みながら葵の前に徳利とお猪口を置いた。杉山と穴澤が酒を注ごうと徳利に手を伸ばす。

「手酌でやるから結構です」

葵は冷たい声で言い、徳利を手に取った。男たち三人の前にも徳利とお猪口が置かれていく。

葵は三人を待たず、温かい日本酒を口の中に流し込んだ。冷えていた体が安堵するのを感じた。

「食べ物、今日はコースで頼んでありますから。なにか、特別に食べたい物があれば、個別で注文してください」

杉山がおずおずといった感じで言った。葵の剣幕に恐れをなしたらしい。

「とりあえず、乾杯しよう」

前島が言った。男三人がお猪口を掲げる。葵も渋々それに倣った。

「とりあえずこれで体を温めておいて」

大将が葵たちの前に小鉢を並べていく。おでんだった。熱燗といい、おでんといいありがたいことこの上ない。冬の牧場巡りは寒さとの戦いだ。東京のゆるい冬になれきった身に、北海道の冬の気温は拷問にも等しい厳しさだった。

「飛行機の中でちょっと思いついたんだけどさ」

穴澤が熱燗をぐびりとやってから口を開いた。

「ウララペツの産駒、きっとセリに出しても売れないだろう。ってことは、ぼくたちで引き取らなきゃならない」

「そういうことになるだろうな」

前島がうなずいた。

「だけど、隊長と前島さんは中央の馬主資格持ってないじゃんか」

「うん。中央は無理」

「ぼくが全頭の馬主になってもかまわないんだけど、クラブに一頭提供するのはどうかと思ってさ」

ひとくちに馬主といっても、その実態は大まかには二種類に分かれる。穴澤のような個人馬主と法人馬主だ。法人馬主の中には一般に一口馬主クラブと呼ばれる組織があり、馬を買い、出資者を募る。

例えば、クラブは一頭の馬に四千万の値を付け、百口の募集をかける。一口四十万を出資すれば、その人間は四千万の馬の一口馬主となる。馬が競馬で勝てば賞金の一部が配当として支払われるし、なにより、個人馬主になる資金がなくても馬主気分を味わえるのだ。

馬を預ける調教師やレースに乗せる騎手などの手配はすべてクラブが行ってくれる。一口馬主はただ、愛馬を応援するだけでいい。

「ウララペツ産駒に興味を示すクラブなんてないだろう」

前島が言った。

「いやいやいやいや、マックイーンのラストクロップが種馬になるんだよ。それもヘロド系の血筋だ。ウララペツ産駒にロマンを見る競馬ファン、絶対にいるって。それだったら、クラブだって食指が動くだろう?」

前島がお猪口を口に運びかけていた手を止めた。

「マックイーンの血筋に夢を見る競馬ファンが一口馬主になってウララペツ産駒を応援するんだ。ロマンだろ?　夢があるだろ?　熱くなるだろ?」

穴澤の口調が熱を帯びてきた。なによりロマンが好きなのだ。

「ウララペッツの産駒を引き受けてくれるクラブに心当たりがあるのか?」

「あるんだな、これが」

穴澤が得意げに笑った。

「ホクトレーシングクラブ、知ってるだろう?」

葵と前島は同時にうなずいた。赤坂に本社を置く中堅どころのクラブだ。所有馬はすべて、ホクトノの冠名を付けられ、ファンにも親しまれている。三年前にホクトノスザクが春の天皇賞を勝ったように、重賞勝ち馬も年に数頭出している。

「あそこの役員に知り合いがいてさ、時々、美味しい株の銘柄を教えてやってんの。さっき、ホテルの部屋でそいつに電話して話したら、結構乗り気でさ」

「本当なの?」

葵は身を乗り出した。

「ただし、馬はただ同然で提供することになる。トレセンに行くまでの繋養費と育成費ぐらいは出してもらうよう交渉するけどさ」

穴澤は自信満々だった。勝算があるのだ。

「リナホーンの仔はどうだろうと思ってるんだ」

「穴澤さんの馬じゃなく?」

「ウララペッツの血統に夢を見た競馬バーの美人ママの馬って煽れば、いい宣伝にもなるし。実際、ウララペッツの馬主でもあるんだしさ」

「美人ママってわたしが?　やめてよ」

自分が不細工だとは思わない。ただ、美人と呼ばれるほどの容姿の持ち主でもない。

「ロマンだよ、隊長。ロマン。みんな競馬にロマンを求めてるんだ。隊長が種馬にしたウララペッと、隊長がウララペッのために用意した繁殖牝馬。その馬の一口馬主になって、隊長の夢を一緒に追いかける。食いついてくる競馬ファン、絶対にいる」

「ロマンはいいけど、わたし美人ママじゃないし、そういうのはちょっと……」

「葵さんは美人ですよ」

杉山が口を挟んできた。

「だよね」

穴澤がうなずく。さっきまで一触即発だったのに、変なところで意気投合している。男という生き物は、本当に度しがたい。

葵は溜息を漏らした。

「美人ママ云々はおいといて、それがうまくいけば面白いな」

前島が言った。

「前島さんもそう思うでしょ？　せっかくウララペッを種馬にしたんだ。競馬ファンを巻き込まないと」

「いいアイディアだと思う」

前島が重々しくうなずいた。

「残りの二頭はぼくが馬主になって、預ける厩舎を探すよ。まあ、無事に生まれて、順調に育ってくれたらだけど」

そうなのだ。サラブレッドは競走馬としてデビューするまでに、いくつもの試練を乗り越えなければならない。

まず、無事に生まれるかどうか。流産だったり死産だったりすることもよくあるという。無事に生まれたら、順調に育つこと。馬房内や放牧中の事故で死ぬ馬もいる。去年だったか、放牧地に侵入してきた牡鹿に角で腹を抉《えぐ》られて死んだ仔馬のことを耳にした。

無事に成長した仔馬たちを待っているのは生後半年ぐらいに行われる乳離れだ。これまで自分を守ってくれていた母馬と引き離され、同い年の馬たちと集団で生活するようになる。そして、一年を無事に過ごした先に待っているのが馴致育成だ。人を背中に乗せることからはじめて、少しずつ、競馬をやるための教育を施されていく。気性が激しすぎたり臆病すぎたりする馬は競走馬失格の烙印を押されることもある。そして、育成の段階で、中央で走る能力があるのか、あるいは地方が向いているのかの選別がなされ、二歳の六月以降のデビューを待つことになる。

競走馬としてデビューするだけでも大変なのだ。

「それでいいのか？　おまえにだけ負担をかけることになる」

「前島さん、繋養費だとか馬運車の借り賃だとか、出せる？」

「それぐらいなら」

「じゃあ、前島さんの馬にかかる経費は持ってもらうってことで」

「本当にリナホーンの仔、クラブ馬にするの？」

葵は口を開いた。自分のあずかり知らぬところで話がどんどん進んでいくのが腹立たしい。

「嫌か？」

前島が葵の顔を見据えた。

「嫌っていうわけじゃないけど……」

「じゃあ、決まりだ。メジロマックイーンのファンや、血統好き、ロマン派の競馬ファンを巻き込んでやろうぜ」

前島は立ち上がり、お猪口を持ち上げた。

「ウララペッツの栄光ある未来を願って乾杯だ」

穴澤と杉山も腰を上げた。葵は一瞬遅れてそれに続いた。

「乾杯!」

四人が一斉にお猪口を掲げ、中の酒を飲み干した。酒はずいぶんぬるくなっていたが、ゆっくりと喉を下り、ほのかな暖かさを胸の奥に運んでくれた。

8

リナホーンの種付けが無事に終わったという連絡が入ったのはカレンダーが三月に切り替わる直前だった。

大きな事故もなく、受胎もしたようだ。

神様、ありがとう。

電話を切ると、葵は胸の前で両手を組んだ。以前は無神論者だったが、競馬と向き合うようになって、考えが変わった。神はいる。少なくとも、競馬の神様はいる。

そう考えなければ説明のつかない事象に何度も出くわした。

自分の応援する馬がレースに出走する前に神様に祈り、無事にレースが終われば感謝する。祈りが届かないこともあるが、それは神様のせいではない。自分の思いが足りなかったのだ。

馬券が当たるようにと祈っても無駄だ。競馬の神様は馬券には一顧だにしない。

化粧を終えると、葵はマンションを後にした。今日は〈Kステイブル〉の定休日だ。穴澤に、また鮨をご馳走してもらうことになっていた。

「そういえば、穴澤さんと会うの、一月ぶりぐらいだっけ」

駅に向かいながら、葵は首を傾げた。昨年末までは毎日のように通い詰めてくれた穴澤だったが、年が明けると姿を見せる頻度が減っていった。

確定申告に向けて、やらなければならないことが多くあったらしい。だが、その確定申告を終えて、美味いものを食いに行こうと連絡があったのだ。

電車の乗客は一様に着ぶくれていた。寒の戻りがあって、今日の気温は一月下旬並みに低い。年末、北海道から戻ったばかりの時は、東京の冬の寒さなんて屁でもないと思えたものだが、二ヶ月もするとすっかりなまってしまった。気温が一桁台まで下がるとベッドから出るのが辛い。北海道はまだ、氷点下の寒さが続いているのだろう。

地下鉄を乗り継いで銀座で降りた。待ち合わせの場所に行くと、穴澤がスマホを睨んでいた。温かそうなツイードのコートにマフラーを巻いている。マフラーも間違いなく高級ブランド品だろう。

「お待たせ」

葵が声をかけると、穴澤はスマホをコートのポケットに押し込んだ。

「久しぶりに顔見るけど、相変わらず好みだなあ」

「メイク厚塗りで元の顔わからなくなってるけど」

「ばっちりメイクした顔も、店で薄化粧の顔もいいんだよなあ」

穴澤は悪びれずに言った。

「とりあえず、ありがとって言っておく」

「さ、行こう。昼飯抜きなんだ。腹が減った」

葵は穴澤と肩を並べて歩き出した。

「さっき、佐々田牧場さんから電話があって、リナホーン、無事に受胎したみたいだって」

「おお、それは朗報じゃん。いい仔が産まれるといいなあ。前島さんの繁殖も受胎したって話だし。ぼくの繁殖は来週、種付けだって」

穴澤は大通りを外れて狭い路地に入っていく。今夜連れて行ってもらうのは、知る人ぞ知る鮨屋らしい。

「あそこだよ」

路地の突き当たりにこぢんまりとした建物が建っており、暖簾《のれん》が揺れていた。暖簾は無地の紺色で、店名もなにも記されていない。看板すらなかった。

「看板もないのね」

「くうっていう店名なんだ。空って書いてくうと読む」

「へえ」

「一見さんお断りだし、メディアの取材も一切受けない。常連に何回か連れてきてもらって、やっと常連になれる」

穴澤は暖簾を手で掻き分け、白木の引き戸を開けた。

「いらっしゃいませ」

威勢のいい声が響いた。五、六人座るのがやっとというカウンターの奥で、皺くちゃの顔の老人が品定めするような目を葵に向けてきた。

「穴澤さん、ご来店だよ」

老人が口を開いた。

「いらっしゃいませ」

店の奥から若い女性が出てきた。ミッキーマウスのエプロン姿で、ノーメイクの素肌が艶々だ。

「こちらへどうぞ」

女性に促され、葵と穴澤はカウンターの左端に腰を下ろした。脱いだ上着は女性がどこかへ運んでいった。

「あの店員さん、お孫さんかしら」

葵は穴澤に囁くように言った。

「奥さんだよ」

「えええっ」

「静かに」

穴澤に睨まれて、葵は慌てて口を閉じた。そっと女性を盗み見る。どう見ても二十代前半だ。対して、カウンターの中の大将は七十以下には見えない。

「愛があれば年の差なんて関係ない」

大将が葵を睨んだ。

「あ、大将、聞こえちゃいました？　すみません。何事にも大袈裟な女なんで。ゆるしてやってください」

「ゆるすもなにもねえけどな。初見の人間はみんな驚く」

「隊長、謝って」

穴澤に促されて、葵は頭を下げた。

「失礼しました」

「いいんだよ。それより、飲み物は？」

「シャンパンをボトルで」穴澤が言った。「食べる方はお任せで」

「なに言ってやがる。お任せしかねえじゃねえか」

穴澤は苦笑して頭を掻いた。

「お嬢ちゃん、食べられないものはあるかい？」

大将が訊いてきて、葵は首を振った。

「なんでも食べます」

「いい答えだ」

大将は笑い、包丁を手に取った。

「お待たせしました」

女性――女将《おかみ》がシャンパンとグラスを運んできた。ボトルのラベルを見て、葵は目を丸くした。

「クリュッグじゃない」

「そうだよ。こう見えて、ここのワインやシャンパンの品揃えは半端ないんだ。もちろん、日本酒や焼酎だって銘酒揃い」

「でも、クリュッグなんて高いでしょう」

「確定申告済ませたら、思いのほか税金取られなくて済むことがわかったんだ。嬉しいから、今夜はクリュッグで祝杯」

「まともな商売で稼いだ金じゃないくせに、偉そうな口を叩くなあ」

大将が言った。穴澤がまた頭を掻いた。

「勘弁してくださいよ、大将」

「まあ、こちとら、どんな由来の金だろうがかまわねえけどよ」

大将は穴澤と喋りながら手際よく魚を捌《さば》いていく。あっという間にお造りの盛り合わせが出てきた。

葵と穴澤は慌ただしく乾杯をして、箸に手を伸ばした。

「味はしてあるから、そのまんま食べな」

大将の言葉に押されるように、葵はまず、イカの刺身を口に運んだ。とろけるような歯ごたえと得も言われぬ甘みが口の中に広がって絶句する。

こんなに美味しいイカの刺身は、北海道でも食べたことがない。イカの旨味が口に残っている間にクリュッグを啜ると、天国が垣間見えた。

「鮮度じゃ北海道にかなわねえから、こっちはこれで勝負よ」

大将は左手で自分の右手を叩いた。

「美味しいです。とっても」

「面見りゃわかるよ」

大将は嬉しそうに微笑み、次の料理の支度にかかった。

「美味いだろう、ここ。大将は口うるさいけど、それを我慢してもお釣りが来る」

「うん。本当に美味しい。お鮨が楽しみ」

「鮨食ったら悶絶するよ」

穴澤は気障ったらしく片目をつぶった。似合わない仕草だが、嫌みではない。

「リナホーンの子どもだけど、ホクトが引き受けるってことで、話がまとまりそうだよ」

「本当に？」

「ああ」穴澤は鯛の昆布締めを口に運んだ。「前に言っただろう。あそこの役員に恩を売ってあるってさ……うめっ」

穴澤は言葉を切り、シャンパングラスに手を伸ばした。シャンパンを一口飲むと、切なげな溜息を漏らす。

「マジ美味い。やべえなあ」

葵は思わず笑った。穴澤の横顔が子どものようだったのだ。

「どこまで話したっけ？」

「ホクトの役員に恩を売ってあるってところまで」

「ああ、そうだった。鯛があんまり美味いんで忘れちゃったよ。もちろん、向こうも商売だからさ、ただぼくに借りがあるってだけじゃ話にならない。やっぱり、マックイーン産駒最後の馬が種馬になって、馬主が種付けして子ども産ませて競走馬にするってところが、競馬ファンの心をくすぐるだろうって向こうも考えたみたいなんだ」

「ロマンは感じるだろうし、応援もしてくれるだろうけど、出資しようっていう人、そんなにいるかしら」

「大丈夫。募集開始する前に、ＳＮＳで煽るだけ煽るから」

今や、ツイッターをはじめとするＳＮＳは競馬にはなくてはならないツールだ。多くの競馬ファンがＳＮＳを通じて必要な情報を手に入れている。

「ただし、実際にクラブがリナホーンの仔を引き取るかどうかは、生まれた後、実馬を見てからになる」

「それはそうよね」

血統のいい父母から生まれても、生まれつきの不具があったり、体質が虚弱だったりすることはままある。実際の馬を見て、買うかどうかを決めるのは当たり前だ。

「そこまでウララペツにいろんなことしてくれるなら、自分が馬主のままでいてもよかったのに」

葵は呟いた。

「それじゃだめなんだよ」

穴澤が言った。

「え？　クラブ馬にするのに不都合だってこと？」

「そうじゃない。ぼくが、その気になれないってこと」

葵は首を傾げた。穴澤の言葉がよく理解できない。

「さっき、大将にも言われたろ？　まともな商売で稼いだ金じゃないってさ」

「う、うん」

「自分でもわかってるんだよ。株を売り買いして利ざや稼いで。そりゃ、同年代のやつらよりよっぽど稼いでるけどさ、まともな商売じゃないんだ。社会に貢献するわけでもなし、立派な使命感があるわけじゃなし、ただ金を儲けるだけ。たまたま、こういうことに才覚があるから、やってるだけ」

穴澤はトリガイを口にし、シャンパンを呷り、うめえなあと呟いてから言葉を続けた。

「ろくなもんじゃないのよ。金は持ってる。ただそれだけ。金稼いでるだけじゃなんとなくもやもやしてさ、それで、馬主になって好きな競馬に少しは金回してやろうって。せめて、競馬だけはロマンを追い求めようってね。株の世界にロマンなんかないからさ。あ、刺身、乾かないうちに食べちゃった方がいいよ。のんべんだらりとしてると、大将に叱られるし」

葵は刺身に箸を付けた。鯛もトリガイもマグロの赤身もすべてが天に昇るような美味しさだった。

「だからさ、ぼくじゃダメなわけよ」

お造りを食べ終えると、穴澤がまた口を開いた。

「株で稼いだアブク銭使ってウララペツを種馬にして、アブク銭使って繁殖かき集めて、そんなんじゃ、だれもロマンを感じてくれないって。隊長じゃなきゃダメなの。ウララペツに惚れ込んで、たいした資金があるわけでもないのにあちこち走り回って種馬にして、ウララペツの産駒が中央で勝つことを夢見る。それこそがロマンなのよ。ロマンの塊よ」

穴澤は自分と葵のグラスにシャンパンを注いだ。ボトルが空いた。刺身が美味しすぎて、そんなに飲んでいるとは気がつかなかった。

「大将、白ワインちょうだい」

穴澤が声を上げた。

「ちょっと飲むペースが速すぎるんじゃねえのか」

大将が顔をしかめる。

「しょうがないよ、大将。大好きな女子と、大好きな店で、めっちゃ美味い魚食ってるんだから」

頬が熱くなる。葵はシャンパンを口にした。

「それじゃしょうがねえな。アイちゃん、穴澤さんに白いワイン、ボトルで」

大将が女将に声をかける。

「白ワイン、入ります」

女将――アイちゃんが微笑んだ。女将というよりアイちゃんの方がよっぽど似合う。

「愛する衣って書いて愛衣《あい》って言うんだ」

穴澤が囁いた。

「大将は虎吉《とらきち》だよ。名前並べたら笑っちゃう」

「虎吉って、マジ？」

「マジ、マジ」

「おい、聞こえてるぞ」

大将が葵たちを睨んだ。

「すみません」

葵は首をすくめた。

「大将、耳がよすぎるんだよなあ」

「これ食ってる間だけでも口を閉じてろ」

焼き魚が載った皿が目の前に置かれた。

「鰆《さわら》の粕漬け。うちの酒粕は、山形の蔵元から取り寄せてるんだ。よその酒粕とはわけが違うぞ」

葵は鰆に箸を入れた。それだけで口の中に生唾が湧いてくる。絶対、美味しいに決まっているやつだった。

鰆を口に入れる。降参するしかなかった。グラスに残ったクリュッグを飲み干し、溜息をついた。まだつまみだ。鮨はどれほど美味しいというのだろう。

「白ワインお持ちしました」

愛衣ちゃんがにこやかに白ワインとグラスを運んできた。

「今日の白はイタリアのヴェネトのやつだ。ワイナリーのオーナーが面白い男で、いつも変わったワインを作る。今日のネタにぴったりだと思ってな」

皺くちゃの虎吉さんが、ヴェネトだのワイナリーだのといった言葉を口にするのがなんとも不思議で、面白い。

「このワインも、日本に三十本しか入ってきてないんだけど、全部買い占めちゃったよ」

大将が豪快に笑った。

愛衣ちゃんが栓を抜いてくれたワインを、穴澤がテイスティングする。

「なにこれ。めっちゃ不思議な香り」

穴澤は目を丸くしてワインを啜った。

「フルーティだけど、なんか白っぽくないな。ロゼみたいな味わいだ」

「だろ。鰆と合わせてみな」

葵はワインが注がれるのを待ってグラスを手に取った。中のワインを回し、香りを嗅ぐ。軽やかな酸味の中に、ナッツの匂いが混じっている。蜂蜜のような香りもするし、なんとも複雑だ。ワインを口に含んで目を丸くする。穴澤の言ったとおり、色も香りも白ワインなのに、味はロゼだ。

鰆を食べ、白ワインを口に含む。

「し・あ・わ・せ」

思わず呟いた。

「よかった。隊長が喜んでくれると、ぼくも、し・あ・わ・せ」

穴澤が言った。葵はまた頬が熱くなるのを感じた。前島や杉山が同じ台詞を口にしたら、頬をひっぱたきたくなるだろう。だが、穴澤ならゆるせてしまうのだ。

「たとえば――」

葵は話題を変えた。このまま穴澤のペースに付き合っていたら心が揺れてしまう。

「株で儲けたお金を使ってなにかやろうとは考えないの？　事業を興すとか、飲食店を経営するとか。人を雇って、アブク銭を社会に還元するの」

穴澤が寂しそうに笑った。

「やったことあるんだよ、もちろん。でも、全然ダメだった。経営者の才覚ないんだよね。ぼくにできるのは株だけなんだ」

「そうなの？」

「株以外のことだと、ロマンを追いかけ過ぎちゃうんだよ。ちょっとトイレ」

穴澤は腰を上げ、店の奥に姿を消した。

「株屋にしちゃ、いい男だぞ、穴澤は」

大将が言った。

「そうですね」

葵は素直にうなずいた。

＊＊＊

和田と石井がノートパソコンを睨みながらＰＯＧの集計をしている。葵は額に滲んだ汗を拭った。いい海老を仕入れることができたので、今夜の特別メニューは天ぷらにすることにした。海老と穴子とキス、それに野菜を数種類。

海老の殻を剝き、背わたを処理するところから仕込みをはじめたのだが、思いのほか時間がかかる。衣を付けてさっと揚げればできあがりと高を括っていた自分が呪わしい。

ＰＯＧというのはペーパーオーナーゲームの略だ。紙の馬主。実際に馬を買って馬主になることのできない競馬ファンが仲間と集い、想像上の馬主になって、日本ダービーの覇権を争う。だれがどの馬の馬主になるかは話し合いやジャンケン、籤《くじ》引きなどで決められる。基本、ひとり十頭の馬主になるのだが、クラシックに参戦できそうな血統背景の馬を探し、他者との争奪戦に勝たなければばならない。

　各馬が出走するレースにはそのグレードに応じてポイントが割り振られており、日本ダービー終了時点にそのポイントを集計してトップに立ったものがその年の優勝者となる。優勝者や得点上位者にはゲーム参加者から募った参加費を元に豪華景品が与えられる。

〈Ｋステイブル〉のＰＯＧは兄の時代から十年以上続いており、常連客の楽しみのひとつでもあった。

「前島さんがいまんとこダントツのトップだよ」

　石井が顔を上げた。

　皐月賞が目前に迫っており、今年度のＰＯＧも山場を迎えつつある。それと同時に、次年度のＰＯＧにも備えねばならず、幹事役の和田と石井は、この時期はいつも大忙しだ。

「前島さん、当たり籤引いたからなあ」

　クラシックはノーザンファーム生産馬が強い。だから、ＰＯＧ参加者の狙いもノーザンファームの馬に集まり、争奪戦は熾烈を極める。前島はその争奪戦にことごとく敗れ、仕方なく人気のない馬を指名することになった。

　ところが、その人気馬たちが、今年度は壊滅的に走らなかったのだ。デビュー戦は勝ったもののその後頭打ちだったり、デビュー自体がかなわなかったり、前評判にはほど遠い成績だったり。

　対して、前島が指名した十頭のうち、三頭が重賞で勝ち名乗りを上げた。そして、年末に行われた若駒たちによるＧⅠレース、ホープフルステークスでも大穴を開けて優勝したのだ。

　前島はこの時に獲得したポイントで他者を大きく引き離し、ダントツのリードを保っている。皐月賞とダービー、あるいは牝馬クラシックの桜花賞とオークスを連勝するような馬が出てこないかぎり、前島の優勝は堅いだろう。

「今年の優勝賞品、なんだっけ？」

和田が言った。

「アマゾンのギフト券十万円分」

石井が答える。

「いいなあ。二位は？」

「この店のお食事券三万円分」

「七万も差がつくんだっけか」

「競馬の賞金考えてみろよ。一着の賞金は一億でも、二着は四千万。それぐらい差を付けなきゃ」

「なんとか二位を狙うぞ。おれの指名馬たち、皐月賞かダービーのどっちか勝ってくれ」

和田が甲高い声を上げるのと同時に客が入ってきた。

「いらっしゃいま――なんだ、前島さんか」

葵は威勢よく発した声を途中で飲み込んだ。

「なんだはないだろう。こう見えても客は客だぞ。連れもいるしな」

「連れ？」

前島から若干遅れてもうひとりが店に入ってきた。杉山達也だった。

「杉山さん、上京してたの？　連絡くれればよかったのに」

杉山は恨めしげな視線を葵に向けてきた。

「葵さんは穴澤さんとのデートで忙しいかと思って」

嫉妬して、拗《す》ねている。

可愛いと面倒くさいを両端に乗せて天秤が揺れている。

「穴澤さんとはしばらく会ってないわ」

葵は嘘をついた。頭の中で〈空〉で食べた鮨の味がよみがえり、唾液が湧いてきた。

「そうなんですか?」

「忙しいみたいで、店にもあまり顔を出してくれないの」

「そうなんだ」

杉山は笑みを浮かべ、カウンターに腰を下ろした。

「態度コロコロ変えて、子どもかよ」

前島が苦笑しながら杉山の隣に腰を下ろす。

「生ビールふたつ。それから……」

前島は葵の手元を無遠慮に見つめた。

「なんだ、天ぷらでも揚げるのか?」

「美味しい海老が入ったから、今日の特別メニュー。他に、キスや穴子、野菜もあるわよ」

「じゃあ、天ぷらの盛り合わせ二人前だ」

「いつもありがとうございます」

「注文受けるときだけ愛想がよくなるの、悪い癖だぞ」

前島が言った。

「あら、いつも愛想のいいママって評判なのに」

「やっぱり、葵さんに連絡入れておけばよかったな。そしたら、デートできたのに。てっきり……」

杉山が頬杖をついてぶつくさ言いはじめた。葵は聞こえなかったふりをして手を洗い、サーバーからジョッキにビールを注いだ。

「ＰＯＧの集計か？」

前島が石井たちに声をかける。

「いよいよ今年度のＰＯＧも大詰めですからね。いまんとこ、前島さんがダントツのトップです」

和田が答えた。

「余り物に福があるって言うだろ。悪いな」

「まだ勝負は決まったわけじゃありませんよ。まあ、相当厳しいのは事実だけど、ぼくのエントロピーにだって、二冠の目はまだあるし」

石井が答えた。エントロピーという馬は、ノーザンファームの生産で、父はディープインパクト、母方の祖父がキングカメハメハという良血だ。昨年のＰＯＧ指名で白熱の争奪戦が繰り広げられた挙げ句、石井が馬主の権利を勝ち取った。

だが、大方の期待とは裏腹に、デビュー戦こそ勝ったものの、以後のレースは二着、三着という惜敗が続き、なんとか皐月賞出走に漕ぎ着けた。その体に眠る良血が目覚めれば、クラシックで大仕事をやってのけても不思議はないが、石井がＰＯＧで前島を上回るには皐月賞とダービーの二冠を制する必要があるようだ。

「二冠達成したら凄いもんだけどな。あの血統なら秋の菊花賞も行けるだろう。そうなりゃ、オルフェーヴル以来の三冠馬だ」

前島は余裕綽々だった。

「お待たせ」

葵はふたりの前にビールジョッキを置いた。天ぷらの支度に取りかかろうと振り返りかけたところで、右の手首を杉山に握られた。

「葵さん、おれ、明後日帰るんです。明日、空いてませんか？」

「明日は店があるわ。大井で重賞があるから休めないし」

「昼間でもいいです」

「昼は仕込みがあるし……」

南関の競馬場で重賞があるときは、たいてい、店も混雑する。仕込みの量も増えててんてこ舞いだ。

「三十分でいいんです。お茶を飲むだけでも」

「前もって連絡くれれば、なんとか都合つけられたかもしれないのに」

葵は言って、杉山の手を邪険に払いのけた。

「すみません」

杉山が見る間に萎れていった。

「そう冷たくするなよ、葵」

前島が割って入ってきた。

「冷たくしてるわけじゃないわ。ただ、急に言われても困るのよ」

「三十分、お茶飲むぐらいなんとでもなるだろう」

葵は口をへの字に曲げた。

勝手に嫉妬して、勝手に拗ねて、その挙げ句に急に現れて時間を作れとはなんとも自分勝手ではないか。なぜ、自分がそれに付き合わねばならないのか。

「ウララペッツの件で世話になってるんだ。なんとかしてやれよ」

前島の口からウララペッツの名前が出た途端、かたくなだった心が急に柔らかくなった。

「お茶を飲むだけなら、なんとか時間を作るわ」

葵は言った。

「ほんとですか？」

杉山の目が輝く。

「明日の午後二時。駅のそばにドトールがあるから、そこで」

「二時に代々木駅のドトールですね」

杉山はスマホを取りだし、画面を何度かタップした。

「場所、確認しました。オッケーです」

杉山は欲しいおもちゃを手に入れた子どものようにはしゃいでいる。葵はまた心が重くなるのを感じた。

「店の仕込みがあるから、三十分きっかりよ」

「わかってます。ありがとう、葵さん」

杉山が屈託のない笑みを浮かべた。葵は溜息を押し殺し、天ぷらの支度に取りかかった。

＊＊＊

店内に入ると、テーブル席に座っている杉山が目に入った。コーヒーを啜りながらスマホを操作している。テーブルの上には花束が置かれてあった。

「お待たせ」

葵は杉山に声をかけた。お待たせとは言ったが、まだ約束の十分前だった。杉山はどれぐらい前に着いていたのだろう。

「葵さん」

杉山は立ち上がり、花束を手に取った。

「これ。近くの花屋覗いたら綺麗だったから。花の名前わからないんだけど」

「フリージアね」

葵は言った。

「へえ。名前は聞いたことがあるけど、どんな花なのかは知らなかった。よかったらどうぞ」

「ありがとう」

葵は花束を受け取り、杉山のコーヒーカップを盗み見た。中身がほとんどなくなっている。遅くとも、二、三十分前には到着していたのだろう。

「約束の時間より早いわね」

「少しでも葵さんと長く話せたらと思って」

杉山が答えた。

「わたしが遅刻したらどうするつもりだったの？」

「葵さんは約束の時間より早く来る人だって確信があったんですよ」

杉山が笑った。相変わらず、真っ直ぐな魅力的な笑顔だ。

「父が時間に厳しい人だったの。ちょっと待ってて」

葵はハンドバッグと花束をテーブルに置いてカウンターに向かった。ハニーカフェ・オレを注文し、マグカップを受け取って席に戻る。

「明日は何時の飛行機なの？」

「朝一番の。今日、この後、付き合いのある馬主さんのところに挨拶によって……夜の飛行機で帰る手もあったんだけど、なんとなく明日の予約にしたんです」

「北海道はまだしばれるんでしょう？」

葵は北海道の言葉を使った。飲み物を啜る。想像していたより甘かった。

「ええ。でも、二月に比べたらだいぶ暖かくなりましたよ。雪もほとんど溶けちゃいましたし。〈蝦夷屋〉の大将が、来ればいいのにって言ってました。この時期の海鮮が一番美味いんです」

「海鮮、食べたいなあ」

「北海道、来ちゃいますか？」

杉山がそう言って水を口に含んだ。

「残念だけど、無理ね。クラシックのトライアルがはじまってから春のＧＩ戦線が終わるまでは結構忙しいの」

春のGIレースは六月の宝塚記念まで毎週のように続く。〈Kステイブル〉の常連たちも毎週末に仲間連れでやってきては、酒を飲みながらの予想に熱がこもる。

「まあ、競馬バーをやってるならそうでしょうね。でも、ぼくの嫁さんになれば――」

「杉山さん、ごめんなさい」

葵は杉山の言葉を遮った。

「え?」

「杉山さんはいい人だし、顔も好み。だけど、北海道に行って牧場のお嫁さんになるっていう選択肢はわたしにはないの」

「そんな――」

「あのお店は、死んだ兄から託されたのよ。小さな店だけど、兄の夢のお城。常連さんもついてくれてるし、やめるわけにはいかないの」

「結婚が無理でも、とりあえずお付き合いからはじめてみるっていう手も――」

「結婚はしないとわかってる相手と付き合うには、年を取り過ぎたわ」

杉山が萎れていく。

「杉山さん、牧場やめてこっちに来てわたしと一緒に店をやる?」

「牧場、やめられるわけがないじゃないですか」

「でしょ? わたしも同じなの。東京と北海道にいて、お互いに今いる場所から離れられない。無理ゲーってやつよね、これ」

「たとえば、遠距離恋愛とかそういうのは?」

葵は首を振った。

「言ったでしょ？　好きだ惚れたで付き合えるのは若いうちだけ。三十過ぎて、だれかと付き合うなら、それは将来を分かち合える人がいい。わたしはそう思ってるの」

「穴澤さんなら将来を分かち合えるんですか？」

杉山の声は小さかった。

「わからない。まだよく知らないもの」

「そうですか……」

「兄がまだ生きてたらって考えたこともあるわ。そうしたら、牧場のお嫁さんになるのもありだったかなって。でも、兄が生きてたら、きっと、競馬とは無縁の生活で、競馬に関係ない人と付き合って結婚して、やっぱり、牧場のお嫁さんにはならない」

「ですよね」

杉山が力なく笑い、俯いた。

「本当にごめんなさい。杉山さんの気持ちはとっても嬉しいの。だけど、わたしには無理。こんなこと言っておいてなんなんだけど、わたしとずっといいお友達でいてください」

杉山が顔を上げた。

「ウララペツが杉山さんと巡り会わせてくれたと思ってるの。そういう出会い、大事にしたいんです」

「ウララペツですね。そうだ、葵さんにはウララペツがいるんだ。一目惚れした馬ですもんね。ぼくなんかが割り込めるような情熱じゃない」

杉山は両手で顔を叩き、さすった。手を離すと、屈託のない笑顔が戻っていた。

「いいですよ。いい友達でいましょう。ウララペツの仔、ガンガンしごきます。なんとか、中央で勝てるよう、頑張りますから」

葵は椅子から降りた。背筋を伸ばし、杉山の顔を真っ直ぐに見つめる。

「よろしくお願いします」

深々とお辞儀をした。

「そ、そんなことしなくていいですよ。ちゃんとやりますから。ね？　ぼくを信用してください。振られた腹いせに手を抜くなんて絶対にやりませんから」

慌てふためく杉山の様子がおかしくて、葵は噴き出した。

「だれもそんなこと思ってませんよ。やだ、杉山さんったら」

杉山も笑い出し、しばらくの間、ふたりで笑い続けた。

9

地獄のような酷暑もお盆を過ぎた頃からようやく和らぎ、そこかしこに秋の気配が漂ってくると、常連客もぽつぽつと姿を現しはじめた。

暑さにげんなりして家に閉じこもっていたり、夏休みを利用して旅打ちに出たり、帰省したりで、八月は閑古鳥が鳴くというのが〈Ｋステイブル〉の常だった。

秋の気配が少しずつ強まるのと同時に、秋のＧＩシーズンがやって来る。ＧＩレースに一番燃えてしまうというのはなにも競馬バーの常連だけのことではない。

手始めは芝千二百メートルのスプリンターズステークス。牡牝三冠最終戦である秋華賞《しゅうか》と菊花賞《きっか》を挟み、年末の有馬記念、ホープフルステークスまで、断続的にＧＩレースが開催される。

今年度のＰＯＧも少しずつ熱を帯びていき、二歳馬のＧＩである阪神ジュベナイルフィリーズ、朝日杯フューチュリティステークス、そしてホープフルステークスが終わると、来年のダービーに向けての有力馬が出そろってくることになる。

競馬ファンにとって、秋は見逃せないレースが続く季節なのだ。常連たちは予想大会を勝手にはじめ、馬券とは違う勝負にうつつを抜かす。

兄が夢見ていた、競馬ファンがなんの気兼ねもなく集まり、酒を酌み交わし、競馬を語る場所。カウンターの内側から彼ら、彼女らを見ているだけで気持ちがほっこりしてくるのは、自分も筋金入りの競馬ファンになったからだろうか。

ラムチョップのグリルが焼き上がった。葵は骨付き肉の塊をオーブンから取り出し、切り分ける。その香りに誘われたのか、他のテーブルからもラムチョップの注文が入った。兄から教わった特製のスパイスをまぶしたラムチョップのグリルは、赤ワインはもちろん、ビールからレモンサワーから、どんな酒にも合う魔法の肴だ。

女性の三人組が店に入ってきた。二十代から三十代前半の着飾った女性たちの登場に、常連客たちが色めきたつ。最近、こうした女性の競馬ファンが増えている。ウマ女という呼称も浸透しはじめていた。

ラムチョップの下ごしらえに忙しい葵の代わりに、常連客たちが女性客たちの注文を取りにいく。

一見の男性客には見向きもしないのだから、現金なものだ。

ひととおりの料理を作り終え、一息ついていると前島が姿を現した。他の客たちには見向きもせず、葵の向かいの席に腰を下ろす。

「穴澤から連絡は？」

葵は首を振った。この一月ほど、穴澤とはまったく連絡が取れていない。さすがに心配ではあった。

「馬主関係にいろいろ尋ねてみたんだが、だれも最近見かけてないそうだ」

葵はスマホに手を伸ばした。電話は留守電になっているし、メールにも返信はない。ＬＩＮＥも未読のままだ。

「どうしちゃったのかしら？」

葵は首を傾げた。

「株関連でなにかあったんだとしても、そっち方面はツテがないしな」

前島は苛立たしげに首を振った。

「馬の預託料はどうなってるの？」

葵は訊いた。

「そっちの方は滞ることなく振り込まれているそうだ。ってことは、どこかで野垂れ死にしてるわけじゃないよな」

「やめてよ、縁起でもない」

「だけど、夏になる前はストーカーみたいにおまえにつきまとってたんだろ？　それが梅雨が明けた途端、ぱたりと姿を見せなくなったどころか音信不通だ。おれ、自分の部屋で孤独死してるんじゃないかって思ったぞ」

「それはわたしも思った」

「明日、店休みだろ？　一緒にあいつのマンション行ってみるか？」

「そうね。預託料の振込は自動になってるかもしれないし」

穴澤が住んでいるのは広尾のマンションだ。だいぶ前に住所を教わっていた。

「喉が渇いたな。ビールをくれ」

前島の注文に、葵はジョッキにサーバーから生ビールを注いだ。まだ日中の残暑は厳しく、ビールは飛ぶように売れている。

「とりあえず、牝馬たちは順調みたいだ」

前島がビールを啜りながら話題を変えた。

「うん。リナホーンも順調だって」

ウララペツの仔を宿した牝馬たちは何事もなく過ごしている。お腹の仔馬たちも順調だという。このままなにもなく来年の春を迎え、無事に出産してくれと祈るばかりだ。

「来年生まれて、デビューは三年後か。順調にいけばの話だけど、それにしても長いな」

「なに言ってるの。競馬やってれば、一年なんてあっという間でしょ」

「言うようになったなあ」

前島の顔がほころんだ。

「思い出すよ。おまえがこの店をはじめた頃のこと。競馬のけの字も知らないで、客とのやりとりもとんちんかんだった。ていうか、競馬ファンのこと、ただの博奕打ちみたいな目で見て軽蔑してたよな」

「しょうがないじゃない。競馬とは無縁の世界で生きてたんだから」

「それが今じゃいっぱしの競馬ファンで競馬バーの店主で馬主だ。天国の聡史にそう言っても、絶対に信じないな」

「信じないよね。土日になるとテレビの前に陣取って馬に声援送ってるお父さんとお兄ちゃんに、馬鹿じゃないのって言ったことがあるぐらいだもの」

葵は微笑んだ。

あの頃、今と同じように馬と競馬を愛していれば、父と兄、そして自分を入れた三人でああだこうだ、このバーの常連たちみたいに熱く語り合ったのだろうか。いや、あの頃の自分は女子高生だったのだ。興味があったのは好きなアイドルとファッション。そこに馬の入り込む余地などなかった。

ある程度年を取ってから競馬と触れあうようになったからこそ、今の自分があるのだ。

「前島さん、来週のメインレース、どう思います？」

真ん中の席で声が上がった。

「あのレースは鉄板だろう」

前島は嬉しそうに応じ、ジョッキを片手にカウンターを離れていった。

「穴澤さん、ほんとにどうしちゃったのかしら？」

テーブルに座ってスポーツ新聞を広げる前島を見ながら、葵は溜息を漏らした。

＊＊＊

「こんなところに住んでるのか」

前島が正面に立つ建物を見上げた。フィンランド大使館にほど近い場所で、五階建ての古いマンションだが、見る者を威圧するような重厚感を湛えていた。昨今の流行りはタワーマンションだが、そんなものどこ吹く風と言わんばかりだ。

「本物のお金持ちはこういうところに住んでるのね」

葵は嘆息した。

気圧《けお》されながらマンションに向かって足を進める。敷地の入口には門があり、守衛がふたり、立っている。自動ドアも電子ロックもない。おそらく、守衛は住民のことを熟知しているのだろう。来客がある場合はあらかじめ伝えられているに違いない。

門の右側に立つ守衛は白髪交じりの中年で、左側は比較的若い。どちらも筋肉質な体型でいかにも腕に覚えがあるという風情だった。

「すみません」

前島は臆することなく守衛たちに声をかけた。

「五〇一号室の穴澤さんのところに伺いたいんですが」

「お客様がいらっしゃるとは聞いておりません」

中年の方が答えた。

「こういう者ですが――」

前島は中年の守衛に名刺を渡し、本人であることを確認させるために運転免許証を財布から取り出した。守衛は免許証の写真と前島の顔を何度も確認した。

「わたし、おたくの豆大福が大好きなんですよ」

守衛が微笑んだ。

「あ、そうなんですか。いつもありがとうございます」

前島が頭を下げる。

「わたしたち、穴澤さんと一緒に競馬の馬主をやっているんですが、この一ヶ月ほど連絡が取れなくて心配してるんです。いろいろ規則があるんだとは思いますが、せめて、在宅しているかどうか確認だけでもとってもらえませんか」

「困ったなあ……」

中年の守衛は若い方と顔を見合わせた。

「いいんじゃないですか。別に怪しい人じゃなさそうだし、中に入れろと言ってるわけじゃないし」

若い方が口を開いた。

「穴澤さんですが、一月ほど前に、大きなスーツケースをふたつタクシーに積んで出かけて行って、それからはお戻りになっておりません。わたしたちは、しばらく海外に行っていると聞いております」

「海外ですか……」

「はい。どの国かまでは伺っておりませんが」

「わかりました。丁寧に対応してくださってありがとうございます」

前島はもう一度頭を下げた。〈Ｋステイブル〉や競馬場にいるときとは別人のようだ。老舗和菓子店の社長なのだから、人への対応はきちんとしているのが当たり前なのだろうが、それにしても違いすぎる。二重人格を疑いたくなるような変貌ぶりだ。

「海外なんだ」

マンションに背を向けて歩き出しながら、葵は呟いた。

「それだったら連絡が取れなくても仕方ないか」

「いや、昔ならいざ知らず、今はスマホ持って行くだろう。電話もメールもどこにいようとできる。それに、おまえになにも言わずに日本を出たっていうのがしっくりこない」

前島が首を傾げた。葵は思わず噴き出した。

「なにがおかしいんだよ」

「だって、前島さん、探偵みたい」

「本気で穴澤のこと心配してるんだよ。金持ってる男だからな」

「犯罪に巻き込まれてるかもってこと?」

「わかんないけど、そういうこともしかしたらあり得るかもってことだ」

前島が苛立たしげに首を振った。

「しかし、参ったな。おれたち、馬絡み以外じゃ、あいつのことなんにも知らない。これ以上、探しようがねえわ」

「ちょっと待って――」

葵はハンドバッグからスマホを取りだした。今のところ預託料の支払いは滞っていないが、このまま穴澤の行方がわからず支払いが停止したりしたら、ウララペッツの種牡馬としての将来は不透明になる。それだけは避けたかった。

「心当たりがあるのか？」

「穴澤さんの行きつけの店があるの。なにか聞いてるかもしれない」

アドレス帳から〈空《くう》〉の愛衣ちゃんの電話番号をピックアップし、電話をかける。二度目に〈空〉を訪れた時に、電話番号を交換しておいたのだ。

「もしもし？」

眠たげな声が電話に出た。

「〈空〉の女将さんですか？　わたし、穴澤さんと何度かお伺いした倉本という者ですが」

「葵さんね。おはようございます」

「おはようございます」

「店の予約かな？　葵さんならもう、ひとりで来ても大丈夫」

「あ、今日はそうじゃなくて、穴澤さんのことでお伺いしたいことがあって」

「穴澤さん？　どうかしましたか？」

「それが……この一ヶ月ぐらい連絡が取れなくて、自宅にもいないし心配なんです」

「彼氏と一ヶ月も連絡が取れないいんじゃ心配ですね」

「彼氏じゃないんですけど、とにかく、お店でなにか聞いてないかと思いまして」

「わたしはなにも……虎ちゃん、なにか聞いてるかしら。今、電話換わりますね」

「あ、申し訳ありません」

「葵さんったら、やだもう、そんな他人行儀な口調で」

「はい？」

葵は目を丸くした。他人行儀もなにも、店で使っているのと同じ口調で話しているのだ。

「とにかく、換わりますね。虎ちゃん！」

愛衣の声が遠ざかっていく。あの皺だらけの大将が、孫ほども若い愛妻に「虎ちゃん」と呼ばれているのだと思うと、勝手に顔がほころんでいく。

「もしもし」

しわがれた声が電話に出た。

「あ、大将、おやすみのところ、申し訳ありません。穴澤さんに何度か連れて行ってもらった倉本と申しますが」

「よく食ってよく飲むお嬢さんだな」

「もうお嬢さんって年じゃないですけど」

葵は嬉しさを押し殺して答えた。

「それで、穴澤がどうしたって？」

「ここ一ヶ月ぐらい連絡が取れないんです。自宅にもいないし。大将、お店でなにか聞いてないかと思いまして」

穴澤は〈空〉には週一で通っていると言っていた。もしかすると、なにかのついでに大将に話しているかもしれない。

「ああ、うちの店にもここんとこ顔を出してねえよ。毎週通ってたのにどうしたんだろうって話してたところさ」

「マンションの守衛さんはしばらく海外に行くって聞かされてるらしいんですけど、そんな話、してましたか？」

「いや、聞いてねえなあ。最後に顔出したときも、また来週って言って帰ってったぐれえだ」

「そうですか……」

「ちょっと待ってくれ。愛衣ちゃん、最後に穴澤が来たときの連れの名刺、どっかにあるよな。探してきてくれねえか」

愛衣の返事は聞こえなかった。

「最後に来たとき、穴澤さん、だれかと一緒だったんですね」

「ああ、株仲間とか言ってたかな。ただ、ちょっとな……」

「なにか？」

「なんていうか、堅気っぽくなかったんだよ、その連れ。だからといって、ヤクザってわけでもねえんだけどな。ふたりして難しい顔してぼそぼそ喋ってやがった。おれの鮨をそんな面で食われるのは気に食わねえからよ、しけた面してしけた話してんなら帰れって言ってやったのよ」

「それは大将の鮨に失礼ですよね」

「よくわかってるじゃねえか。お嬢ちゃん、今度、ひとりでおいで。好きなだけ食わせてやる」

「ありがとうございます」

「穴澤の女にしておくのはもったいねえ」

「あの、別に穴澤さんと付き合ってるわけじゃ――」

「ちょっと虎ちゃん、なに鼻の下伸ばしてるのよ」

愛衣の声が聞こえた。

「すぐそうやって女の人には甘い声出すんだから」

「そうじゃねえって。おれはただ――」

「今度、わたし以外の女に甘いこと言ったら離婚だから」

「いやだからそうじゃ――」

大将の声が途中で切れた。

「葵さん、ごめんね。あんな年寄りに口説かれたって嬉しくないよね」

「いえ、その、なんと言ったらいいか――」

「穴澤さんのお連れ様は岸優作《きしゆうさく》さん。ダリア・コーポレーションの社長さんですって。会社の住所と電話番号、この後すぐにメールで送るね」

「ありがとうございます」

「わたしは虎ちゃんを懲らしめなきゃ」

「懲らしめるって――」

「一ヶ月、セックス禁止」

愛衣は含み笑いを残して電話を切った。大将と愛衣が全裸でむつみ合う姿が頭の奥に映し出されて、葵は頬が熱くなるのを感じた。

「なんだって?」

前島がもどかしそうに訊いてきた。葵は妄想をかき消し、事の次第を話して聞かせた。

「ダリア・コーポレーションだって？　どっかで聞いたことがあるぞ、その会社」

　前島は自分のスマホでダリア・コーポレーションを検索にかけた。

「あった。これだ」

　葵は前島のスマホを覗きこんだ。ネットニュースのサイトで、ダリア・コーポレーションという会社が金融商品取引法違反の疑いで家宅捜索を受けたと書かれている。

「おれの知り合いが、この会社に預けた金が戻ってこないってこぼしてたんだ。それで会社名がここに残ってた」

　前島は人差し指を自分の頭部に向けた。

「金融商品取引法違反って……」

「投資詐欺とか、そういったやつだろうな」

「穴澤さん、そんな会社と関わってるの？」

「わからん。ただ、一緒に飲み食いしてるんなら、赤の他人ってことはないだろうな」

「ウララペッツはどうなっちゃうの？」

「わからん」

　前島が唇を噛んだ。

「とにかく、社長の岸って男に会ってみよう」

「会うって、簡単に会ってくれるのかしら」

「だから、知り合いがこの会社に金を預けてるって言ったろうが。そっちの方から話つけさせてみる」

前島は画面をタップするとスマホを耳に押し当て、葵に背中を向けた。電話に出た相手と低い声で話しはじめる。

葵は腕を組んでその背中を見つめた。

ウララペッツの将来に暗雲が立ちこめている。不安でたまらなかった。

＊＊＊

現れたのは角刈りに雪駄《せった》履きの中年男だった。喧嘩っ早そうな物腰で、できれば近づきたくないタイプの人間だ。

「おう、芳男ちゃん。いい女連れてるじゃねえか」

角刈りは前島と葵を認めると相好を崩した。途端にものものしい雰囲気が消える。角刈りの登場に緊張が走っていた喫茶店の空気も、それで一気に和らいだ。

「哲夫《てつお》君も変わらないなあ」

前島が目を細める。角刈りは齋藤《さいとう》哲夫。前島の小中学校の先輩なのだ。先祖代々の土地が向島にあり、そこにマンションを建てて家賃収入で暮らしているのだと前島からは聞かされていた。

「相変わらず、貧乏暇なしだよ」

「不労所得で食ってる人間がなに言ってるんだよ」

前島は人懐っこい笑顔を浮かべて齋藤哲夫に座れと促した。

「こっちは倉本葵。ほら、何度か一緒に競馬場に行ったことのある倉本聡史の妹」

「おうおう、聡史君の妹さんか。聡史君には恩義があるんだ。ありゃ何年前だったかなあ。聡史君が教えてくれた穴馬の馬券でがっぽり稼がせてもらってさ。姉ちゃん、アイスコーヒーひとつ」

齋藤哲夫は女性店員に向かって声を張り上げた。

「今度、線香の一本でもあげさせてよ」

「え、ええ」

葵はうなずいた。

「それで、ダリアの岸に会いたいんだって？」

「そうなんだ。おれたちと共同馬主みたいなことやってるやつが行方知れずになってるんだけど、その岸って男と顔見知りらしいんだよ。居場所を知らないかと思ってさ」

「そりゃ、難しいな」

「なんで？」

「岸の野郎、ちょっとヤバい筋の金、焦げ付かせちゃってさ。それで、姿くらましてんの。おかげで、おれの金も行方知れずってわけよ」

齋藤哲夫は楽しそうに笑った。神経の繋がり方が普通の人間とは違うらしい。

「ヤバい筋って、どれぐらいヤバい筋だよ？」

「ヤバい筋ってんだから、それなりにヤバい筋だろうよ」

漫才の掛け合いのようだったが、ふたりの顔は大真面目だった。

「岸が姿をくらましたのはいつごろ？」

「さてな、一月ぐらい前じゃなかったかな」

前島が葵を見た。葵は唇を舐《な》めた。穴澤と連絡が取れなくなった頃と同じだ。やはり、穴澤はにっちもさっちもいかない状況に追い込まれているのだろうか。

ウララペツの顔が脳裏をよぎった。

ごめんね、ウララペツ、変な人を巻き込んだせいで、おまえの種牡馬生命も断たれてしまうかもしれないわ。

葵は宙を睨んだ。

「芳男ちゃんのダチってのは何屋だ？」

「株屋」

「なるほど。それで岸と繋がってんのか」

「実際のところどうなってんのかはわからないけど、岸がヤバい筋怒らせたのに巻き込まれた可能性はあるんじゃないかって」

「大いにありうるな。金焦げ付かせたことに関係はなくてもよ、岸の知り合いで金稼いでるってなったら、アヤつけられるってこと、大いにあるからな」

「岸は日本にいるのかな？」

「国外に逃げて食ってけるほどの金は持ってねえと思うよ。自分の金だって焦げ付かせたに違いねえんだから」

「なんとか捕まえられないか」

「芳男ちゃんの頼みなら、一肌脱がないわけにはいかねえなあ。ちょっと、あちこちに声かけてみるわ」

齋藤哲夫が腰を上げた。

「じゃあ、すぐに連絡入れるわ」

片手を振り上げ、テーブルから離れていく。

「あ、齋藤さん、まだアイスコーヒーが来てませんけど」

「聡史君の妹さん、飲んじゃって」

齋藤哲夫は店を出ていった。

「相変わらずせっかちだな」

前島が肩をすくめた。

「ごめんね、前島さん。普通のお客さんならここまでしないんだけど、ウララペツがどうなっちゃうのかって思うと、不安で不安で」

「おれも同じだよ。なんとか穴澤と連絡とって、どうなってるのか、確認しないと。穴澤が経済的にマズいことになってるなら、別の方策考えないとならんし」

「なんでもないといいんだけど、ヤバい筋って、これのこと?」

葵は人差し指を頰の上から下に滑らせた。

「哲夫君の言い方じゃ、そこまでヤバくはないけど、まあまあヤバいって感じだな」

「あの会話でそこまでわかっちゃうの?　わたしにはちんぷんかんぷんだったけど」

「長い付き合いだからな」

前島が苦笑した。

「哲夫君もそこそこの不良なんだよ。いろんなところにコネがある。おれは家業もあるし、大学に入るのと同時に不良は卒業したけどな」

中学高校時代の前島が手がつけられないほどぐれていたらしいというのは、聡史から聞かされたことがある。だが、実感はまるでわかなかった。

「齋藤さんもその時の仲間？」

「中学の一個上でな。生意気だって呼び出されて、タイマンやったんだ。お互い、顔が腫れて見分けがつかなくなるぐらいぼっこぼこにやりあって、それからは年の差関係なしのマブダチ」

前島は目を細めた。

「悪いことも腐るほどやったなあ」

「今の前島さんからは想像できないな」

「家業がなかったら、ヤクザになってたかもしれない。馬鹿なおれでも、先祖代々続いてきた店を潰すわけにはいかねえって思ったんだ。和菓子屋様々だな。今じゃ、喧嘩やカツアゲやる代わりに、お得意様に頭を下げる毎日だ」

齋藤哲夫の頼んだアイスコーヒーが運ばれてきた。葵は店員に、前島の方に置くように言った。

「とにかく、哲夫君からの連絡待ちだな。他にできることはなさそうだ」

「そうね……穴澤さん、どこでなにをしてるのかな」

「まったく、困った野郎だよ」

前島はアイスコーヒーにストローを差すと、音を立てて啜りはじめた。

＊＊＊

シャワーを浴び終えて居間に戻ると、スマホに着信があったことに気づいた。

穴澤からかと思いながらスマホを手に取った。かかってきたのは三浦牧場からだった。

「ウララペツになにかあったのかしら」

不安に駆られながら電話をかけた。十数回呼び出し音が鳴った後で電話が繋がった。

「倉本さん？」

電話に出たのは三浦和子だった。

「はい、倉本です。すみません、電話に出られなくて。どうしました？」

「お父さんが倒れたんです」

三浦和子の声は悲鳴のようだった。

「ええっ？　倒れたってどういうことですか？」

「今朝、馬の収牧からなかなか戻ってこないんで変だなと思って様子見に行ったら、放牧地の手前で倒れてたんですよ。馬たちも異変に気づいていないないて」

「三浦さん、大丈夫なんですか？」

「慌てて救急車呼んで。そしたら、脳梗塞でないかいって……わたし、お父さんと一緒に行きたかったけど、馬の世話しなきゃなんないし、全部終わらせてから病院行ったら手術中で」

「脳梗塞……」

葵はテーブルに片手をついた。

「手術は二時間ほど前に終わって、命は助かったんだけど、お医者さんの話じゃ、牧場みたいなえらい仕事続けるのは無理だろうって言うんですよ」

えらい仕事というのはきつい仕事という意味だ。

「そんな……それじゃ、これから牧場は和子さんひとりで？」

溜息が聞こえた。

「わたしひとりじゃ、とてもじゃないけどやっていかれないんです。牧場は畳むことになると思います」

目眩《めまい》がした。穴澤が姿を消したと思ったら、今度はウララペッツが繋養されている牧場がなくなるというのだ。お先真っ暗という言葉が脳裏に浮かんだ。

「ウララペッツはどうしたらいいんですか？」

反射的にそう訊いていた。

「大変申し訳ないんですけど、他の繋養先を探してもらうことになるかと。わたしの方でも、知り合いの牧場に声をかけてみます。ただ――」

あまり期待はするな――三浦和子が飲み込んだ言葉が耳元で聞こえたような気がした。

「牧場を閉めるのはいつ頃になりますか」

声が震えていた。

「できるだけ早いうちにとは思ってるんです。ただ、ウララペッツは行き先が見つかるまでわたしが責任を持って面倒見ますから」

「あの……他の馬はどうなるんですか？」

「引取先が見つかればいいけど、そうでなかったら業者さんに買い取ってもらうことになります。可哀想だけど、面倒見切れないから」

三浦和子の声は湿っていた。業者というのは食肉加工業者のことだ。多くのサラブレッドはそうして命を絶たれる。そのことを知ったときはやるせない気持ちになり、競馬なんてなくなってしまえばいいと思った。だが、今は違う。行き場のなくなった馬が殺されるという現実は相変わらず寂しく悲しいが、そうした馬たちのおかげで生活の糧《かて》を得ている人々がおり、彼らの肉を食べて生きていく動物園の肉食獣たちがいる。もちろん、人間だって馬肉を食べるではないか。あれは食肉のために飼育された馬の肉ではない。サラブレッドだったり、ばんえい競馬の輓馬《ばんば》の肉だったりするのだ。

「馬は可哀想でも、牛や豚は可哀想じゃないのか」

前島に怒鳴られたことを思い出す。殺されて食べられる馬のことを思うと、悲しすぎて競馬を見ていられないとこぼしたときのことだ。

前島は目を吊り上げて怒った。

可愛いから、健気だから馬を殺すな、食べるなというのなら、牛や豚はどうなのか。彼らだって身近に接すれば可愛くて健気な生き物のはずだ。かたや競馬のために生産される動物で、かたや食べるために生産される動物という違いにすぎない。

牛や豚は平気で食べるくせに、馬は可哀想だというのは偽善以外のなにものでもない。

前島はそう言った。

牛や豚と同じように、馬も毎年生産され、消費されていく。ただ、それだけのことなのだ。

「サラブレッドは美しくて悲しい生き物だ。だから、みんな惹《ひ》かれるんだ」

前島はそうも言った。

サラブレッドは悲しい生き物だ。人間が己の都合で野生の馬を作り替え、サラブレッドに仕立て上げた。サラブレッドは人間なしでは生きられない。そして、犬や猫とは違い、ペットとして飼うには経費がかかりすぎる。

今生きているサラブレッドのためにも、競馬は続いていかねばならない。競馬がなくなれば、世界中のサラブレッドを飼育繋養するお金がなくなるからだ。そして、競馬が続く限り、サラブレッドは生産され続ける。

サラブレッドは悲しい生き物だ。だから、彼らが現役の競走馬として走っている間は全力で応援する。

それが競馬ファンにできることだと前島は続けた。

そのとおりだと思う。すべてのサラブレッドに安定した老後を送らせることはできない。天寿を全うできるのはひとにぎりの馬だけなのだ。すべての馬を救うことができない限り、自分の好きな馬の死だけを嘆くのは大いなる偽善だ。

葵は毎年、なにがしかの金額を、引退馬協会に寄付している。現役を終えた競走馬のセカンドキャリアを支援する団体だ。すべての馬を救うことはできなくても、せめて救える命は救ってやりたい。自分にできることはしてやりたい。

それが夢を見させてくれた好きな馬への恩返しだ。

「残念ですね」

葵は言った。好き好んで自分が育てた馬を食肉業者に送る生産者などいない。三浦和子にとっても苦渋の決断なのだ。

「本当にごめんなさいね」

「和子さんが謝ることはないですよ。仕方のないことですから。それより、三浦さん、心配ですね」

「麻痺が残るって、お医者さんが言ってました。リハビリやって、それでも普通の生活送れるかどうか微妙だって。お父さんの面倒見ながら、馬の世話もなんてとてもとても。若い頃ならなんとかなったかもしれないけど」

「牧場の件は了解しました。なるべく早く、ウララペツの行き先決めます。ただ、それまでは、和子さんも大変でしょうけど、ウララペツの世話、よろしくお願いします」

「急がなくてもいいからね。ウララペツ一頭だけなら、わたしひとりでもなんとかなるから」

「ありがとうございます」

葵は電話を切った。前島に電話をかけたが、話し中だった。LINEで事の顛末を記したメッセージを送り、次いで、杉山に電話をかけた。

「聞きましたよ、三浦牧場のこと。大変なことになりましたね」

電話が繋がるなり、杉山が言った。

「牧場、畳むことになるって」

「でしょうね。和子さんひとりじゃ、とても無理だ」

「うん、和子さんと電話で話したばかりなのよ。で、とりあえず、ウララペツの行き先を探さなきゃならないでしょ。杉山さんも、探してみてくれないかしら。わたしたちもこれから探してみるから」

「わかりました。三浦牧場の馬を引き取って欲しいってことなら、いいよって言ってくれるところあるかもしれません。頑張って探しますよ」

「よろしくお願いします」

「やだなあ。そんな他人行儀な声出して」

杉山は笑いながら電話を切った。

葵は溜息をこらえながら、もう一度前島に電話をかけた。まだ話し中だ。ＬＩＮＥのメッセージも未読になっている。

「なにやってるのよ。まさか、前島さんまで行方不明ってわけじゃないわよね」

冷蔵庫から缶チューハイを取り出して中身を半分ほど、一気に飲んだ。

飲まずにはいられない。

ウララペツはどうなるのか。穴澤はどうしてしまったのか。

考えれば考えるほど胸が重苦しくなっていくだけだった。

＊＊＊

寝る前にもう一度だけと思い、電話をかけたら繋がった。

「どうした、こんな時間に。珍しいな」

前島の声は間延びしていた。どこかで飲んでいたのだろう。

「三浦牧場が潰れちゃう」

葵は叫ぶように言った。

「なんだって？」

「お父さんが、脳梗塞で倒れたんだって。命に別状はないけど、これ以上馬の世話をするのは無理っぽくて、お母さんひとりじゃ面倒見切れないから牧場を畳むって」

声の代わりに溜息が返ってきた。

「本当か?」

「こんなことで嘘なんかついてどうするのよ」

「ああ、そうだな」

「ウララペツの引っ越し先見つけなきゃ」

「穴澤も見つからないし、お先真っ暗だな」

「そんなこと言わないで。そもそも、わたしと前島さんでウララペツを種馬にしようってとこからはじまったんじゃないの。穴澤さんは後から入ってきたんだから。いないならいないで、わたしたちだけでなんとかしなきゃ」

「だな……すまん。ちょっと弱気になっちまった。葵、話は変わるけど、明日、店休めるか?」

前島の声にいつもの力強さが戻ってきた。

「予約は入ってないからなんとかなるけど、どうして?」

「穴澤のトラブル、解決できるかもしれないんだ。そうしたら、穴澤も戻って来られる。そうなったら、ウララペツの次の繋養先、腰を据えて探せる」

「解決って、どうやって?」

「昔の不良仲間がいろいろとお膳立てしてくれてるんだ。中にはヤクザまがいのやつもいるから、あんまり頭を下げたくはないんだが、仕方がない。ウララペツのためだ」

「大丈夫？　和菓子屋さんに迷惑かからない？」

「それは大丈夫だ。明日の午前中、話を詰める。詳細が決まったら連絡するから待っててくれ」

「わかった。おやすみなさい」

「おやすみ」

電話が切れた。葵はスマホを胸に押し抱いた。いざというときに頼りになるのはいつだって前島だ。

兄が死んだときも、店を引き継いではじめたときも、前島がいつもそばにいて支えてくれた。

「ありがとう、前島さん」

葵は目を閉じて呟き、寝支度をはじめた。

＊＊＊

前島から連絡があったのは、夕方近くになってからだった。

「すまん。ごたごたして連絡が遅れちまった」

電話口の前島は息が荒かった。

「なにかあったの？」

「うまくまとまるはずの話がこじれちまった。相当質《たち》の悪い連中が関わってる」

「穴澤さん、大丈夫なの？」

「それが――」

葵は前島の話に耳を傾けた。

要約すればこうだ――穴澤に難癖をつけているのは、その筋でも煙たがられている悪辣なグループらしい。前島は齋藤にとある暴力団の幹部を紹介してもらい、その幹部に話をまとめてもらおうとした。だが、悪辣なグループは暴力団幹部の話を笑い飛ばし、激高した暴力団幹部と一触即発の事態に陥ったのだそうだ。

「暴力団って、前島さん、大丈夫なの？」

「昔気質の話のわかるヤクザだから大丈夫だ」

話のわかる暴力団など存在するのだろうか。葵はこめかみを指で押さえた。頭痛がしてきたのだ。

「それでどうなるの？」

「連中はなにがなんでも穴澤を追い込んで金をふんだくる腹づもりだ。連中をなんとかしない限り、穴澤は隠れたまんまだろうな。株の売り買いなんて、どこにいたってスマホがありゃできるだろうし。ウララペッツの預託料もちゃんと振り込まれてるんだろう？」

「だから放っておけっていうの？」

「そんなことは言ってないだろう。ただ、解決には時間がかかる。とにかく、おれの方がなんとかならないか動いてみるから」

電話が切れた。

「なによ、勝手に電話切っちゃって」

葵は唇をへの字に曲げた。前島と出かける予定だったから、店は臨時休業することにした。店の入口には張り紙をしたし、ツイッターやインスタのアカウントにもその旨告知してある。今さら店を開けたところで客は来ないだろう。

「どうしようかな？」

葵はベッドの端に腰を下ろし、首を傾げた。飲食店を経営していると、休日の夜に、なにをして時間を潰せばいいか途方に暮れることがある。昼間ならどこかに出かけたり、ショッピングに出かけるという手もあるが、夜となるとさっぱりだ。一緒に食事に行ける友人は数が限られているし、ひとりで映画を観るのも味気ない。

結局、ナイター競馬があればテレビでレースを観戦しつつ馬券を買って散財するのがおちだった。

「日高の牧場に電話かけまくろうか」

スマホを手に取って独りごちた。穴澤のことも心配だが、喫緊の優先事項はウララペツの次の繋養先を決めることだ。手当たり次第に電話をかけ、話だけでも聞いてもらいたい。

ネットに繋いで日高の牧場をリスト化しているページを開く。自治体別に、牧場が網羅されていて便利だ。

一番最初に表示されている牧場に電話をかけようとした矢先、着信音が鳴った。

ディスプレイに〈空〉の愛衣の名前が表示されている。途端に大将の握る鮨の味が思い出されて、口の中に唾がたまった。葵は唾を飲み込んで電話に出た。

「もしもし？　愛衣ちゃん？　どうしたの？」

「葵さん、今、ひとり？」

愛衣の声は緊張を帯びているように聞こえた。

「そうだけど？」

「今夜、お店は？」

「いろいろあって、今日は臨時休業なのよ」

「よかった」

愛衣が言った。

「よかった?」

「あのね、穴澤さんから連絡があったの」

「ほんと?」

葵はベッドの上で正座した。

「うん。倉本さんに連絡取ってくれって」

「どこにいるの?」

「それは教えてくれなかったんだけど、今夜八時に、大井競馬場のハイセイコーの像の前で待ってるって」

国民的な人気を誇った名馬、ハイセイコーは大井競馬場で破竹の六連勝を飾った後で、中央に移籍した。その縁で、大井競馬場には馬像が建てられている。

葵はスマホに表示されている時刻を見た。午後五時十五分。前島と出かけるつもりでいたから、支度は整っている。八時なら余裕で間に合う時間だ。

「八時に大井のハイセイコーの前ね」

「うん。穴澤さん、大丈夫なのかな? 電話の声もすっごい押し殺してて、聞いてると不安になっちゃう」

「どういう状況なのか、会って確かめてくるわ」

「うん。後で教えてね」

「電話くれてありがとう」

「どういたしまして。またお鮨食べに来てね。葵さんなら、もうひとりで来ても大丈夫よ」

「それはありがたいんだけど、お財布が……」

「まけさせるから」

愛衣は軽やかな笑い声を残して電話を切った。葵はベッドから降り、浴室に向かった。メイクを地味目にやり直す。なんとなく、目立たない方がいいような気がしたのだ。

着ていくつもりだった服も変えた。ジーンズにパーカ。マスクにサングラスも用意した。いざとなればフードを被れば顔を隠せる。

「なにこの映画かドラマみたいな感じ」

呟き、胸に手を当てる。鼓動が速かった。

＊＊＊

葵はスマホに目を落とした。八時十分。穴澤の姿はどこにもない。

大井競馬場は賑わっていた。スタンドの方から歓声が聞こえるのは、メインレースがはじまったからだろう。続く最終の十二レースで今日の開催は終了となる。

「隊長」

どこかから押し殺した声が聞こえてきて、葵はスマホを取り落としそうになった。

「穴澤さん？　どこ？」

「ここだよ」

ハイセイコーの像の後ろから男が姿を現した。グレイのステンカラーのコートに紺のバケットハットを被り、大きなサングラスをかけている。変装しているつもりなのだろうが、どこからどう見ても怪しい男だ。

「遅刻よ」

葵は詰め寄った。

「ごめん、ごめん。隊長を尾行してるやつがいないか、確認してたんだ」

穴澤は弱々しい笑みを浮かべた。よく見ると、頰が瘦《こ》けている。隠れている間、ろくなものを食べていなかったのだろう。

「今までどこでなにしてたの？」

「錦糸町のウィークリーマンションにこもってた」

「ウィークリーマンション……」

「見つかったらと思うと、外に出るのが怖くてさ。食事も出前頼み。あいつら、滅茶苦茶だよ」

穴澤の顔が歪んだ。

「ぼくはなんの関係もないんだぜ。ただ、あいつらに金借りて返せなくなったやつと顔見知りだっていうだけなんだ。それなのに、そいつの借りた金を立て替えて払えって、そんな理屈、どこにあるんだよ」

穴澤の声が次第に熱を帯びていく。葵は左右に視線を走らせた。こちらに注意を払っている人間はいないように思えた。それでも、ここで話を続けるのは憚《はばか》られる。

「穴澤さん、とりあえず、ここを出ましょう」

葵は穴澤の手を取って歩きはじめた。穴澤の手はじっとりと汗ばんでいる。

「ど、どこに行くんだよ」

穴澤の目には落ち着きがなかった。

「ここで立ち話してたって目立つだけでしょ。穴澤さんの格好、どう見たって怪しい人だし」

「怪しい？　完璧な変装だと思ってたんだけど」

「怪しいおじさんになら、完璧に化けてますけど」

葵の発言に不満そうな穴澤をせっつき、北門を出て東京モノレールに乗り込んだ。まだ競馬が終わっていないせいか、モノレールは空いている。

「その滅茶苦茶な連中っていうのは、普段、どの辺に出没してるの？」

「六本木かな……」

「そう。じゃあ、浜松町なら見つかる可能性低いわね」

「浜松町？」

「知ってる競馬バーがあるの。そこに行く」

「う、うん」

葵と穴澤は空いていた席に肩を並べて座った。

「ごめん。心配しただろう、突然、連絡がつかなくなって。パソコンがあればどこでも仕事できるし、ウララペツや繁殖牝馬の預託料も振り込めるから、安心していいよ」

モノレールが動きはじめると、少し落ち着いたのか穴澤が喋りはじめた。

「三浦牧場のご主人が倒れたの。牧場は畳むことになるって」

「なんだよそれ？　ウララペッツはどうなるんだよ？」

「だから、どうしようかって穴澤さんと前島さん交えて相談したかったのに、全然連絡取れないんだもの」

穴澤が肩を落とした。

「ウララペッツが大変なことになってるのに、ぼくときたら……」

「ずっと隠れてるだけなの？　なにか、打開策考えるとか」

「それだよ、それ。隊長に連絡取ったの。前島さんってさ、下町の老舗のぼんぼんだろ？　あの辺のヤクザの組長知らないかな？　知り合いにそういう人がいたら、間に入ってもらって――」

「それはもうやった」

「は？」

「前島さんの知り合いの知り合いのヤクザが間に入って話をつけようとしたんだけど、相手は聞く耳持たないって」

「マジかよ……」

穴澤が頭を抱えた。

「半グレってのは始末に負えないよなあ」

「半グレ？」

葵も単語は耳にしたことがある。ヤクザではない。かといって堅気でもない。ヤクザにはヤクザなりのルールがあるが、半グレにはないという話も耳にしたことがある。

「なんでそんな連中と関わったのよ」

「だから、関わってないって。向こうが勝手にやって来て難癖つけてるんだよ。ひとりで株やってるやつなんて、後ろ盾もなんにもないから金をたかるにはうってつけとでも思ってるんだろう。交通事故に遭ったようなもんだよ。ついてない……」

穴澤が葵を見た。

「だけど、面白いもんでさ。実生活じゃこんなに不運だっていうのに、株はこれまでにないってぐらい儲けが出てるんだ」

「そうなんだ」

「この二週間でウララペッツの預託料、十年分ぐらい稼いだよ」

「そんなことより、これからどうするの？　ずっと逃げ回ってるわけにもいかないでしょう？」

穴澤が口を開こうとした瞬間、モノレールが減速をはじめた。まもなく、浜松町に到着する。

「この話はまた後で」

穴澤は唇に人差し指を当てると、窓に視線を向けた。ほどなく、窓の向こうにホームが見えてきた。乗客の姿はまばらだ。

「そんなことはないと思ってたけど、やつらはいない」

「自信があるのね」

「スマホは新しいのに変えたし、ウィークリーマンションはまだ突き止められてないし、変装もバッチリだし」

「だから、怪しい人にしか見えないってば。せめて、バケットハットは脱いだ方がいいと思う」

「そうかな。この帽子が決め手だと思うんだけど」

「脱ぎなさい」

葵はきっぱりと言った。穴澤が渋々帽子を脱いだ。

「降りましょう」

葵は腰を上げた。

「待って。降りる前に、本当に大丈夫か確認しないと」

穴澤は葵を制してドアに近づいた。ドアのガラスに額を押し当てるようにしてホームの様子を確認する。

「うん。大丈夫だ」

穴澤が言った。ウィークリーマンションに引きこもって隠れているのだ。穴澤が感じている恐怖は相当なものなのだろう。なのに、ホームを確認する穴澤の様子はどこか楽しそうでもあった。

前島といい、穴澤といい、警察ごっこや探偵ごっこに興じると、男はみんな同じ反応を示すのかもしれない。

まったく、男という生き物は度し難い。

葵は苛立たしげに首を振り、穴澤に続いてモノレールを降りた。

＊＊＊

穴澤は運ばれてきたジョッキのビールを一息に飲み干した。立ち去ろうとしていたスタッフの背中に声をかけ、お代わりを注文する。

「そんなに一気に飲んじゃって大丈夫？」

「緊張してたせいか、やたらと喉が渇くんだ」

穴澤はおしぼりで口元を拭った。葵は赤ワインに口をつけた。浜松町の競馬バー〈キス・ミー・トワイス〉の名物はローストビーフだ。それに合わせた赤ワインをボトルで頼んであった。どうせ支払いは穴澤だ。

「この店のことは聞いたことがあったよ。南関の馬主会でよく使うらしい。大井から近いもんなあ」

穴澤は突き出しのミックスナッツを口に運んだ。

「こんなものでもめっちゃ美味しく感じるよ。コンビニに行くのも自重してたんだ」

「電話くれれば、差し入れしてあげたのに」

「もしかしたら、隊長のスマホ、ハッキングされてるかもしれないだろう。店にだって、ひょっとしたら盗聴器ぐらい仕掛けてるかも。ぼくと隊長の仲は、ちょっと調べればすぐにわかるしさ」

「ハッキングとか盗聴ってマジ？」

「マジだよ、マジ。それぐらい平気でやるやつらだよ」

「大変な連中に目をつけられたのね」

「さっきからそう言ってるじゃないか」

穴澤が唇を尖らせた。新しいジョッキが運ばれてくると、今度は半分ほどを一気に飲んだ。

「酒も断ってたんだ。酔っ払うと注意力が散漫になるだろう。それじゃ、やつらに見つかるかもと思って」

「一生そうやって暮らすわけにはいかないわよね。さっきの話に戻るけど、この先、どうするつもりなの?」

葵の言葉に、穴澤はジョッキを置いた。

「それなんだけどさ……いっそのこと、海外に飛ぼうかなと思ってる。向こうでも株はできるしね」

「海外……」

「ニューヨークとかロンドンとか。東南アジアならシンガポールかな」

「どうせなら、競馬のあるところがいいんじゃないかしら」

穴澤が苦笑した。

「まあね。だったらロンドンかな。パリにだってふっと行けちゃうから、凱旋門賞も現地で見られるなあ。どう?」

葵は穴澤を見た。

「どうって?」

「だからさ……一緒にロンドンに行かない?」

「わたしが? ロンドンに?」

「そう。ぼくと一緒に」

「ロンドンなんかに住んだら、ウララペッツに会えなくなる」

「ぼくと違って隊長は追われてるわけじゃないんだから、いつだって日本に戻って来られるさ」

「でも、遠いわ。それに、店もあるし」

「店は人に任せちゃえばいいんじゃないかな。人を雇う金はぼくが出すよ」

葵は赤ワインに口をつけた。さっきまでは馥郁《ふくいく》たる香りとビロードのような舌触りを感じていたのだが、今はただ苦く感じるだけだった。

「真剣なんだ。ぼくと一緒に、ロンドンに行って欲しい。必ず、幸せにする。約束だ」

穴澤がかすれた声で言った。

「そうだ。これも用意してあるんだ」

穴澤はコートのポケットをまさぐった。中から、指輪が入っていると思しい四角いケースを取り出す。ビロード張りの高価そうなケースだ。

「これは婚約指輪。受け取って欲しい」

穴澤がケースの蓋を開けた。ダイヤが煌《きら》めいた。リングはプラチナだろう。

「受け取れない」

葵は言った。

「なんで？」

穴澤の声が裏返った。

「ぼくのこと、嫌い？」

「好きよ。一緒に食事するのも楽しいし」

「じゃあ、なんで？」

「好きと結婚は別だから。わたしは、ロンドンでは暮らせない。店を人に任せるつもりもない」

「じゃあ、海外はやめるよ」

「やめてどうするの？　ふたりでウィークリーマンションにこもって、出前でご飯頼む生活を送る？」

「い、いずれこの問題にもカタがつくよ」

「それでも受け取れない」

「なんで？」

穴澤は壊れたレコードのように同じ台詞を繰り返した。

「ごめんなさい」

葵は穴澤に向かって頭を下げた。

「り、理由を教えてよ」

「〈Kステイブル〉をやめろとか、人に任せろという男とは結婚しちゃだめだっていうのが兄の遺言なの」

「遺言？」

葵はうなずいた。遺言というのは嘘だが、あの店を手放すことはできない。兄の夢の結晶であり、競馬を愛する人間たちの憩いの場なのだ。

店の常連は客であって客ではない。彼らは仲間だ。みんな、競馬を語るためにやって来る。

それに——あの店があったからウララペッツと出会えた。ウララペッツの馬主になったのも、繫養先を探して奔走したのも、繁殖牝馬をなんとか購入したのも、みんな〈Kステイブル〉があったからだ。

「じゃ、じゃあ、前言撤回する」

穴澤が言った。葵は噴き出した。

「子どもじゃないんだから、もう」

「だって、お兄さんの遺言なんて知らなかったし……もう一回、仕切り直しさせてよ」

葵は首を振った。

「ごめんなさい。穴澤さんと結婚するつもりはないの。大好きだけど、結婚は無理」

「そんな……」

穴澤が肩を落とした。大きな溜息を漏らし、ビールを一気に飲み干し、カウンターに向かって声を張り上げる。

「ラフロイグある？　入れるから、ボトル一本持ってきて」

「酔っ払うと注意力散漫になって危険なんでしょう？」

「いいんだ。隊長に振られたら、もう、生きてる意味ないよ。べろんべろんに酔っ払って死んでやる」

「穴澤さん……」

「振られたからって、ウララペッツの応援団はやめないよ」

すぐにウイスキーが運ばれてきた。穴澤は手酌で注ぐと、ストレートで飲みはじめた。

＊＊＊

「ぐでんぐでんじゃねえか。しょうがねえなあ」

前島はソファにもたれるようにして眠っている穴澤を見下ろし、頭を掻いた。

「ウイスキーのボトル、ほとんどひとりで空けちゃったから」

葵は言った。

「なんで止めないんだよ」

「それが……止めにくかったのよ」

「で、その後始末におれを呼んだわけか」

「ごめんなさい」

葵は素直に謝った。

「車まで運んでくるから、支払い済ませておけ」

「わたしが？」

「穴澤は正体なくしてるんだ。おまえ以外、だれが払うんだよ」

穴澤の財布をあてにして一本数万円もするワインを頼んでしまった。それに、穴澤はウイスキーのボトルも入れている。会計のことを考えると頭が痛くなった。

ウララペツのために、余計なお金は一銭だって使いたくないのに。

葵はレジに向かいながら頭を振った。

だめだ、だめだ。欲張った自分が悪いのだ。穴澤を振っておいて、その上ご馳走になろうと思う方が間違っている。

手切れ金というわけではないが、ここはきっちり自分が払って、少しでも穴澤への借りを返しておくべきだ。

穴澤を背負った前島が店から出ていくのが視界の隅に入る。前島は嫌な顔ひとつしていなかった。

「お会計は七万五千五百円になります」

レジに伝票の内容を入力していた女性店員が朗らかな声で言った。

「な、七万？」

「はい。七万五千五百円です」

〈Ｋステイブル〉ではボトルさえ入っていれば、十人で来たって七万円を超えることは滅多にない。この店だって、立地を考えれば若干値段設定は高いかもしれないが、それにしても高い。ほぼ半分がワインの値段なのだから文句は言えないが。

葵は溜息を連発しながらクレジットカードで支払いを済ませた。

「迷惑をかけました」

「あの——代々木の〈Ｋステイブル〉の方ですよね？」

背を向けようとした葵に、店員が声をかけた。

「そうだけど？」

「何度かお伺いしたことがあります。ウマ女仲間と」

「競馬、好きなんだ？」

「はい。好きが高じて競馬バーでバイトまではじめました」

店員が弾けるような笑みを浮かべた。

「〈Ｋステイブル〉はバイト募集してないんですか？」

「うん。わたしひとりが食べていくので精一杯なの」

店員が名刺を取り出した。

「もし、バイトが必要な時は声をかけてください——わたし、ここより〈Kステイブル〉の雰囲気の方が好きです」

店員は声を落とした。葵は受け取った名刺を見た。自前の名刺だ。柳澤佳奈《やなぎさわかな》という名前と電話番号、メールアドレス、LINEのアカウントが記されている。背景は放牧地で草を食むゴールドシップと彼女の写真だった。

ゴールドシップは芦毛の暴れん坊でGIを六勝もした名馬だ。独特なキャラクターで引退した後でもファンが多い。種牡馬となったゴールドシップを繋養しているのは新冠町《にいかっぷ》のビッグレッドファームで、ファンの見学を随時受け入れている。

休みの時にビッグレッドファームを訪れて撮った写真なのだろう。

「ゴルシが好きなんだ」

「はい、大好きです。これからはゴルシの産駒を追いかけます」

好きな馬ができて、その馬が種牡馬や繁殖牝馬になれば、その子孫たちを応援することができる。それもまた、競馬の魅力のひとつだ。

「もし、バイトが必要になったら連絡するね」

「よろしくお願いします」

葵は柳澤佳奈に手を振り、店を後にした。予想外の支払いに曇っていた心に、少しばかり陽が差したような気分になっていた。

現金な女だな——呟きながらビルの外に出る。

ビルの前に、前島の四駆が止まっていた。ジープのラングラーだ。

キャンプをするわけでも、アウトドアに興じるわけでもないのに、どうして男はこういう車が好きなのだろう。

前島に目で促され、葵は助手席に乗り込んだ。窓が開いているのに、車内は酒の匂いが充満している。穴澤は後部座席で鼾《いびき》を搔いていた。

「泥酔してるときはおれも似たような匂い放ってるんだろうけど、たまらねえなあ」

前島がジープを発進させた。窓から風が流れ込んできて、匂いがいくぶん緩和される。

「こいつ、どうするよ」

前島がルームミラーを覗いた。

「どうするって言われても……どこかのウィークリーマンションで引きこもってるらしいんだけど、詳しい場所は聞かされてないし」

「じゃあ、おまえのところに泊めるか」

「冗談でしょ」

「付き合ってるんだろ?」

葵は首を振った。

「今夜、プロポーズされたけど、断った」

「それで、この体たらくか……いいやつじゃないか。金もある。結婚相手としては悪くないと思うけどな」

「穴澤さんのこと、嫌いじゃない。お金持ちなのもポイント高い。競馬にロマンを求めてることもね。でも、なんか違うの」

「そんなことばっか言ってるから行き遅れるんだ」

「余計なお世話よ」

「仕方がない。おれんとこに泊めるか」

「迷惑ばっかかけちゃって……ごめんなさい」

葵は頭を下げた。

「とりあえず、おまえのマンションまで送ってくわ」

葵のマンションと前島の家はまるで逆方向だ。申し訳なさに身がすくむ。

「哲夫君がいろいろしらべてくれたんだけどな」

前島の旧友、齋藤哲夫のことだと思い出すまで間が空いてしまった。

「穴澤に絡んでるのは土屋《つちや》っていう半グレの頭らしい」

「うん。相手は半グレだって穴澤さんも言ってた」

「金になることならなんにだって手を出してるらしいが、一番の稼ぎ頭は振り込め詐欺なんだそうだ」

葵は溜息を押し殺した。半グレだの、振り込め詐欺だの、自分とは遠い存在だと思っていたものが駈け足で近寄ってくる。

「哲夫君がさ、そっちの方から土屋ってやつを追い込めるんじゃないかって言ってるんだ」

「追い込むってどうやって？」

前島が肩をすくめた。

「そこまでは聞いてない。まあ、哲夫君も素人ってわけじゃないから、なにか考えがあるんだろうけど」

「前島さんも齋藤さんに協力するの？」

「当たり前じゃないか。哲夫君にはなんのメリットもないのに、わざわざ動いてくれてるんだぞ」

「危険はないの？」

「相手は半グレだからな。表はもちろん、裏社会のルールも通じない。絶対に危険はないとは言えないかな」

「やめて。そこまでしなくても、穴澤さん、海外に逃げるって言ってたし、海外からでもウララペツや繁殖牝馬の預託料は稼げるって言ってたし――」

「穴澤はもうダチ公なんだよ」

前島が言った。

「困ってるなら、助けてやりたいじゃないか。それがダチ公ってもんだよ」

いかにも前島らしい答えだった。友達のためなら自らを顧みずに献身する。兄が病魔に倒れたときも、なにくれとなく世話を焼いてくれたものだ。

「おまえはウララペツのことだけ考えてろ。おまえが馬主なんだからな。おれたちも協力するけど、ウララペツに関することの責任は全部おまえにある。穴澤はおれが助けるから、おまえはウララペツを助けろ。あいつの新しい繫養先をなんとしてでも見つけるんだ」

「うん」

葵は素直にうなずいた。

10

無心で電話をかけまくった。

〈Kステイブル〉の閉店は午前零時。長っ尻の客が帰り、後片付けをして帰宅するのは午前三時頃。メイクを落とし、風呂に浸かり、寝るのが午前四時過ぎ。昼前に起きてのんべんだらりと過ごし、夕方前に、仕込みのために店に向かうというのが普段の過ごし方だが、のんべんだらりの時間をフルに使って日高の牧場に電話をかけまくったのだ。

芳《かんば》しい返事はひとつもなかった。折れそうになる心に、ウララペツのためだと言い聞かせ、ロボットのように電話をかけ続けた。

三浦牧場の和子も心当たりにウララペツの繫養を打診してくれたらしいが、色よい返事はもらえないとのことだった。

ウララペツはどうなってしまうのか。せっかく馬主になり、メジロマックイーン産駒最後の種牡馬として成功させてやりたいと夢を抱いたのに、居場所がないとはやるせない。

電話をかけはじめて数時間後、電話番号を押す指が動かなくなった。頭の奥で、どうせかけても無駄だと悪魔が囁いている。悪魔の声に耳を傾けてはだめだとわかっていても、指先は凍りついたように動かない。

鼻の奥が熱くなり、涙が溢れてきた。

たったひとりで徒労とも思える作業を続けるのは辛すぎる。父や兄がいてくれたなら、せめて励ましの言葉をかけてくれただろうに——そう思った次の瞬間、朴訥な柔らかい声が耳によみがえった。

ウララペツの生産牧場、小野里牧場の大吉の声だ。

呪縛が解けた。葵は小野里牧場に電話をかけた。呼び出し音が数度鳴った後で、聞きたかった声が電話に出た。

「はい、小野里ですが」

「小野里さん、倉本です。覚えておいでですか？」

「倉本さん……さて？」

「ウララペツのことで一度お伺いした倉本です。倉本葵」

「ああ、あの奇特な女の人か」

小野里大吉はそう言った後で、喉を震わせて笑った。

「はい。その奇特な倉本です」

「ウララペツの馬主になって、種馬にしたって聞いたけど、あれは元気でやってるかね？」

「その件なんですが……日高町の三浦牧場で繋養してもらっていたんですけど、三浦さんが倒れてしまって」

「ああ、知っとる、知っとる。なまらわやだ。牧場、閉めるっていう話だべや。家《うち》も他人事じゃないから、心配してるのさ」

「それで、ウララペツの新しい繋養先を見つけなきゃというんで、日高の牧場に片っ端から電話をかけてるんです。でも、うんと言ってくれるところがなくて」

「どこの牧場も大変だからなあ」

「以前お伺いしたときも、繋養先に心当たりはないっておっしゃられてましたけど、どこか心当たりはありませんか？　藁にも縋りたい気持ちなんです」

「新冠の長井《ながい》さんには話したかい？」

「新冠の長井さんですか？」

記憶を探ったが、新冠に長井牧場という牧場はないはずだ。

「白山《はくさん》牧場の長井さんだわ。生産牧場だったんだけど、今年から、三代目の若いのが張り切って、引退馬やプライベートの種馬の繋養を引き受けはじめてるんだ」

「本当ですか？」

「うん。馬の生産も細々と続けてるんだけど、それじゃやってけねえって三代目が親父を説得して方向転換したのさ。馬が肉になるのはしのびないっていう馬主や、種牡馬牧場では受け入れてくれないけどなんとか種馬にして産駒を残したいっていう馬主が預けてるんだ」

初耳だった。

「知りませんでした」

「大々的に宣伝してるわけじゃないからな。預かってる馬も、まだそんなに多くないべ。とにかく、長井さんに相談してみるといいっしょ」

「ありがとうございます」

葵はだれもいない空間に向かって頭を下げた。電話を切り、白山牧場を検索にかける。新冠町の国道沿いにある牧場で、放牧地は丘になっており、海を見下ろせる素晴らしいロケーションの牧場のようだ。何度か車で通り過ぎたことがあるはずだが、記憶にはまったく残っていない。

おそるおそる電話をかける。記されていたのは固定電話ではなく、携帯の番号だった。

「もしもし」

電話はすぐに繋がった。思っていたより若々しい声で、葵は言葉に詰まった。

「もしもーし?」

「あ、あの、こちらは白山牧場さんの番号で合っているでしょうか?」

「ええ、白山牧場です」

男が言った。

「あの、わたし、倉本と申します。実は、ウララペッツという馬の馬主でして、そのウララペッツを種牡馬にして、日高町の三浦牧場さんに繋養してもらっているんですが——」

「三浦さん、牧場畳みますよ」

つっけんどんな物言いだった。機嫌が悪いのか、もともとそういう喋り方をする男なのか。

「ええ。それで、ウララペッツの新しい繋養先を探してるんですが、浦河の小野里さんにこちらを紹介されまして」

「大吉爺さん?」

相手の声が裏返った。

「はい。小野里大吉さんです」

「爺さん、元気かな? しばらく顔見てないんですよ。最近は、車の運転家族に止められてるらしくて、セリにも顔出さないし」

「電話で話しただけですけど、お元気そうでした」

「それはよかった。で、ウララペツって言いました?」

「はい。メジロマックイーンのラストクロップの――」

「達也が関わってますよね、たしか」

「はい?」

胸の奥に嫌な予感が芽生える。相手が口にした達也という名の響きには好意の欠片も含まれていなかった。

「杉山達也」

「は、はい。確かに杉山さんにはお世話になってますけど」

舌打ちが聞こえた。

「なにか問題でも?」

「いえ。馬主さんには関係のないことですから……でも、あいつに馬をうちに預けて問題ないか、確認した方がいいと思いますよ」

「そうなんですか?」

「そうなんです。問題ないようでしたら、また電話をください。それじゃ」

電話が切れた。小野里大吉の話題と杉山達也の話題では、まるで別人が話しているかのような違いだ。

葵は杉山達也に電話をかけた。

「葵さん――」

「白山牧場となにか問題でもあるの?」

電話はすぐに繋がり、葵は相手の声を遮《さえぎ》って言った。

「白山牧場ですか……」

杉山達也の声に、いつもの歯切れのよさがなかった。

「ウララペツを繋養してもらえないかって電話したら、杉山に確認しろって冷たく言われた」

「努《つとむ》か……」

「どういうことなの？」

「ええと、どこから説明したらいいかな……白山牧場の長井努っての、ぼくの同級生なんですが、同じ町内の近場の牧場の長男同士で同学年で、ちっちゃい頃から比べられてきたんですよね、昔から。それで、なんていうか、お互いに意地張り合ってるうちにそりが合わなくなって。今じゃ、絶縁状態なんです」

それで納得がいった。ウララペツの繋養先を必死に探しているのに、杉山達也は白山牧場のはの字も口にしなかった。

「そっちの事情はわかったけど、必死で繋養先探してるのに種馬の繋養引き受けてる牧場教えてくれないなんて酷《ひど》すぎるわ」

「ごめんなさい……」

杉山達也は消え入りそうな声で謝った。

「それで、どうなの、白山牧場。問題ありなの？」

「いえ。努は、馬のことに関してはちゃんとしてます」

「わかった」

葵は電話を切った。再び、白山牧場に電話をかける。

「先ほど電話した倉本と申しますが」

電話が繋がるなり口を開く。

「ああ、どうも。達也、うちには預けるなって言ったでしょう？」

「ウララペツを繋養してください」

葵ははっきりと相手に告げた。

「うちでいいの？　だって、達也は――」

「杉山さんは関係ありません。わたしがウララペツの馬主なんです」

「まあ、そういうことなら……うちは預託料きちんといただけるなら預かりますよ」

「ありがとうございます」

葵は思わず頭を下げた。

「三浦牧場さんが牧場閉めることになって、途方に暮れてたんです。本当に助かります」

「メジロマックイーンのラストクロップでしょ？　実は、物好きがウララペツを種馬にしたって聞いたときは盛り上がっちゃって……」

「物好き……」

葵は言ったが、相手の耳には届かなかったようだ。

「うちの生産馬で、今、中央で走ってるドリームジャーニー産駒の牝馬がいるんだけど、いずれ、繁殖として里帰りしてくる予定なんですよ。その馬にウララペツの種付けたら、メジロマックイーンのスーパークロスになるじゃないですか。いやあ、作ってみたいなあ。どんな馬になるのか見てみたいなあ」

クロスというのはインブリード――近親交配のことだ。父母それぞれの五代前まで血統を遡《さかのぼ》り、そこに同じ馬が入っていれば、例えば、サンデーサイレンスの四×四のクロスなどと言ったりする。中でも四×三のクロスは奇跡の血量などとも呼ばれ、能力の高い馬が生まれてくる確率が高いとされている。

ドリームジャーニーの母父とウララペツの父親がマックイーンだから、ドリームジャーニーの娘にウララペツを種付けすれば、とんでもないクロスを持つ馬が生まれてくるということになる。

「そんな交配、しても大丈夫なんですか?」

「ノーザンファームに勝つためには冒険も必要でしょ」

長井努の声は上ずっている。血統のことを話しはじめたら止まらなくなる類いの人間のようだ。

「近々、わたしかわたしの代理の者がそちらにうかがって、詳しい話を詰めたいと思うんですが」

葵は話が長引く前にと口を挟んだ。

「うちはいつでもかまいませんよ。三浦さんのところも、持ち馬売りに出してるけど、ウララペツは繋養先が見つかるまで面倒見るって言ってるみたいですし」

「それじゃ、失礼します」

「メジロマックイーンのラストクロップとドリームジャーニーの娘の交配ってロマンですよね――」

長井努はまだ長々と喋っていそうだったが、葵はかまわず電話を切った。

「ウララペツって、変な男ばっかり引き寄せるのかしら」

葵はひとりごち、首を振った。

自分だって変な女ではないか。ウララペッツは変な男ではなく、変な人間を引き寄せるのだ。

とりあえず、ウララペッツの次の繋養先は決まりそうだ。

＊＊＊

葵はフライパンを動かす手を止め、額の汗を拭った。

今日は船橋でナイター競馬がある。競馬場へは行かず、酒を飲みながらネットで馬券を買おうという競馬ファンが詰めかけてきて、店内はほぼ満席だった。

ウララペッツの繋養先を見つけるのに手一杯で仕込みの時間が削られてしまった。だから、今日はグランドメニューのみの提供なのだが客たちは文句も言わず、予想紙とテレビのモニタを交互に睨み、仲間と予想を戦わせながら飲み、食べている。

ありがたいことだ。

客席を見渡してから、意識を料理に集中させた。ゴーヤーチャンプルー二人前。店をはじめたばかりの頃は腕力がなくて、軽いフッ素加工のフライパンを使っていたが、今は中華鍋を楽々と振り回している。二の腕が太くなっていくばかりだがしょうがない。やはり、中華系の料理は鉄の鍋で作った方が味に深みが出る。

できあがったチャンプルーをテーブルに運び、生ビールのオーダーを片づける。目が回るような忙しさだ。そろそろ、バイトを雇うことを本気で考えるべきかもしれない。

前島が姿を見せた。店内を見渡しながら、カウンターの左奥のスツールに腰を下ろす。

「大盛況だな。生ビール。食い物はオーダーが一段落ついてから頼むよ」

前島が言った。

「穴澤さんは？」

「まだおれの家にいるよ。とんでもない二日酔いで、布団から出ることもできねえみたいだ」

「人があんなに酔っ払うの初めて見たかも」

「他人事みたいに言うな。だれのせいだと思ってるんだよ」

「そんなこと言われたって……ちょっと待ってて」

前島の前にビールのジョッキを置き、残りのふたつを持ってテーブル席に運ぶ。戻ってくると、前島はジョッキの中身をあらかた飲み干していた。

「お代わり？」

葵が訊くと、前島がうなずいた。

「ウララペツの新しい繋養先、目処がついたわよ」

新しいジョッキにビールを注ぎながら言う。

「どこだ？」

「新冠の白山牧場ってところ。若い三代目が、最近、プライベート種牡馬の繋養をはじめたんですって。杉山君ったら、そのこと知ってたくせに一言も口に出さなかったのよ。三代目と仲が悪いらしいわ」

「困ったやつだな」

前島が苦笑した。

「それでね、近々、挨拶がてら向こうに直接会いに行って、細かい話を詰めないとならないの。前島さん、行ける？」

「おまえが馬主なんだからおまえが行けよ」

「わたしはここがあるから無理。そうちょくちょくは休めないわ」

「おれも本業と穴澤の揉め事で忙しい」

「じゃあ、穴澤さんに行ってもらう？」

「おまえ、なに言ってんだよ？」

前島が目を丸くした。

「だって、まだしばらくは身を隠してなきゃいけないんでしょ？　だったら、都内近辺にいるより、日高に行ってた方が安全じゃない？」

「なるほど。おまえにしちゃ、まともなアイディアだな」

「なによ、その言い方」

葵は唇を尖らせた。

「あいつが向こうにいりゃ、新しい牧場との交渉とか、ウララペツの輸送だとか、なにかと安心だもんな。株しかできねえって言ってるけど、それぐらいは楽勝だろう」

前島は上着のポケットからスマホを取りだした。電話をかけ、スマホを耳に当てる。

穴澤さん？

葵は声を発せず、口だけを動かして訊いた。見張られていたらと考えたのだが、今日は顔見知りの客しかいない。

前島がうなずいた。

「おれだ。どうだ、少しはマシになったか？」

電話が繋がったようで、前島が話しはじめた。

「風呂好きに使っていいぞ。熱い湯船に浸かればすっきりするんじゃねえのか。タオルだのなんだのは、バスルームのクローゼットの中にある。好きなものを好きなだけ使え……いいって。気にすんな。困ったときはお互い様だろうが。そんなことより、葵がウラペツの新しい繋養先見つけたぞ」

「ほんとですか？」

スマホから穴澤の甲高い声が流れてきた。それまでは死人のような嗄れた声でなにを言っているのか聞き取れなかったのだ。

「ああ。葵もあの馬のことになるとマジだからな」

「よかったぁ……」

「それでな、おまえに日高に行ってもらえないかと思ってるんだ。首都圏で逃げ回ってるより安全だろう。あいつらも日高まで探しにはいかねえさ」

また、穴澤の声が聞き取りにくくなった。

「そりゃ、日高にウィークリーマンションなんてねえだろうけど、ヤサなんか、杉山のところに転がり込めばいいじゃねえか。葵に振られたもん同士、仲良くやれんだろう」

すすり泣く声が聞こえてきて、前島はスマホを耳から離した。葵に顔を向け、肩をすくめる。

「大の大人が泣くなよ。葵ぐらいの女なんて、そこら辺に掃いて捨てるほどいる。もっといい女見つけりゃいいんだよ」

葵は前島の肩を小突いた。前島は葵に背を向けて話を続けた。

「東京駅や空港はヤバいから、フェリーがいい。大洗《おおあらい》か仙台まで車で移動して苫小牧《とまこまい》行きに乗れよ。パソコン持っていけば、あっちでも株はできんだろ」

前島は口を閉じ、穴澤の言葉に耳を傾ける。

「おまえがそっちにいる間にカタつけておくから心配すんな……ああ、できるだけ早く行った方がいい」

前島が葵に顔を向けた。

「新冠の白山牧場。長井努って人。ネットで検索かければ連絡先はすぐにわかる」

葵は言った。長い付き合いだ。前島の求めるものはすぐにわかる。

前島が葵の言葉を復唱した。

「連絡先はネットに出てるってよ。念のため、自前の車は使うなよ。レンタカーで行って、向こうで安い中古車でも買え……ああ、気をつけて行ってこい。こっちのことは心配すんな」

前島が電話を切った。

「行くって?」

葵は訊いた。

「ああ。こっちにいるとおまえのことを思い出して辛いってよ。行く気満々だったぞ」

「そう。よかった。これでウララペツの移動に関してはひとまず安心ね」

「ああ、あとはあいつのトラブルを片付ければいいだけだ」

「片付くの？」

前島は葵の問いかけには答えず、肩をすくめた。

「それ、どういう意味？」

「片付くかもしれんし、片付かないかもしれん。まあ、なるようになるさ」

葵は頰を膨らませた。

「なによそれ、いい加減すぎない？」

前島がまた肩をすくめた。もっと文句を言ってやりたかったが、新しい客が入店してくる気配を感じて葵は無理矢理笑みを浮かべた。

「哲夫君、こっち」

前島が声を張り上げた。店に入ってきたのは斎藤哲夫だった。相変わらず一昔前のヤクザ風のいでたちで、店内の会話が一瞬やんだ。

「おう、芳男ちゃん」

斎藤が笑顔になるとほっとした空気が店内に広がった。こんなふうに朗らかに笑う人間がヤクザのはずがない。客の全員がそう思うに違いない笑顔だった。

「繁盛してるね、葵ちゃん」

斎藤は葵に挨拶して、前島の右の席に座った。

「おかげさまで。飲み物はどうされます？」

「ポン酒ちょうだい、ポン酒。きりっと冷えたやつ」

「かしこまりました」

「哲夫君、相変わらずポン酒一本槍かよ。糖尿は大丈夫かよ」

「平気、平気。おれは辛党だから、甘いもの一切口にしねえんだ」

「なにか食べる?」

前島の言葉に、齋藤が顔をしかめた。

「おれ、食い物に頓着しねえんだよな。葵ちゃん、ここのおすすめは?」

「ラムのローストやステーキが人気あります」

「おれ、そういう横文字的な食いもん受けつけねえんだわ」

「さっき、食いもんには頓着しないって言ってたじゃないか」

前島が茶々を入れる。

「それなら、ジンギスカンはどうですか」

葵は微笑みながら言った。

「お、いいね、普段、なかなか食う機会ねえしな。それもらおう」

「二人前な」

前島が言った。葵はうなずき、酒と料理の支度に取りかかった。厨房からカウンターに目をやると、前島と齋藤が真剣な顔つきで話し込んでいた。

11

葵は欠伸をかみ殺しながら競馬の予想紙を睨みつけた。今日は秋の天皇賞が行われる。府中競馬場は人でごった返していた。

久しぶりの中央競馬現地観戦だった。葵の好きな馬が出走するからと、常連客がタッグを組んで指定席の抽選に挑み、見事、ふたりが抽選に通った。S指定席が四人分。ふたりは葵と前島を誘ってくれて、天皇賞の現地観戦が実現したのだ。

とはいえ、日曜は〈Kステイブル〉のかき入れ時だ。店を休むわけにはいかない。天皇賞が終わるのが午後四時前。レース終了後に競馬場を出て店に着くのが五時半前後。仕込みをする時間がないので、葵は徹夜をして仕込み作業を終わらせていた。府中競馬場へ向かう電車の中ではつり革を握ったまま眠り、競馬場に到着しても最初の小一時間は座席に座って船を漕いでいたぐらいだ。

「パドック、どうする？」

隣の席に座る前島が訊いてきた。葵は首を振った。せっかく競馬場に来たのだからパドックは見たいのだが、いかんせん、人が多すぎる。GⅠに出走する馬が周回する時間帯はパドックの周りは黒山の人だかりだろう。十年前ならいざ知らず、くたびれるとわかっていることに積極的に関与するには年を取り過ぎてしまった。

「だよな。地方の競馬場に慣れてる身としては、中央のパドックは地獄も同然だ」

前島は笑い、腰を上げた。

「馬券、もう買いに行くの」

「いや、ちょっと野暮用《やぼよう》だ」

前島が立ち去っていく。葵は溜息をひとつ漏らし、再び予想紙に目を落とした。だが、なかなか集中できない。

九月、十月は慌ただしく過ぎていった。週が明ければ十一月で、すぐに師走《しわす》の足音が聞こえてくるようになるだろう。

穴澤は新冠で息を潜《ひそ》めている。杉山達也が探してくれたアパートに転がり込み、白山牧場の長井努と細部を詰めてウララペッツを移動させた後は、ただ部屋にこもって株を買ったり売ったりしているらしい。かなり儲けているみたいだと杉山が言っていた。ときおり、その杉山と静内の〈蝦夷屋〉まで飲みに行っては、葵に振られた傷跡をお互いに舐め合っているのだとか。その飲み会には絶対に参加したくないものだ。

穴澤に難癖を付けてきた半グレたちをどうするかは、前島も齋藤も答えを出しあぐねているようだった。表社会はもちろん、裏社会のルールも無視する連中だ。とっかかりがなかなか摑めないらしい。

外が騒がしくなった。どうやら、天皇賞出走馬たちのパドック周回がはじまったようだ。葵はテーブルに設置された小型のモニタに目を凝らした。パドックの様子が映し出されている。

葵が応援しているデヴィッドワッツは二枠四番。四百五十キロに満たない小柄な牡馬だが、その体に似合わぬダイナミックな走りで、ここまで重賞をふたつ勝っている。GⅠに足りるかどうかは評価の分かれるところで、それゆえか、七番人気に甘んじていた。

「やってやりなさいよ。世間をあっと言わせて」

葵はモニタに向かって呟いた。マークシートのデヴィッドワッツの単勝と複勝の欄を塗り潰し、馬券売場に向かった。通路の端に、前島が老婆と話し込んでいる姿があった。

葵は目を細めた。老婆に見覚えがあったのだ。

「あ、飯田《いいだ》さん……」

前島が話している相手は飯田華《はな》に間違いなかった。大手製薬会社の創業者の娘で、四十年以上の長きに亘って馬主として名を馳せている。所有馬の冠名は『ラヴ』。馬を愛し、競馬を愛し、競馬関係者たちからは敬意を込めて「女王」と呼ばれている。

「女王と知り合いだなんて聞いてないわよ」

葵は気づかれないよう気配を殺してふたりに近づいた。

「それって、わたしに振り込め詐欺の犯人を捕まえる手伝いをしろっていうこと？」

飯田華の甲高い声が聞こえてくる。はっきりした滑舌だ。もう八十代の半ばのはずだが、いつもかくしゃくとしている。

前島が眉をひそめ、人差し指を唇に当てた。

「声が大きすぎますよ、華さん」

「だって、つい興奮しちゃって。面白そうじゃないの」

飯田華は頬を赤らめてはしゃいでいる。まるで少女のようだ。

「どうしてわたしに？」

「それが……振り込め詐欺の被害者に相応《ふさわ》しい年相応の女性の知り合いが他にいなくて」

「それって、言葉を換えるといかにも騙されやすそうなお婆ちゃんってことでしょ？」

「そういうわけじゃ……」

「いいのよ、わたし、キサラギさんからも天然だって言われるし。競馬しか趣味のない退屈なお婆ちゃんだし。それで、なにをすればいいの？」

「詳しいことは追って連絡します。危険なことは絶対にありませんから」

「そんなこと言わなくても、茂男《しげお》君のお孫さんのことは信頼してるから」

どうやら、飯田華は前島の祖父とも顔見知りだったらしい。向こうは鬼籍に入って二十年以上が経つ。

前島は丁寧に一礼して飯田華に背を向けた。歩き去ろうとして葵に気づき、足を止める。

「ありがとうございます。それじゃあ、また後日」

「葵……」

前島は顔をしかめ、後ろを振り返った。飯田華は軽やかな足取りで人混みの中に消えていった。

「聞いてたわよ。どういうこと？」

「どういうことって……穴澤のトラブルを解決するのに手を貸してもらうことにした」

「手を貸してもらうって、相手はお婆さんよ。それも、大金持ちの」

「聞いてたんならわかるだろう。振り込め詐欺の被害者っぽい婆さん、他に知り合いがいないんだ」

「女王様を餌にして半グレの一味をどうにかするつもり？」

「ここじゃなんだから、詳しい話は店でするよ」

「店だって今夜は混雑するわ」

「じゃあ、店がはねた後で。ぐずぐずしてるとレースがはじまっちまう。おれ、まだ馬券買ってないんだ」

「わたしもよ。はぐらかさないで、後でちゃんと話してね」

「わかってる」

葵は前島と肩を並べて馬券売場に向かった。

「それにしても、前島さんのおじいさんと女王様が知り合いだったなんてね」

「昔からのお得意さんなんだ。みたらし団子が大好物でな。うちの団子で喉を詰まらせて死なないようにってしょっちゅう祈ってる」

「ちょっと、縁起でもないこと言わないでよ」

「そうなんだけどよ、もしそうなったら寝覚めが悪いじゃねえか。そういう年だぞ、女王様は」

「確かに……」

葵は自分の祖母の顔を思い浮かべた。飯田華とはそれほど年齢差はないはずだが、葵の祖母は年相応に老いている。顔はしわくちゃだし、物忘れも年々酷くなる一方だ。外出するのも億劫がっている。

「お金が有ると無しじゃ、こんなにも違うのかしらね」

「なんだって?」

前島が訝《いぶか》しげな表情を浮かべた。

「なんでもない」

葵は首を振り、マークシートの記入が間違っていないか確認した。

「デヴィッドワッツの単複か」

前島が言った。

「うん。外れても悔いなし。前島さんは?」

葵が訊くと、前島が自分のマークシートを見せてくれた。十二番人気の一枠一番の馬から流した三連複が前島の買い目だ。

「ほんと、逃げ馬が好きね」

「府中の二千で最内枠の逃げ馬だ。狙わない手はないだろう」

前島が片目をつぶってみせた。似合わない。が、愛嬌はある。

府中競馬場の芝二千メートルのコースは、スタートから最初のコーナーまでの距離が百三十メートルと短い。人によっては欠陥コースと呼ぶぐらいだ。そのせいで内枠が有利。大外枠に入った馬は、理想とするポジションを取る前にコーナーに進入せざるを得ず、常に外目を回って内の馬より長い距離を走ることになる。

前島が馬券の軸に選んだ馬は、ここ数戦、逃げては大敗を繰り返していた。府中の直線は長い。逃げ馬が勝ち負けするには地力が相当高いか、一か八かの大逃げを打つしかない。

「大逃げ打つかな？」

「おれが鞍上ならそうする。それしか勝ち目がないからな。最後の直線までできるだけマージン稼いで、あとは後ろから他の馬が来ないことを祈る。それしかねえ」

葵と前島はレース展開を予想しながら指定席に戻った。常連客のふたりも会話に加わってきてわいわいやっている間に発走時刻が迫ってきた。

各馬がゲート裏に集まって輪乗りをしているとファンファーレが鳴り響いた。ＧⅠレースにだけ使われるファンファーレは、聞いているだけで胸が高鳴ってくる。

ゲート入りを渋る馬もおらず、すぐに全馬がゲートに入った。係員が離れ、ゲートが開く。

前島が軸にした一枠一番の馬が目の覚めるような好スタートを切った。他馬の追随を寄せつけず、そのままハナを切って二コーナーに進入していく。

「よし。腹くくって大逃げ打ってみろ」

前島が叫んだ。

その声が聞こえたかのように、一番の馬はじりじりと後続を突き放していく。二馬身、三馬身、四馬身――、向こう正面の直線に出る頃には後続との差は七馬身近く開いていた。それでも鞍上は馬を抑えようとはせず、後続との差はさらに開いていく。

葵は目を凝らした。

デヴィッドワッツは馬群の中団にいる。内ラチ沿いでじっと我慢し、脚を溜めている。おそらく、三コーナー近くまでは隊列は変わらずに進むだろう。向こう正面の直線の終盤で、逃げ馬を捕まえようとだれかが動き、そこからレースは混沌としていくはずだ。

逃げ馬が三コーナーに入っていく。すでに脚があがりはじめているように見えた。後続が追走の速度を上げ、逃げ馬との差が一気に縮まっていく。

逃げ馬が最後の直線に入ると、地鳴りのような歓声が沸き起こった。

後続との差は十馬身。長い府中の直線を踏ん張れるのか、馬群に飲み込まれるのか。

「踏ん張れ！」

前島が叫んだ。

「差せ!!」

葵も叫んだ。

府中競馬場に集った十万前後の観客が、それぞれの応援する馬の奮闘を願って叫んでいる。

逃げ馬と馬群の差が見る間に詰まっていく。デヴィッドワッツは馬群を縫うように走っている。

馬群の先団につけた馬たちの脚色《あしいろ》がいい。後方の馬たちはこれでは届かない。

逃げ残るのか、差しきるのか。

デヴィッドワッツをはじめとする四頭の馬が、逃げ馬めがけて殺到していく。

「差せ、差せ、差せ！」

葵は叫び続けた。隣で同じように叫んでいるはずの前島の声は聞こえない。耳に入ってくるのは自分の声だけだ。五番の馬が馬群の先頭に立ち、一番の馬を追いかけている。デヴィッドワッツは五番の馬に懸命に食らいついていた。

逃げ馬は完全に脚があがっている。後ろの馬たちとの差も広がっていた。デヴィッドワッツと五番の馬の一騎打ちだ。

ゴールまで残り百メートルというところで、五番の馬とデヴィッドワッツが逃げ馬を躱《かわ》した。二頭の鞍上が鞭を振るい、手綱をしごき、馬を鼓舞する。

壮絶な叩き合いだ。場内の興奮は頂点に達し、地鳴りのような歓声にスタンドの床が揺れている。

「ワッツ！　ワッツ！　ワッツ!!」

葵は叫び続けた。視界には二頭の馬が映るだけだ。

デヴィッドワッツが差を縮めていく。だが、ゴール板はすぐ先だった。

五番の馬が先着し、デヴィッドワッツは首差の二着。離れた三着に粘った逃げ馬が入った。

「よっしゃー!!」

前島が雄叫びを上げた。逃げ馬が三着に入り、三連複が当たったのだ。一着の馬は二番人気、デヴィッドワッツが七番人気で逃げ馬は十二番人気だからかなりの配当がつく。葵も複勝が当たったが、喜びはなかった。

「葵、おまえのおかげだ。最初はデヴィッドワッツ切るつもりだったんだけど、おまえの推し馬なこと思い出して買い目に入れたんだよ」

前島の表情が崩れている。競馬ファンにとって、GIレースで配当の大きな馬券を獲るのは無上の喜びなのだ。

葵は座席に尻を落とした。疲れがどっと押し寄せてくる。叫びすぎて喉が痛い。心臓はまだ激しいリズムを刻んでいる。

両手で胸を押さえた。

もし、何年か後に、ウララペツの産駒がGIレースに出走して、今日のデヴィッドワッツのような走りをしたら、自分の心臓は間違いなく破裂してしまう。

「葵、三連複、五万ついたぞ」

前島の声に我に返り、掲示板に目をやった。レースが確定され、それぞれの馬券の配当が表示されている。デヴィッドワッツの複勝は三百五十円だった。単複千円ずつ買ったから、払い戻しは三千五百円で千五百円のプラスだ。

「前島さん、三連複、いくら持ってるんですか？」

常連客のひとりが前島に訊いた。

「千円」

前島が嬉しそうに答えた。

「じゃあ、払い戻し五十万じゃないっすか。今夜は前島さんの奢りだな」

「おお、いくらでも奢ってやるぞ。ただし、こいつの店でな」

前島は葵の肩を叩いた。

「店に置いてある一番いいワインで今夜は祝杯だ」

「そのワイン、今日から一本十万円に値上げだけど？」

「ふざけんな」

前島はそう言ったが、その顔から笑みが消えることはなかった。

＊＊＊

「おれらの昔の不良仲間でおまわりになったやつがいるんだよ」

前島が呂律のおかしい声で言った。天皇賞の好配当馬券を獲ったことに気をよくして飲み過ぎたのだ。

「それで、哲夫君が舎弟を振り込め詐欺グループに送り込んだの、話したっけ？」

「それはもう三回聞いた」

葵は辛抱強く答えた。前島の飲み残した赤ワインを啜る。他の客はすべて帰り、看板も消してある。

「だからよ、警察ってのは被害届がないと動けないわけよ」

前島はカウンターに頬杖をついた。瞼が重そうだった。

「もうわかったから、今夜は帰りなさい。明日、改めて話を聞くから」

葵はグラスの中身を飲み干した。

支離滅裂な前島の話を葵なりに理解するとこういうことらしい――

振り込め詐欺グループに潜り込んだ齋藤哲夫の舎弟が飯田華に詐欺の電話をかける。飯田華が騙された振りをしてなにがしかの金を振り込む――その金は穴澤が用意する。

飯田華が振り込め詐欺の被害にあったと警察に被害届を出す。齋藤哲夫の舎弟が良心の呵責に耐えきれずに自首し、振り込め詐欺グループの実態を警察に話す。警察が振り込め詐欺グループを一網打尽にする。齋藤哲夫の舎弟は初犯だし、情状酌量で執行猶予がつくらしい。半グレたちが捕まれば、裁判の結果はどうあれしばらく身動きが取れなくなり、穴澤はなんの憂いもなく帰京できる。

本当にそんなに上手く行くものなのかと思うが、前島は自信たっぷりだった。

「ほら、寝ないの」

船を漕ぎはじめた前島にきつい声を浴びせた。前島が目を開ける。

「いい女になったなあ、葵」

「なに言ってんのよ」

「初めて会ったときなんか、まだ小便臭い中学生だったのによ」

「そっちは精液臭い大学生だったかしら」

前島がだらしなく笑った。

「あの頃から生意気だった」

「すみませんね、可愛らしい女子じゃなくて。とにかく、わたしもそろそろ帰りたいから、今日はこれでお開き。いい？」

「ちょっとこっち来い」

前島が手招きする。

「わたしは後片付けがあるの」

「いいから来いって」

酔ってはいるが、声には有無を言わさぬ響きがあった。

「なんなのよ、もう」

葵は唇を尖らせ、前島の隣に移動した。いきなり、肩を抱かれた。

「ちょ、ちょっと、なにするの？」

「今まで黙ってたし、これからも黙ってるつもりだったが……聡史が死ぬ前、おれが最後の見舞いに行ったときのこと覚えてるか？」

葵はうなずいた。前島が来ると、兄はふたりきりにしてくれと言って家族を病室から追い出したのだ。

「あの時、聡史から頼まれた」

「なにを」

葵はさりげなく肩に置かれた前島の手を外そうとしたが、前島がそれをゆるさなかった。

「おまえを嫁にしろってよ」

「な――」

驚きの声を上げようとして、葵は前島が真剣な眼差しを向けているのに気づいた。

「そんなの笑い飛ばしたし、おまえがいい男見つけて結婚するのを見守ってりゃいいと思ってた。だけど、おまえはずっと独り身だし、やっとモテ期が来て身を固めるかと思ったら穴澤も杉山も袖にしやがった」

「結婚はちょっと……」

「このまま放っておくと、おまえ、四十になっちまうじゃないか」

「まだ先は長いけど……ちょっと、前島さん、手、どけてくれない？」

「おれの嫁になるか、葵。そうすりゃ、天国の聡史も安心する」

「冗談言わないでよ。どうしてわたしが前島さんと――」

前島が顔を寄せてきた。キスをするつもりなのだ。

葵は反射的に前島の頬を張った。鋭い音がして、前島が頬を押さえた。

「酔って女を口説くなんて、最低の男がすることじゃないの」

「だな。すまん……」

前島がうなだれた。目からは酔いの気配が消えていた。

「帰って」

葵は言った。声が震えていた。

「うん。本当に悪かった」

前島はスツールから降りると、力ない足取りで店から出ていった。

葵は肩から力を抜き、深呼吸を繰り返した。それでも心臓は早鐘を打ち続けている。カウンターに並べたウイスキーのボトルに適当に手を伸ばし、ワインを飲んでいたグラスに中身を注いだ。

一息に飲み干す。喉が灼《や》け、胃が一瞬で熱くなる。

妹の面倒を見てくれぐらいのことを兄から言われていただろうことは察しがついていた。なにくれとなく世話を焼き、店を継ぐと決めたときも親身になってくれた。

独身でいるのは、社長業と遊びの両立で忙しいからだろうと思っていた。本気で葵を娶《めと》るつもりだったのだろうか。

「まさか、ね」

今日の前島はかつて見たことがないぐらい泥酔《でいすい》していた。酒が血迷いごとを言わせたのだ。

またウイスキーを注ぎ、今度は舐めるように飲んだ。鼓動はおさまってきたが、頬が火照っている。

「どうしてくれるのよ。これじゃ、眠れないじゃない」

だれもいない空間に毒づき、葵は溜息を漏らした。

＊＊＊

スマホの着信音が鳴っている。葵は唸りながら布団を頭の上までかけた。

激しい頭痛がする。昨夜は前島が帰った後、ひとりで飲み続けてしまったのだ。帰宅したのは午前六時過ぎ。シャワーを浴びるのもメイクを落とすのも億劫で、おざなりに顔を洗い、歯を磨いただけでベッドに潜り込んでしまった。

着信音はしつこく鳴り続けている。

「なんなのよ、もう」

葵は顔をしかめて腕を伸ばし、スマホを手に取った。穴澤からの電話だった。時刻は午前十時。頭痛は酷くなる一方だった。

「もしもし」

電話に出た。

「あ、その声、隊長、まだ寝てた」

「寝たの七時過ぎ」

声がひび割れている。

「ごめん、ごめん。十時過ぎなら大丈夫かなと思ったんだけど」

「どうしたの？　ウララペッツになにかあった？」

「いや、ウララペッツは元気だよ。今も、放牧地を駆け回ってる。それより、前島さんのことが心配で」

「前島さん？」

前島の名前を聞くと、また脈が速くなった。

「どうかしたの？」

「夜遅く電話があったんだけど……午前二時ごろかな？　凄い暗い声で、男としてやっちゃいけないことをやっちゃったとか言ってて。どうやって落とし前つけるか考えてるんだけど答えが出ないって」

「落とし前？」

葵はまた顔をしかめた。自分の声が頭痛を増長させる。

「うん。だいぶ酔ってるみたいで話があちこちに飛ぶからイマイチなにを言ってるかわからなかったんだけど、とにかく、思い詰めてることだけはわかったんだ。で、一方的に喋った挙げ句に電話切ってさ、こっちから折り返しかけても繋がらないんだよ。電源が落ちてるみたい。気になって朝から何度も電話かけてるんだけど、やっぱりだめで。ＬＩＮＥでメッセージ送っても未読のままなんだよね。なにがあったんだろうか？」

「さあ……」

葵はとぼけた。

「とにかく、暗くて思い詰めた声だったんだよ。心配だから、隊長、前島さんの様子確かめてくれる？」

「うん。電話してみる」

「よろしく。起こしちゃってごめんね」

「いいの。気にしないで。そっちの暮らしはどう？」

「どうもこうも、空気は旨いし、飯も旨いし、早起きして達也君の牧場の仕事手伝って、ウララペツの様子見て、最高の毎日だね。もっと早くにこっちに来ればよかった」

「そう。それはよかった。じゃあ、前島さんには連絡しておくね。わたし、もう一回寝る」

「うん。酷いガラガラ声だよ。飲み過ぎには気をつけなきゃ」

「穴澤さんには言われたくない」

葵は電話を切った。再び布団を頭まで被り、目を閉じる。頭は相変わらず痛いし、胸焼けはするし眠くてたまらない。なのに、目は冴えたままで一向に眠りが訪れる気配はなかった。

「もう、勘弁してよ」

だれにともなく毒づきながら体を起こし、スマホで前島に電話をかける。

穴澤の言うとおり、電波が届かないところにいるか電源が落ちているというアナウンスが流れるだけだった。

ＬＩＮＥでメッセージも送ってみた。普段なら十分もすれば既読になるか返信が来るのに三十分が経っても未読のままだった。

「ちょっと、やめてよ。なんなの、落とし前って……」

いつのまにか頭痛が消えていた。目は相変わらずしょぼしょぼするが、二日酔いの症状もかなり緩和されている。

「確かあったよね」

葵はスマホのアドレス帳を呼び出した。前島の母の電話番号を登録してあるはずだ。

「あった」

スマホを操作して電話をかける。電話はすぐに繋がった。

「もしもし？」

訝しげな声は、覚えのない番号からかかってきた電話のせいだろう。登録はしてあるが、電話をかけるのは数年ぶりだった。

「おはようございます。倉本葵です。聡史の妹の」

「ああ、聡史君とこの葵ちゃん。芳男がいつもお世話になって」

「お世話になってるのはこっちの方です。お母さん、お元気ですか？」

「最近は物忘れが酷くなったけど、それ以外はピンピンしてて、芳男にいつになったらくたばるんだって言われてるのよ」

「酷い」

「下町の育ちだから、口が悪いのはしょうがないのよ。葵ちゃんにも散々憎まれ口叩いてるんじゃないの」

「確かに、口は悪すぎますよね――」

葵は逸る気持ちを抑えて、前島の母に付き合って他愛のない世間話に興じた。頃合いを見て本題に入る。

「お母さん、朝から芳男さんと連絡とりたくて電話入れたりLINEでメッセージ送ったりしてるんですけど、梨の礫《つぶて》なんですよ。病気とかしてたりしません？」

「昨日の夜遅く、酒の匂いぷんぷんさせて帰ってきたけど、今朝はいつものように店に向かったわよ」

「そうなんですか……」

「高校ぐらいまでは手のつけられない不良でこの先どうなるのかと心配させられたけど、今は立派に社長業をこなしてるのよ。少しぐらいの二日酔いじゃ休んだりしないわ。スマホが繋がらないのは、酔っ払ってどっかに落としてきたんじゃないかしらね」

「ああ、それは大いにあり得そうですね」

葵は言った。だが、前島は〈Kステイブル〉を出た後、日高の穴澤に電話をかけているのだ。スマホをなくした可能性は低い。

「じゃあ、お店の方に電話かけてみます。お忙しいところ、すみませんでした」

「忙しいもんですか。暇で暇でしょうがないの。葵ちゃん、今度遊びにきて」

「はい。折を見てお伺いします」

葵は電話を切った。すぐに前島のいる和菓子屋本店に電話をかけた。

「倉本と申しますが、前島社長をお願いします」

「少々お待ちくださいませ。社長、お電話で――」

スタッフの声が途切れ保留音が流れてきた。『走れコウタロー』のメロディだ。昭和の時代に流行した競馬をテーマにした曲で、この保留音のおかげで競馬好きが社長をやっている会社から大量の注文が入ったこともあるという。

保留音が途絶えた。

「申し訳ございません。前島はただいま取り込んでおりまして電話には出られないとのことです」

「そんな……」

「本当に申し訳ございません」

平謝りに謝るスタッフにそれ以上強く出ることもできず、葵は電話を切った。

葵はスマホを握りしめた。前島は葵と話をするつもりがないのだ。

「わかったわよ」

「勝手に酔っ払って勝手に人のこと口説いて話をしないってどういうことよ」

葵はベッドから降りると乱暴な足取りでバスルームに向かい、バスタブに熱めの湯を張った。小一時間湯船に浸かっていると、やっと酒が抜けてきた。念入りに顔を洗い、再び念入りにメイクを施す。

「待ってなさいよ」

服を着て姿見で自分のいでたちをチェックすると、だれにともなく呟き、部屋を後にした。

＊＊＊

わざわざ浅草まで出向いてきたというのに、店に前島はいなかった。体よくあしらおうとする女性店員を前にして、どこに出かけたのか聞き出そうと粘っていると、店の奥から専務が出てきた。

前島の叔父の浩太郎だ。記憶にあるより皺と白髪が増えている。

「これは確か、聡史君の……」

「倉本葵です」

葵は頭を下げた。

「兄の葬儀の時は大変お世話になりました」

「まあ、それはお互い様だから。それで、何事かな?」

「大至急、前島さんと連絡が取りたいんです。電話は繋がらないし、LINEのメッセージも読んでないみたいで」

「ああ、社長なら飯田様のところに行くと言ってたけどなあ」

「飯田華さんですか?」

「知ってる?」

「有名な馬主さんですから」

「うちのみたらし団子を大変気に入ってて、ときおり、馬を預けている厩舎への差し入れにと注文を入れてくれるんだよ」

「飯田さんの住所、わかりますか？」

「わかるけど、教えるわけには……」

専務が頭を掻いた。

「そうですよね。わかりました。ありがとうございます」

店を出て穴澤に電話をかける。

「前島さん、どうだった」

「女王様の住所ってわかる？」

葵は穴澤の声を遮って訊いた。

「じょ、女王様？」

「飯田華さん。ラヴの馬主の」

「ああ、あの女王様ね。住所まではわからないけど――」

「調べて、折り返し連絡して。確か、目白だったと思うんだけど」

「いいけど、どういうこと？　前島さんは？」

葵は電話を切った。なぜだか腹立ちが増していく。早足で地下鉄の駅を目指した。

飯田華は目白の豪邸に住んでいるはずだ。競馬雑誌かなにかで読んだ記憶がある。穴澤から連絡が来るのを漫然と待っているのも馬鹿らしくて、とにかく目白に向かおうと思ったのだ。

山手線に乗っている間に、穴澤からＬＩＮＥのメッセージが届いた。飯田華の邸《やしき》の住所が記されている。馬主仲間から聞き出したらしい。

スマホの地図アプリで邸の場所を確認し、目白駅からのルートを調べた。駅からは徒歩で十分ほどだ。

電車を降りると、アプリの指示に従って雑司が谷方面に向かった。途中で大通りを外れ、入り組んだ路地を進んでいくと、突如、眼前に巨大な敷地を誇る古い洋館が姿を現した。レンガ造りの門構えに、〈飯田〉とだけ記された表札が打ちつけられている。外から垣間見える敷地は庭というより森のようだった。

気圧されそうになる自分を叱咤し、意を決してインターホンのボタンを押した。

しばらく待たされた後で、飯田華の鼻に抜ける甲高い声がスピーカーから流れてきた。

「はーい」

「あの、突然ですみません。わたし、倉本葵と申しますが、こちらに前島芳男さんがお伺いしていると聞きまして――」

「芳男君のお友達?」

「はい。いきなり訊ねてきて失礼なのは承知してるんですが、緊急に前島さんと連絡を取らなければならなくて」

「ちょっと待っててね」

飯田華の気配が遠のいていく。葵は肺に溜めていた息を吐き出した。

「ごめんなさいね」

突然、スピーカーから飯田華の声が流れてきた。

「芳男君は忙しくて会えないって。また日を改めて——」

「前島さん、聞いてるんでしょ‼」

葵はスピーカーに向かって叫んだ。

「そうやって一生わたしを避けて回るつもり？　そんなの前島さんらしくない。全っ然らしくないから」

叫び終えると、飯田華の軽やかな笑い声が聞こえてきた。

「元気なお嬢さんね。いいわ、入りなさいな」

声が終わるのと同時に、門扉が自動的に開きはじめた。

「失礼します」

だれも周りにいないのがわかっていながら口にし、葵は敷地に足を踏み入れた。

途端に溜息が漏れる。外で想像していたよりよほど広い。ここは森林公園だと言われたらうなずいてしまいそうだ。

森を真っ二つに切り裂くように、車二台が通れそうな広さの道が延びている。道の先には洋館が建っていた。

「だいぶ歩くわね」

葵は首を振りながら歩きはじめた。ほどなく、洋館の方からなにかが近づいてくるのが見えた。ゴルフ場でよく見かける移動用のカートだ。中年の男が乗っている。カートは葵の目の前で停まった。

「お乗りください」

男が言った。

「歩くと時間がかかりますし、くたびれます」

「そ、そうですね。ありがとうございます」

葵は礼を言い、カートに乗った。

「倉本と申します」

「亀山《かめやま》です。どうぞよろしく」

亀山は丁寧に頭を下げると、カートのハンドルを操作した。カートはくるりとUターンし、洋館に向かって進みはじめた。どんな仕組みなのかはわからないが小回り性能がかなり高い。

「あの、亀山さんは飯田さんとはどのような?」

「小間使いです。邸を掃除して、華様の用事を言いつかって……華様が競馬場に行かれない週末は、一緒にテレビで競馬を見ます」

「競馬がお好きなんですね」

亀山が首を振った。

「馬は好きですが、競馬はそれほどでも。ただ、華様はおひとりが嫌いなので付き合わないと機嫌を損ねるんです」

「そうなんですか……こんな大きな館をひとりで掃除なさるんですか? 大変ですね」

「売ってしまえばいいのにと、華様にはいつも話しているんですが、愛着があるらしく。固定資産税も馬鹿高いし、維持費だって相当かかります。こんな家と敷地を後生大事に持っているのは愚か者だけです」

「そ、そうですか……」

亀山の口調は慇懃《いんぎん》無礼《ぶれい》であり、言葉の端々に毒が感じられる。

「華様は常に退屈を持て余しています。お気をつけください」

カートが洋館の前で停まった。亀山がカートを降りて玄関のドアを開ける。背が高く、胸板が厚い。欧米人のような体格だった。よく見ると顔も美形で、少し白いものが交じった頭髪と口ひげが似合っている。

「廊下を進んだ突き当たりを右に折れ、さらにその先の突き当たりが応接室になっています。華様と前島様はそこにおられます」

「あ、はい」

「倉本様はお飲み物はどうしますか」

「結構です」

葵が答えると、亀山がうなずいた。

「よかった。余計な仕事がまた増えるのかと思っていたところです」

「すみません」

カートで葵を迎えに出るのも余計な仕事だったのだろう。葵は恐縮して頭を下げた。

「お帰りの際はこのカートを使ってください。門のところで乗り捨てていただいて結構です」

「でも、運転の仕方が……」

「子どもでも乗りこなせる代物です」

亀山が葵をぎろりと睨んだ。

「は、はい。帰るときは使わせてもらいます」

葵は亀山に背を向け、逃げるように玄関ホールの先に進んだ。大金持ちの家は敷地も使用人も規格外れだ。

亀山に言われたとおりに廊下を進むと、大きなドアが現れた。おそるおそるドアをノックする。

「お入りなさい」

飯田華の透き通った声が聞こえてきた。

「失礼します」

肩で押すようにしてドアを開ける。レモンティーの香りが鼻をくすぐった。

「いらっしゃい。倉本さんだったわね。芳男君から話は聞いたわ。メジロマックイーンのラストクロップを種馬にしたんですってね。ロマンだわ。やっぱり、競馬にはロマンがなくっちゃ。お座りになって」

応接室は三十畳は優にありそうだった。その真ん中に重厚な木製のテーブルが置かれていて、飯田華と前島は向かい合わせで座っていた。葵は前島の隣の席に腰を下ろした。

「なにしに来たんだよ」

前島が言った。

「どうして電話に出ないのよ」

葵は前島を睨んだ。

「痴話喧嘩は後にしてくれないかしら」

「す、すみません」

葵は謝った。この家に来てから謝ってばかりのような気がする。気持ちが萎縮しているのだ。

「なんの話をしていたかしらね。ああ、マックイーンのラストクロップ。わたしもね、何頭かプライベート種牡馬所有しているのよ。ラヴジェリーはステイゴールドの子。ラヴスミスはスクリーンヒーロー。ラヴスパローはジャングルポケット。ディープインパクトやキングカメハメハの産駒にはあんまり興味がないの。主流血統より非主流血統にどうしても惹かれるのよ。天邪鬼《あまのじゃく》だからかしら」

飯田華は声を上げて笑った。

「マックイーンの子どもを種馬にするなんて、あなたもその口？」

「いいえ。わたしはただ、ウララペツっていう馬に一目惚れしてしまって。競走馬引退した後もなんとかしてあげたくって」

「ロマンだわ」

飯田華の声のトーンがあがった。飯田華といい、穴澤といい、金を持っている人間はどうしてこうもロマンが好きなのだろう。

電子音が鳴った。飯田華が前島を見た。前島がうなずくと、飯田華は上着のポケットからスマホを取りだし、ディスプレイを見つめた。

「お友達からだわ。ちょっと失礼」

飯田華は応接室の隅に移動して電話に出た。

「ここでなにをしてるの？」

葵は声をひそめて前島に訊ねた。

「おまえこそ、なにしにここに来たんだよ」

「前島さんが電話に出ないし、ＬＩＮＥのメッセージも未読のままだから心配になったんじゃない。なによ、その言い方」

前島が顔をしかめた。

「この前、競馬場で女王に会って内緒話をしてるのを見たときからなにか変だなと思ってたのよ。なにを企んでるの？」

「穴澤救済作戦の一環だよ」

「穴澤救済作戦？　例の振り込め詐欺のやつ？」

「いいから、おまえは帰れ」

「いや」

葵は腕を組み、頰を膨らませた。

「穴澤さんのことだったら、わたしとウララペツだって関係があるじゃない。どうしてわたしだけのけ者なわけ？」

「おまえはこういう時は言い出したら聞かないからなあ」

「ウララペツの馬主はわたしなんだから。わたしも作戦に加わる」

「こないだ、どこまで話した？　あの日のことは記憶が途切れててイマイチよく覚えてないんだ」

葵は前島の顔を見つめた。

「なんだよ？　顔になにかついてるか？」

前島は真顔だった。もしかすると、酔って葵に告白したことも覚えていないのだろうか。

「わたしが聞いたのは――」

葵は前島から聞かされた振り込め詐欺グループを警察に逮捕させるという作戦を口にした。

「ああ、そうだ。それだ。そこまで話してたんだな、おれ――ちょっと事情が変わって、哲夫君の舎弟を自首させるわけにはいかなくなったんだ」

「どうして？」

「経歴に傷がつくと親が悲しむなんて言い出してよ。ま、ビビっちまったってわけだ。しょうがないから、哲夫君の舎弟は華さんに電話をかけるだけにする。華さんは騙されたふりをして、金を指定された場所まで持っていって受け子に渡す。待ち構えていた警察が受け子を捕まえて洗いざらい白状させる。後は一網打尽だ」

「警察って、話がついてるような口ぶりだけど」

「浅草署に、昔おれや哲夫君とつるんでたやつがいるんだよ。そいつに話を持っていったらやる気満々なんだ」

「昔は不良だったけど、今はおまわりさんになったっていう人のこと？」

「組対《そたい》の刑事だ。正義感の強い不良だったんだよ」

組対というのが暴力団関係を担当する部署だということはなんとなくわかった。昔から、その手の刑事はヤクザと見た目が変わらないと言われていたはずだ。前島と齋藤のかつての仲間だというなら、きっとぴったりの部署に配属されたのだろう。

「でも、それって、女王様を犯罪者に直に会わせるってことじゃない。大丈夫？」

「もしものことがあったらマズいから、この話はなかったことにさせてくれって華さんには言ったんだけどな。やる気が半端なくて、作戦を続行することになっちまった」

葵は飯田華に視線を向けた。電話の相手と楽しそうに喋っている。

華様は常に退屈を持て余しています——亀山の声がよみがえった。

「それじゃ、またね」

飯田華が電話を切り、テーブルに戻ってきた。

「ごめんなさいね。古いお友達からの電話だったの。久しぶりだったから、つい話し込んじゃったわ」

「気にしないでください。向こうから電話がかかってくるまで、まだ時間があります」

前島は腕時計を覗きこみながら言った。

「あら、その腕時計、おじいさまのじゃないかしら？」

「形見で譲り受けたんです。ずぼらだったじいさんにしては珍しく大切にしていて、今でもきちんと動きます」

「大切にしてくれてたのね。嬉しいわ」

飯田華が頰を赤らめた。

「はい？」

前島が訝しげな表情を浮かべた。

「わたしがプレゼントしたのよ、その時計。もう、六十年近く前になるかしら。あなたのおじいさまはそれは男前でねえ。わたし、本気で結婚を考えてたのに、和菓子屋の倅なんて言語道断って父に大反対されて」

「初耳です」

前島が言った。

「それはそうよ。公にできない秘めた恋だったんですもの。わたしもおじいさまもほんとに若くて」

「いやあ、人に歴史ありですね」

「もしかしたら、わたしがあなたのおばあちゃまだったかもしれないわね」

飯田華は嬉しそうに笑った。

「まあ、確かに、うちのじいちゃんは男前でモテましたね。親父なんて、どうしておれは似ても似つかない顔なんだってしょっちゅう愚痴をこぼしてました」

「そうね、息子さんはあんまり似てなかったわね。でも、芳男君にはどこか面影があるわ」

「そうですかね」

前島は満更でもなさそうな笑みを浮かべて、また視線を腕時計に走らせた。

「そろそろ、電話がかかってくる時間です」

葵も自分のスマホを取りだして時間を確認した。一時二十五分。どうやら、電話は一時半頃にかかってくる予定らしい。

「ちょっと緊張してきたわね」

飯田華は目の前のティーカップの中身を啜った。

「電話をかけてくるのはぼくらの仲間なんで、少しぐらいミスっても大丈夫ですから」

「それでも緊張するわ。振り込め詐欺の電話受けるのなんて、初めての経験だもの」

飯田華の声は言葉とは裏腹に滑らかで艶を帯びている。初めての経験が待ち遠しくてたまらないかのようだ。

「電話がかかってきたら、スピーカーにして出てください」

「わかってるわ。予習どおりね。相手との通話も録音して――」

「そうです」

飯田華が葵に顔を向けた。

「電話の会話を録音できるなんて全然知らなかったわ。芳男君に教えてもらったの」

「わたしも知りませんでした」

葵は頭を掻いた。

飯田華のスマホから電子音が鳴り響いた。飯田華が手で胸を押さえた。

「びっくりした！」

「わたしもです」

葵は唇を舐めた。

「落ち着いて。深呼吸してから電話に出てください」

前島が言った。飯田華は言われたとおりに深呼吸をした。

「じゃあ、出るわね」

スマホをスピーカーにして電話に出る。そのついでに画面をタップしたのは通話を録音するためだろう。

「もしもし？」

若い男の声がスマホから流れてきた。

「はい、もしもし」

飯田華が答える。

「おばあちゃん、おれなんだけどさ」

「守《まもる》かい？」

「うん。ちょっとヤバいことになってて、おばあちゃんに助けてもらえないかと思って」

「どうしたの？」

「仕入れ先が早急に現金が必要だって言うからさ、経理からお金もらって会社出たんだよ。だけど、途中の電車で寝ちゃってさ。目的の駅について慌てて電車降りたら、金を入れた鞄、網棚に置き忘れちゃったんだ」

「あら、それは大変」

受け答えをする飯田華の目は生き生きとしている。

「すぐにＪＲに忘れ物したって届けて探してもらったんだけど、見つからないんだよ。このままじゃ自腹で弁償しなきゃならない感じなんだ」

「自腹で弁償って、いくらなの？」

「三百万」

「大金じゃないの。守、そんなお金持ってるの？」

「持ってるわけないじゃないか。だからこうしておばあちゃんに電話してるんだよ。時間がかかっても必ず返すから、三百万立て替えてもらえないかな」

飯田華が前島に視線を走らせた。前島がうなずく。

「さすがに三百万はおばあちゃん、出せないわよ」

「いくらなら出せる？」

「そうね……定期崩して、二百万ぐらいならなんとか」

「二百万でいいよ。とにかく、会社に金入れないとクビになるかもしれないし」

「せっかく入れた会社なのに、それはダメよ」

「こんな孫でごめんね、おばあちゃん」

「なにを言ってるの。だれだってミスは犯すわ。運が悪かっただけじゃない。二百万でいいならおばあちゃんが用立てるから」

「助かるよ。本当にありがとう、おばあちゃん」

「お金はどこに持っていけばいいの？」

「おばあちゃんの銀行、どこだっけ？」

「帝国銀行の目白支店よ」

「じゃあ、一時間後にその支店の出入口のところに、うちの経理の人間行かせるから。悪いけど、そいつにお金渡してくれる」

「どうやったらその人のことわかるの？」

「渡邊《わたなべ》係長っていう人なんだけど、三十代半ばでグレーのスーツ、鼈甲縁《べっこうぶち》の眼鏡かけてて、伊勢丹の紙袋目印に持っていくって。係長はおばあちゃんの顔知らないから、おばあちゃんの方で見つけて」

「間違った人にお金渡しちゃったりしないかしら」

「大丈夫だよ。渡邊係長さんですかって訊いて確認すればいいんだから」

「一時間後っていうことは、午後二時半ぐらいね。帝国銀行目白支店の出入口で」

「うん。よろしく頼むよ。こういう時はおばあちゃんしか頼れないんだ。ごめんね」

「いいのよ。じゃあ、支度して銀行にお金下ろしに行ってくるわ」

「よろしくお願いします。お金は必ず返すから」

電話が切れた。飯田華が胸の前で手を組み、飛び跳ねる。

「凄い凄い、振り込め詐欺よ。本物よ」

前島が苦笑する。

「華さんの受け答え、たいしたもんです。だれかが聞いていたとしても、被害に遭ってる老女としか思えないですよ」

「これでも、昔は女優を目指してたのよ。父に大反対されて諦めたんだけど」

「まだこれで終わりじゃないですからね。銀行に行って、受け子に金を渡すまでが華さんの役割です」

「わかってるわよ。まだ頭ははっきりしてるんだから。ちょっとお化粧直してくるわ。ド派手なメイクじゃあんまりよね」

「はい。孫のことを心配しているおばあさんのメイクでお願いします」

「頑張ってみるわ」

飯田華が弾むような足取りで応接室から出ていった。

「あそこまで乗り気になるとはなあ」

前島は閉じられたドアを見つめて首を振った。

「退屈を持て余してるんだって亀山さんが言ってたわ」

「亀山さんも辛辣《しんらつ》だからな」

「それにしても、振り込め詐欺って怖いわね。立て板に水みたいに話していって。あれなら、騙されるお年寄りが多いのもうなずけるわ」

「弱い者を食い物にするクズどものやりくちだよ。絶対にゆるせねえ。拓磨《たくま》が一網打尽にしてくれるさ」

「その人が刑事さん?」

「ああ。神宮司《じんぐうじ》拓磨。芸名みたいな名前で、めっちゃいかつい顔してるんだ。名前でからかうと暴れ出して手がつけられなかったな」

「昨日のこと、ほんとに覚えてないの?」

葵は訊いた。

「ああ、ところどころ記憶はあるんだが……なんか、迷惑かけたか?」

葵は首を振った。胸の奥で怒りがこみ上げてくる。こっちは昨日の夜からやきもきしてあまり眠れなかったのだ。朝になってからも連絡を取ろうと必死になった。なのに、当の本人は覚えていないという。

「怒ってるな」

「怒ってない」

「いいや。おまえのその顔は怒ってるときの顔だ。おれ、なにした？」

「なんにもしてない」

「葵――」

「昨日のことなんてどうでもいいから、穴澤さん救済作戦続けましょうよ」

「あ、ああ。そうだったな」

前島は上着の内ポケットからスマホを取りだし、電話をかけた。

「拓磨か？　芳男だ。予定どおり、向こうから飯田さんに電話が入った。午後二時半、帝国銀行目白支店で金の受け渡しだ……ああ、頼んだぞ。飯田さんに怪我のないよう、くれぐれも気をつけてくれ。じゃあ、後でな」

前島は電話を切った。

「これでよし」

「ちゃんとうまく行くかしら？」

葵は訊いた。

「これぱっかりは、お天道様《てんとう》にお祈りするしかないな」

「前島さん、お祈りなんかするの？」

「するさ。競馬のスタート前はいつも競馬の神様にお祈りしてるぜ。全馬無事にゴールできますようにってな」

胸の奥が熱くなった。前島は心根が優しい男なのだ。だれよりも優しい。

「そうなんだ」

「意外か？」

「そうでもない」

「なんだよ。つまんない反応だな」

「なによ。本当のこと答えただけじゃない」

葵はテーブルを離れ、窓際に移動した。亀山が樅《もみ》の木の枝を剪定《せんてい》している。

それにしてもなんと広い敷地だろう。馬を飼って放牧することも無理じゃない。

昔、聡史が酔うたびに口にしていた言葉を思い出した。

――もし大金が手に入ったら、北海道にだだっ広い土地を買って、引退した競走馬たちを引き取ってそこで余生を送らせてやるんだ。

聡史はその夢の端緒に取りつくこともできずにこの世を去った。

「ねえ、前島さん、お兄ちゃんの夢って聞いたことある？」

「北海道に自前の牧場つくって引退馬をそこで繋養するってやつか？　耳にタコができるほど聞かされたぞ」

「あれ、本気だったのかな」

「どうだろうな。億単位の金じゃ足りないよな。土地買って開墾して、牧草植えて、牧柵で土地囲って……人手だっている。引退馬の繋養牧場じゃ稼ぎなんてないしな」

「競馬バーのマスターじゃ無理な話よね」

「なんとか一千万貯めて、それを元手に株をやって増やすとか、そんなこと言ってたな」

「それは初耳」

「おまえも頑張って金貯めて、穴澤にそれを増やしてもらったらどうだ？　自分の牧場持ったら、繋養先探すのに奔走するなんて苦労なくなるぞ」

「お金貯める方が大変よ。あの店は薄利多売が経営方針なんだから」

「だよなあ。おまえが社長でおれが牧場長ってのも悪くないかなと思ったんだが」

また胸が熱くなる。牧場をふたりでやっていくということは、それはもう夫婦になるということなのではないか。

そっと前島の様子をうかがってみたが、屈託なく微笑んでいるだけだった。

「和菓子屋はどうするの？　自分の代で潰すつもり？」

「店は叔父さんに譲ってもいい。だいたい、老舗和菓子屋の社長なんて、柄じゃないんだよ、おれは」

前島が口をつぐんだ。飯田華が化粧直しを終えて戻ってきたのだ。

「これでどうかしら？」

微笑む飯田華の顔を見て、葵は絶句した。先ほどまでの艶やかなメイクとは打って変わり、巣鴨のとげぬき地蔵辺りを歩いている老婆と変わらない。

「言っておくけどすっぴんじゃないわよ。すっぴんはもっと若々しいんだから」

飯田華が言った。

「いや、完璧です、華さん」

前島が空いている椅子に置いてあった革のバッグに手を伸ばした。中から和菓子屋の紙袋をとりだし、テーブルに置いた。

「この中に二百万、入ってます」

「落としたりしないように気をつけなきゃね。じゃあ、わたし、着替えてくるわ。昨日、このメイクにばっちりのお洋服買っておいたの」

飯田華がまた応接室から出ていった。

「穴澤さんのお金？」

「ああ。先週末、おれの口座に振り込まれた。返ってこないかもしれないが、トラブルを解決するための金と思えば懐も痛まんだろう」

「それにしても、女王様、乗り乗りね」

「自分の持ち馬がダービーに出走するのより興奮するって言ってたぞ」

葵は溜息を漏らした。

「そうだ。どうしても一緒に来るっていうなら、スマホを貸せ」

「なんで？」

「いいから」

葵は前島にスマホを渡した。前島は無言のまま葵のスマホを操作する。

「なにしてるの？」

「位置情報をオンにして、アプリを入れた」

前島がスマホを返してきた。

「これで、万一のことが起きても、おれのスマホでおまえがどこにいるのか探すことができる。位置情報、オンのままにしておけよ」

「そこまで必要？」

「万が一って言っただろう。必要ないと思うが、念のためだ」

葵はスマホの画面をしげしげと見つめた。なにがどう変わったのか、見当もつかなかった。

＊　＊　＊

飯田華が帝国銀行目白支店の中に消えていった。

ベージュのパンツに黒いスニーカー、白いブラウスにグレイのカーディガンといういでたちは、メイクと相俟ってどこにでもいそうな老婆にしか見えなかった。

「あの服、どこで揃えたのかしらね」

葵は言った。

「さあな。相当張り切ってたから、亀山さんをこき使ったんじゃないか」

前島はスマホの画面を見るふりをしながら答えた。葵と前島は通りの反対側で銀行を見守っていた。近づきすぎると罠に感づかれるかもしれないが、遠すぎるのも不安だ。

「ねえ、刑事たちが見張ってるのよね。どこにいるのかしら？」

さっきから刑事たちの姿を探しているのだが、どこにもそれらしき人物は見当たらない。

「向こうはプロなんだぞ。人混みに紛れてるんだ。素人に、あいつは刑事だって見破られてたら仕事にならないだろう」

「それはそうだけど……」

「二時二十分を過ぎた。そろそろ姿を現してもいい頃だな」

前島がスマホから顔を上げた。細めた目を銀行に向ける。

「あいつじゃないか」

葵は前島の視線を追った。いた。鼈甲縁の眼鏡にスーツ。左手に伊勢丹の手提げ袋を持っている。

「どこからどう見ても真面目なサラリーマンにしか見えない。本当に振り込め詐欺のメンバーなの」

「だから、いかにも詐欺師でございますって面相のやつじゃ話にならないだろう」

「そうだけど……」

葵は唇を尖らせた。なんだか気持ちが落ち着かない。掌が汗でぬめり、心臓が早鐘を打っている。好きな馬が出走するレースの直前と同じだ。

スタートを上手に切って勝ってくれという思いと、負けてもいいから無事にゴールしてくれという思いが交錯し、馬を見つめているのが苦しくなる。

「華さんが出てきたぞ」

前島の声に我に返った。銀行から出てきた飯田華が、落ち着きのない視線を左右に走らせている。

「大丈夫かしら？」

「大丈夫さ。不安げな老婆を見事に演じてるじゃないか。女優志望だったってのも満更嘘じゃないな」

「そう？」

前島と話している間に、飯田華が伊勢丹の手提げ袋の男に気づき、近づいていく。少しの間会話を交わし、男に金の入った紙袋を渡した。再び言葉を交わし、男に向かって丁寧に頭を下げる。

男の方は受け取った紙袋を伊勢丹の手提げ袋に入れ、落ち着きのない目を周囲に走らせた。もはや、飯田華のことは視界に入っていないらしい。早くその場を離れたくて仕方がないのだ。

飯田華が男に背を向け、歩き出す。男が反対側に向かって足を踏み出したとき、そばにいたふたりの男が手提げ袋の男を挟み込むように移動した。ひとりはサラリーマン風で、もうひとりは学生風だ。

「浅草署だ。詐欺の現行犯で逮捕する」

サラリーマン風の男が叫んだ。手提げ袋の男が逃げようとする。学生風がそれを阻止し、男の腕をねじり上げた。小さな悲鳴が上がり、手提げ袋がアスファルトの上に落ちる。

「確保！」

学生風が叫び、手提げ袋の男の手首に手錠をはめた。周辺にいた男女が五、六人、男を取り囲む。風景にすっかり溶け込んでいたが、刑事たちなのだろう。容疑者が確保されたという段になって、偽装を解いたのだ。

「凄いね」

葵は嘆息した。

「マッポどもを舐めちゃいけねえんだ。わかったか?」

「マッポっていう言い方もどうかと思うけど」

どこからともなくパトカーが二台現れ、銀行の前に停まった。後ろのパトカーから男が降りてくる。パンチパーマの体格のいい男で、どこからどう見てもヤクザ者だ。

「あの人がお友達ね」

葵は言った。

「ああ。本物のヤクザも震え上がる浅草署の神宮司警部補様だよ」

手提げ袋の男がパトカーに押し込まれた。

女性刑事が飯田華に近寄り、もう一台のパトカーの方に連れて行く。

「華さんも連れて行かれるの？」

「一応、被害者だからな。華さんからの通報で警察が詐欺犯を待ち構えてたって筋書きなんだ。これから、事情聴取を受けることになる。まあ、形式的なもんだろ。すぐに釈放されるさ」

「被害者なんだから、釈放はおかしいと思う」

「おまえはいちいち細かいなあ」

「でも、これで穴澤さんは無事、こっちに戻ってこられるのね」

「ああ。だけど、向こうが気に入って戻らないって言い出すかもしれねえぞ。なんせ、パソコンとネット環境があればどこでも株はできるからな」

前島の頬が緩んだ。前島も緊張していたのだとそれで察した。

「さすが、元不良だね」

「哲夫君のおかげだ。おれは今じゃ、真っ当な堅気だからな」

前島は手にしていたスマホを上着のポケットに押し込んだ。

「なんか食いに行こうぜ。朝は二日酔いだったから、なんにも食ってないんだ。さすがに腹ぺこだ」

「近くに美味しいカレー屋さんがあったはずよ」

「カレーか。いいな。行こう」

前島は葵の肩を叩き、店の場所も聞かずに歩きはじめた。

「そっちじゃない。こっち、こっち。ほんとせっかちなんだから」

葵は前島の背中に声をかけた。

「しょうがねえだろう。こちとら江戸っ子なんだ。せっかちなのは生まれつきだ」

前島が踵を返して追いかけてきた。

＊＊＊

「わたしの人生のハイライトよ」

飯田華が顔の前で両手を組み、天井を見上げた。昨日の、いかにも老婆というでたちではなく、高級ブランドに身を包み、ネックレスや指輪、ピアスなどのアクセサリーもゴージャスだった。

「お疲れ様でした」

前島が飯田華の空になったグラスにワインを注ぐ。

カウンターに座っているのは前島と飯田華だけだ。他の常連客はふたりの一挙手一投足に目を注いでいる。飯田華――女王様は競馬ファンの間でよく知られた存在でもある。

その女王様が〈Kステイブル〉に客としてやって来たのだ。好奇心がそそられるのも無理はない。

「だってだって、わたし、本物の犯罪者と口を利いたのよ」

「お金も渡しましたしね」

「そうなの」

飯田華はワインで喉を湿らせた。

「あの男にお金を渡したすぐ後よ、刑事たちがやって来て、逮捕する！　って、まるで映画じゃない」

「おかげで、詐欺グループを一網打尽にできそうだって、警察も感謝してますよ」

「素敵。芳男君、乾杯しましょう。葵ちゃんも飲んで、飲んで」

いつの間にか倉本さんが葵ちゃんに変わっていた。葵は苦笑しながらグラスを手にした。飯田華が頼んだのは、もちろん、店で一番値が張る赤ワインだ。飲めと言われればいくらでも飲めてしまう。

「わたしたちのチームワークに乾杯！」

飯田華の声を合図にグラスを合わせる。少しだけ啜った赤ワインは得も言われぬ味わいだった。

「葵ちゃん、せっかくこのクラスのワイン置いておくなら、グラスにももう少し気を使った方がいいわよ」

飯田華が言った。

「すみません。グラスのことを気にするお客さん、ほとんどいないんで」

「これからは気にするお客が増えるから」

「どういうことですか？」

葵は訊いた。

「わたし、ここが気に入ったわ。葵ちゃんのお料理なかなかいけるし、お客さんもみんな競馬が大好きなんでしょ？　わたしの競馬仲間も誘っちゃうわ。みんな、ワイングラスにはうるさいわよ」

「本当ですか?」

葵は甲高い声を上げた。ついつい、頭の中で電卓を叩いてしまう。飯田華の友達なら、みんな破格のお金持ちに違いない。彼らが足繁く通ってくるようになるなら、売り上げも倍増する。

「このクラスのワイン、もっと用意した方がいいわね」

飯田華は飲んでいるワインのボトルに手を伸ばした。

「もっと高くてもかまわないわ。高倉《たかくら》さんはウイスキーがお好きだから、ウイスキーもいいものを置いてね」

おそらく、高倉というのは所有馬で二度、ダービーを獲った名物馬主だ。一度ダービー馬主になるだけでも凄いことなのに、二年連続で持ち馬がダービーを勝ったのだ。競馬界の生ける伝説とも呼ばれている。

「高倉さんが来るってよ」

高倉の名前を耳にした常連客たちがざわめきはじめた。

「わたしが呼べば、キサラギさんだって、ミコトさんだって来るわよ」

キサラギもミコトも、その冠名をつけた馬を多く所有する名物馬主たちの呼び名だ。

頭の中の電卓がオーバーヒートを起こして動かなくなった。

「でも、華さん、ここは普通の競馬ファンが集まる店なんですよ。そんな馬主たちが来るようになったら、店の雰囲気が変わっちゃうじゃないですか」

前島が言った。葵は前島の頬を張り飛ばしてやりたくなった。

「あら、そう?　みんな気さくでいい人たちなのに」

「華さんだけ、来てやってくださいい。馬主仲間を誘うのはたまにってことにして」

「わたしは全然かまわな――」

「そうするわ。わたしのいけない癖ね。なんでも自分中心で考えちゃうの」

葵は口を挟もうとしたが、飯田華の早口に押し返されてしまった。

「ちょっとお手洗いに行ってくるわ。葵ちゃん、サンマの塩焼き用意しておいてくれる？　芳男君も好きなものを食べて飲んで。今夜はわたしの奢りよ」

飯田華が席を立ち、トイレに消えていった。

「どうして余計なこと言うのよ」

葵は前島を睨んだ。

「お金持ちの馬主さんたちが大勢来てくれたら売り上げも伸びるのに」

「それじゃ、聡史の店じゃなくなる」

前島は素っ気なく応じた。

「競馬好きが集まって、わいわいがやがや競馬の話をして――あいつがやりたかったのはそういう店だ。高倉さんなんて来たら、みんな臆して口を開かなくなるぞ」

「慣れれば平気だと思うけど」

葵は唇を尖らせながらサンマの塩焼きの支度をはじめた。

前島の言いたいことはよくわかる。しかし、飲食店をやっていくうえで、太い常連客の存在は非常に助かるというのも事実なのだ。店の売り上げが伸びれば、ウララペツの繋養費の捻出に頭を悩ませる必要もなくなるし、良血の繁殖牝馬を種付けの相手にしてやることができるようにもなる。

ウララペツの産駒が中央で勝つ。そのためなら、店の雰囲気が多少変わろうがかまわないと乱暴なことを思ってしまうのだ。

「穴澤さんはいつ戻ってくるの?」

葵は訊いた。事の推移がはっきりするまで、穴澤に連絡を取るのは控えろと言われているのだ。

「牧場の手伝いがあってすぐには戻れないってよ。な? おれの言ったとおりだろう。もう戻ってこないかもしれないぜ。住めば都とは言うけど、あっちの暮らしが気に入ったら、東京には戻りたくなくなるってもんだ」

「株のトレーダー兼牧夫かあ。なんかいいわね」

「ウララペツの世話を頑張ってるらしいぞ」

「穴澤さんで大丈夫かしら?」

「ほら。今朝送られてきた写真だ」

前島がスマホの画面を葵に向けた。放牧地の牧柵の上から首を伸ばすウララペツの鼻筋を、穴澤が嬉しそうに撫でている。

「いいなあ。わたしもウララペツに会いに行きたいなあ」

「冬休み取って行ってくるか?」

「行きたいなあ。でも、年明けすぐに金杯があるでしょう。店を休むわけにはいかないし」

中央競馬は年明け五日から一年のスケジュールがはじまる。新年最初の重賞は中山競馬場で行われる中山金杯と、京都競馬場で行われる京都金杯だ。

競馬ファンの多くは正月休みを返上して、このふたつの金杯に目の色を変えるのだ。

年末は二十八日に中央競馬の締めであるホープフルステークスが行われるし、二十九日には大井競馬場で東京大賞典もある。競馬のスケジュールに沿って店の営業を続けていると、まとまった休みを取るのは諦めるほかないのだ。

「一泊二日、なんなら弾丸ツアーで日帰りでもいいじゃんか。会いに行けばウララペツだって喜ぶぞ。新しい繋養先への挨拶もまだ済ませてないだろう」

「日帰りはきついなあ。一泊二日……一月二日に行って三日に帰ってくるか」

「行くなら飛行機と宿の手配、しておくぞ」

「前島さんも行けるの?」

「行ける行けないじゃない。行くか行かないかだ」

「じゃあ、行く」

葵はサンマを焼き網の上に載せた。飯田華がトイレから戻ってきた。すぐにグラスに手を伸ばし、中身を飲み干す。

「詐欺犯の連中はどうなったかしら?　みんな捕まった?」

「訊いてみましょうか?」

「ええ、お願い。なんだかわくわくするわ」

前島がスマホの画面をタップした。あのいかつい風体の刑事に電話をかけるのだろう。葵もサンマの焼き加減に注意しながら聞き耳を立てた。

「もしもし、拓磨か?　おれだよ、芳男。振り込め詐欺のグループ、どうなった?　全員とっ捕まえたか?　……なんだって?」

前島が顔をしかめた。

「どういうことだよ、そりゃ。こっちがすっかりお膳立てまでしてやったんだぞ」

前島の渋面がどんどん酷くなっていく。その顔を見ていると不安が広がっていった。

「とにかく、さっさと捕まえろよ。それがてめえの仕事だろうが」

前島は乱暴な仕草で電話を切った。

「どうしたの？」

飯田華が待ちかねたというように口を開いた。

「それが、受け子が口を割って、詐欺グループのアジトに乗り込んだまではいいけど、いたのは雑魚《ざこ》ばっかりで、肝心の首謀者たちはまだ捕まえてないって言うんですよ。まったく、とぼけたこと抜かしやがって」

「あら。わたしがせっかく頑張ったのに」

「ですよねえ」

前島は渋面のままうなずいた。

「じゃあ、穴澤さんはまだしばらく戻ってこれないの？」

葵は訊いた。

「いや。連中は逃げ回るのに必死で穴澤にかまっている余裕はないはずだ。もう、連中絡みのトラブルにはおさらばできる」

「それなら安心ね」

「その辺りのことは哲夫君と話し合って細部を詰めていったんだ。抜かりはないさ」

前島はワインを口に含んだ。

「その哲夫君って、芳男君の不良仲間ね。一度会ってみたいわ」

飯田華が脳天気な声を出す。

「いいですよ。今度、一緒に飲みましょう。曲がったことが大嫌いな男でして、華さんもきっと気に入ります」

「なんだか、この年になって急に人生が華やいできたような気がするわ……葵ちゃん、なんだか焦げ臭いわよ」

飯田華に指摘されて、葵はコンロから煙が立ちのぼっているのに気づいた。サンマを焼きすぎてしまったのだ。

12

葵は後片付けを終えて店を出ると、新宿方面に歩き出した。午前二時を回っている。この時間、代々木駅周辺は交通量がほとんどなく、タクシーも捕まらない。新宿駅に向かって歩きながら、空車のタクシーを見つける方が無難だった。

「倉本葵さん?」

不意に背後から声をかけられた。

「はい?」

客のだれかと思い、振り返る。

黒いジャージの上下を着た男が薄ら笑いを浮かべていた。

「どちら様ですか？」

「あんた、前島芳男のこれだろ？」

男が右手の小指を立てた。

「違います」

不穏なものが胸の内で広がっていく。葵は踵を返し、走り出そうとした。

「逃がさねえよ」

左腕を摑まれ、勢いを削がれた。そのまま強い力で引っ張られる。

「なにをするんですか」

男を睨みつけようとして、頰に冷たい物を押し当てられた。刃物だ。

「顔に傷をつくりたくないなら、静かにするんだ。いいな？」

葵は生唾を飲み込んだ。

「だれなの？　わたしになんの用？」

男が笑った。

「そのうちわかるさ」

黒塗りのミニバンが走ってきて、葵たちの横で停まった。後部ドアが自動で開く。

「乗れ」

「いやよ」

「冗談で言ってるんじゃねえぞ」

刃物の腹で頬を叩かれた。葵は観念してミニバンに乗り込んだ。乗っているのは運転席にひとり、後部座席にもうひとり。後部座席の男は細身のスーツに身を包み、深夜だというのにサングラスをかけていた。

「こいつが前島の女です」

ジャージの男が葵を奥に押すようにして乗り込んできた。スーツの男がうなずいた。

「なんなんですか？　前島さんはうちの常連だけど、わたし、彼女でもなんでもないです」

葵はスーツの男に訴えた。この男がボスなのだ。

ミニバンが動き出した。

「おれら、振り込め詐欺で金稼いでんだけど、この間、警察の手入れがあってさ」

スーツの男が言った。予想外に声が若い。

「最初に捕まった受け子んとこに弁護士行かせていろいろ訊いたら、婆さんから受け取った金、浅草の〈いろは本舗〉の紙袋に入ってたって言うんだよ。なんだか気になって調べたら、齋藤哲夫って浅草の遊び人の舎弟がどういうわけかうちの面子《メンツ》に紛れ込んでて、これまたどういうわけか、手入れの時にそいつだけ現場にいなかったんだよね。おかしくね？」

「わたしにはなんのことだかわかりません」

葵はしらを切った。

「で、いろいろ調べたら、齋藤哲夫の幼馴染みの前島芳男が浮かび上がったんだよ。穴澤って知ってる？」

「う、うちの常連さんです」

「おれら、その穴澤って男に貸しがあるんだけど、前島ってのは穴澤とよくつるんでるらしいんだなあ。それでピンと来た。ダチの穴澤を助けるために、おれらをはめたんだ」

「どうしてそんな話をわたしに聞かせるんですか？」

「あんたを使って前島と齋藤をおびき寄せるんだよ。決まってるだろ」

男がまた笑った。

「落とし前はつけなきゃ。だろ？」

「はい」

運転席の男とジャージの男が同時に答えた。

「だってさ。だから、しばらく付き合ってもらうよ」

男は笑いながら葵の頬を撫でた。全身に鳥肌が立ち、葵は身をすくめた。

＊＊＊

車が停まり、促されながら降りた。途中から目隠しをされて、自分がどこにいるのか皆目見当もつかない。

大音響が轟《とどろ》いて、葵は身をすくめた。シャッターが開けられる音だ。視覚を奪われて聴覚が過敏になっている。

背中を押され、おそるおそる歩き出す。長い時間歩いたような気がしたが、実際はそうでもないのだろう。

「座れ」

男の声に驚いてよろめいた先にパイプ椅子のようなものがあった。葵は椅子の形を手で探り腰を下ろした。すぐに両腕を取られ、後ろ手に拘束された。

「もっと若けりゃ楽しませてもらうところだけど、残念ながらおれの上限は二十八歳までなんだ」

スーツの男の声が耳に飛び込んでくる。声が反響するように聞こえる。倉庫のような広い空間にいるようだった。

「最近は熟女もののアダルト動画が結構流行ってるみたいっすよ。撮影しますか?」

ジャージの男の声だった。

「おまえ、そんなにこの女とやりたいのかよ」

「そういうわけじゃないすけど、詐欺の仕事、しばらくできそうにないじゃないですか。少しでも稼いでおいた方がよくないですか」

「それもそうだな……だが、落とし前をつけるのがまず先だ。それが終わってから、アダルト動画撮るなり、ただやるだけなり、好きなようにすればいい」

勝手なことを――頭の奥が熱くなる。久々に感じる怒りだ。

人をものみたいに扱って、いつか必ず罰が当たるんだから――葵は声に出さずに男たちを呪った。

「落とし前をつけるまでは大事な商品だ。しっかり見張っておけよ」

「はい」

スーツの男の気配が遠ざかっていく。やがて、シャッターが下ろされる音がした。

男たちが喋りはじめた。ジャージの男の話し相手は運転席にいた男だろうか。声をひそめ、ときおり下品な笑い声をあげる。そのうち、煙草の匂いが漂ってきた。

「煙草、やめてくれませんか」

葵は言った。

「なんだと?」

ジャージの男の声だった。

「わたし、喘息《ぜんそく》持ちなんです。煙草の煙で発作が起きたら、大事な商品に瑕《きず》をつけることになるんじゃないですか」

口から出任せだった。喘息など患ったことはない。

「生意気な口利きやがって。痛い目みたいのか、こら?」

「煙草やめてもらえないと、発作が怖くて息もできません」

返事の代わりに舌打ちが聞こえた。

「ちょっと外行ってくるわ」

ジャージの男の気配と共に、煙草の匂いも遠ざかっていった。運転席の男は無言のままだ。どうやら、スマホをいじっているようだった。

「ねえ、これって誘拐よ。わかってる?」

葵は言った。返事はない。

「詐欺も酷い犯罪だけど、誘拐はもっと重い罪になるわよ。わたしを逃がしてくれたら、警察にはあなたが協力してくれたってちゃんと証言するわ」

男が立ち上がる気配がした。こちらに向かってくる。説得が功を奏したのかと、葵は期待に胸を膨らませた。

いきなり頬を張られた。乾いた音がして、痛みが顔全体に広がっていく。

「黙らないと犯すぞ」

男が言った。なんの感情もうかがえない声だった。

葵はうなずき、口を閉じた。舌の上に血の味が広がっていく。口の中が切れたようだ。それほど容赦のない打擲《ちょうちゃく》だった。

期待が萎《しぼ》み、恐怖と不安が膨らんでいく。

どうなってしまうのだろう？　男たちの言うように慰み者にされて殺されるのだろうか。

どうしてわたしが？　わたしはただ、穴澤さんを窮地から救ってやりたかっただけなのに。

どうして警察はこの男たちを取り逃がしたの？

どうして前島さんたちは身元がばれるようなことをしてしまったの？

やめようと思っても、悪い方に考えが転がって行ってしまう。

「お疲れ様です」

葵を殴った男が神妙な声を発した。スーツの男が戻ってきたようだった。

「寺本《てらもと》は？」

「煙草を吸いに行きました。この女が喘息持ちだって言うもんで」

舌打ちが聞こえた。続いて、なにかを叩くような乾いた音がする。

「ちゃんと見張ってろって言っただろうが。ガキより役に立たねえやつらだな」

「すみません」

「そんなんだから、とうしろに足元見られてはめられるんだよ」

スーツの男の声はドスが利いている。葵に話しかけるときとは別人のようだった。

今度は鈍い音がした。葵を殴った男が呻いた。腹かどこかを殴られたらしい。

「すんません。勘弁してください。悪いのは寺本じゃないですか」

「だれに口答えしてんだ?」

また鈍い音。今度は三度続けて響いた。

「ゆるしてください、土屋さん」

「ちゃんと言われたことやりゃあ、こんな目に遭うこともねえんだよ。おれだって拳は痛いし、せっかくの新品の靴も汚れちまうじゃねえか」

「すみません」

「とっとと立って、寺本呼んでこい。おれがめっちゃ怒ってるって言ってな」

「は、はい」

沈黙が降りた。殴られた男が足を引きずりながら出ていくのがわかる。

「ったく、どいつもこいつも」

土屋が近づいてくる。苛立っているのがよくわかり、葵は身をすくめた。

「そんなにビビるこたぁねえよ。やつらが来るまでは手を出さない」

「前島さんたちが来たら手を出すんですか?」

葵は言った。自分でも情けなくなるぐらい声が震えている。

「そりゃ、向こう次第さ。ま、電話の様子じゃ、よっぽどあんたのことが大事なんだな。傷つけたらただじゃおかねえって凄い剣幕だった」

「ま、前島さんに電話したんですか?」

「ああ、もうすぐ夜が明けるってのに、すぐに駆けつけるってよ。ひとりで来いと言ってある。警察を呼んだら、あんたがどうなるか保証できないって言っておいたよ」

「酷い……」

土屋が笑った。

「そりゃあ、おれら半グレだもん。酷い連中ばっかりさ。まず、前島に落とし前をつけさせる。その次は齋藤だ」

「前島さんをどうするつもり?」

「さてね。ドラム缶にコンクリ詰めにして東京湾に沈めるかな」

喉が渇いていた。唇はかさかさで、目の奥がちくちく痛む。

「は、話し合いで解決っていうわけにはいかないんですか」

「だから、おれらは半グレだって言ってるじゃないか。とにかく、前島がどう出るか見てみようじゃないの。見張りをつけてるから、もし、あいつが警察に駆け込んだりしたら、そのときはあんたに代わりに落とし前つけてもらうから」

「お、落とし前って?」

「やっぱ、アダルト動画かな。熟女ものの動画撮って、その後は熟女専門の風俗に沈んでもらうか」

「わたしはまだ三十代よ」

葵は言った。自分でもなにを言っているのかわからなかった。

「世の中じゃ、その辺りから熟女って言うらしいぜ」

土屋がまた笑った。

「ま、おとなしく待ってな。あの様子じゃ、あんたが心配で余計なことしねえでこっちにすっ飛んでくるからさ」

来ないで。すぐに来て。

相反する思いが胸の奥で渦巻き、吐き気も襲ってきた。葵は吐き気と涙をこらえながら、天国の兄に祈った。

お兄ちゃん、わたしと前島さんを助けて！

＊＊＊

騒がしい気配で我に返った。ついうとうとしてしまったらしい。店を閉める直前まで、常連客と飲んでいたのだ。

「到着したみたいだな」

土屋の声がした。

「しかし、太い女だな。こんな状況で大口開けて寝るなんてよ」

「寝てません」

葵は咄嗟《とっさ》に否定した。

「おもしれえ女だな。もしかして、元芸人とか？」

「違います」

土屋が笑った。

「なんにしろ、これから面白い見世物がはじまるからさ」

いきなり目隠しを外された。突然の光に目が利かない。葵はきつく目を閉じた。

「葵！　葵!!」

前島の声が響いた。

「てめえら、葵に万が一のことがあったら絶対にゆるさないからな」

「黙って歩け、こら」

前島の声に続いたのは聞き覚えのない男の声だった。

「じっとしててくれよ。下手に動くと危ないぜ。このナイフ、よく切れるからさ」

首に冷たい感触を覚えて目を開けた。首にナイフを押し当てられている。口の中に生唾が湧いてきたが、怖くて飲み込むことができなかった。

正面にシャッターがあった。想像していたとおり、倉庫の中だ。床は剝き出しのコンクリートで、左右に段ボール箱が積まれていた。

シャッターがやかましい音を立てて開き、前島が姿を現した。よれよれのスウェットの上下姿だ。寝起きの格好のままやって来たらしい。

「葵！」

「前島さん！」

葵は喉元のナイフのことを忘れて叫んだ。前島が自分のために駆けつけてくれた。それだけで恐怖が吹き飛んでいく。

「おいおい、いちゃいちゃするのは後回しだよ。これが見えるだろう?」

背後の土屋が嘲笑うような声を出した。喉元にナイフの冷たい感触がよみがえり、恐怖が息を吹き返した。

「てめえ、葵に傷ひとつでもつけてみろ。ただじゃおかねえ」

前島の声が低くなった。これまで、聞いたことのないドスの利いた声だ。

「ただじゃおかねえってのはどういうことかな? 知りたいから、すぱっとやっちまおうかな」

「やめろ」

「なんにもできないんだからさ、最初から粋がるのはやめとけってんだよ。おい」

土屋が仲間に声をかけた。ジャージの男と運転席の男が前島の背後に回る。前島の両腕を背中にまわし、結束バンドで縛り上げた。前島は抵抗することもなく、ただ、葵の背後にいる土屋を睨みつけていた。

「前島さん……」

葵は絶望の溜息を漏らした。せっかく来てくれたのに、これではなんにもならないではないか。

「おまえ、穴澤のダチ公なんだってな。それで、齋藤ってのとつるんで、おれたちをはめやがった。そうだろう?」

前島は口を開かなかった。

「齋藤ってのも、浅草じゃ名の通った遊び人らしいけどさ、おれたち、プロの犯罪者だぜ。舐めてんの?」

ナイフの圧力が喉元から消えた。

「警察になんか頼らないで、最初から話し合いでけりをつければこんなことにはならなかったんだけどな」

「なにが話し合いだ。結局は因縁つけて金を巻き上げようって魂胆じゃねえか」

前島が吐き捨てるように言った。

「死ぬよりは金でかたつけた方がいいんじゃないの？」

土屋が葵の前に出た。

「とりあえず、ふざけた真似をしてくれたことへの落とし前をつけてもらおうかな」

土屋がうなずく。ジャージの男が前島の前に立って、腹に右のパンチを叩きこんだ。前島がうずくまる。

葵は悲鳴を上げた。

「静かにしろよ。だれかに聞こえちゃうかもしれないじゃないか」

土屋が葵を睨んだ。葵は口を閉じた。唇がわなないて、悲鳴が漏れてしまいそうだ。

「立てよ、おら！」

ジャージの男が前島の胸ぐらを摑んで引き起こす。間髪入れずに、顔にパンチを叩きこんだ。前島がのけぞる。鼻から鮮血が飛んだ。

「やめて‼」

葵は再び叫んだ。

「黙れと言っただろう。日本語、わかんねえの？」

土屋がナイフの腹で葵の頬を叩いた。

「お願い、やめさせて」

葵は懇願した。

「そういうわけにはいかないよ。ちゃんと落とし前つけてもらわないと。次に叫んだら、ほんとにこれで刺しちゃうよ」

土屋はナイフの刃先を葵に向けた。

「葵に手を出すな！」

前島が叫んだ。

「なに勝手に喋ってんだよ」

ジャージの男がまた前島の顔を殴った。

「やめて、お願い」

葵は黙っていられなかった。

「本当に死にたいの？　いいよ。だったら一緒に東京湾に沈めてやるからさ」

「おい、土屋！　落とし前つけろって言ってんなら、てめえでつけさせたらどうだ。飼ってるペットにやらせるなんざ、お里が知れるぜ」

前島がまた叫んだ。左目の周りが腫れ、どす黒い痣《あざ》になっている。

「このスーツ、高いんだよ。おまえの血で汚れたら困るだろう」

土屋が嗤《わら》った。

「たかがスーツ一着が惜しいのか。やっぱりてめえは三流の詐欺師だな。なにがプロの犯罪者だ。笑わせるぜ」

「いつまでそんな口を利いてられるか、楽しみだぜ」

土屋の口調が変わった。おどけた感じが消え、氷のように冷たく硬い響きがある。

「おれはプロボクサーのライセンス取ったこともあるんだぜ。おれのパンチにどれだけ耐えられるかな」

土屋がナイフの刃を閉じ、スーツのポケットに押し込んだ。両指の関節を鳴らし、拳を握る。

「しっかり捕まえておけよ。人間サンドバッグだ」

ジャージの男と運転席の男が前島の両腕を抱え込んだ。

「浅草署、組織犯罪対策二係だ。全員逮捕する！」

突然、大音量の声が鳴り響いた。拡声器から流れてくる声だった。

「なんだと？」

土屋がシャッターの方に顔を向けるのと、制服の警官たちが倉庫内に雪崩《なだ》れ込んでくるのが一緒だった。

「くそ」

土屋が警官たちに背を向けた。倉庫の奥に向かって駆けていく。おそらく、裏口があるのだ。

「裏口よ！」

葵は叫んだ。ここで捕まえてもらわないと、おちおち外も歩けない。

警官たちがジャージの男と運転席の男に飛びかかっていく。その後ろに神宮司の姿があった。

「裏口から逃げるつもりだぞ」

神宮司が叫んだ。葵は振り返った。神宮司の言葉が合図だったというように、裏口のドアが開き、別の警官隊が突入してきた。

　土屋が足を止め、視線を左右に走らせた。逃げ切れないと悟ったのか、肩を落とす。警官たちが土屋を取り囲み、ひとりが土屋の右手に手錠をはめた。

「確保！」

　勇ましい声が響き渡る。ジャージの男たちも警官たちに取り押さえられ、手錠をはめられた。

「大丈夫か、芳男」

　神宮司がうずくまっている前島に駆け寄った。

「おれは大丈夫だ。それより、葵を……葵、怪我はないか？」

　葵は首を振った。目頭が熱くなって言葉が出てこない。

「無事ならなんで泣いてるんだよ」

　前島の言葉に、葵は首を振り続けた。神宮司がやって来て、縛《いまし》めをほどいてくれた。葵は立ち上がり、ゆっくり前島に近づいた。

「痛かった？」

「これぐらい、屁でもない」

　前島が立ち上がった。どす黒く腫れた目の周りが痛々しい。

「心配したんだからっ」

　葵は叫び、前島に抱きついた。

「痛ぇよ。怪我人なんだぞ、こっちは」

「ほんとに無茶するんだから。いきなりナイフで刺されたらどうするつもりだったのよ」

「あいつらには人を殺す度胸なんてねえよ。三流の詐欺師なんだ」

前島が葵の腰に腕を回してきた。葵は前島の胸に頰を押しつけた。

「来てくれて嬉しかった。でも、あいつら、前島さんに見張りつけてるって言ってたけど、どうやって？」

「おまえ、ＧＰＳ機能をオンにしただろう？」

「うん。咄嗟に」

「それでおまえの監禁されてる場所がわかったから、神宮司に連絡したんだ。で、神宮司はこの倉庫を特定して、警官隊を配置した。あとは、おれがひとりで乗り込んでいって、やつらが隙を見せるのを待つって段取りだったのさ」

「それなら、殴られる必要なかったんじゃないの？　すぐに突入してあいつらを捕まえればよかったのよ」

「それだと、おまえに万一のことがあるかもしれないだろう」

「わたしのために、こんな顔になって……」

葵は前島を見上げた。腫れが広がり、左目はほとんど潰れている。

「おまえが無事なら、なんてことはない。おまえがこんな目に遭ったのも、元はといえばおれのせいだ——」

「だれのせいでもないよ」

葵は言った。

「こんなの、だれのせいでもない。ただ、ツキがなかっただけ」

「いっぱしの博奕打ちみたいな言い方だな」

前島が笑った。

「こういうときになんなんだが――」

神宮司が遠慮がちに声をかけてきた。

「署にご同行願って、事情聴取を頼みたいんだが」

「わかってるよ。今、そんなこと言わなくてもいいだろう」

「いやあ、放っておくと、行くところまで行きそうな雰囲気だったんでな」

「なんだよ、それ」

前島が葵から離れた。

「だから、続きは事情聴取が終わってからで頼むわ」

「おまえが連中を一網打尽にしてれば、事情聴取もへったくれもなかったんだぞ」

「まあまあ、それはそれ、これはこれ。倉本さん、いいですか？」

「は、はい」

葵は答えた。

「本当に怪我はないですか？　よかったら医者に診せますが」

「わたしは大丈夫です。それより、前島さんを――」

「倉本さんに話を聞いている間に、こいつは病院に向かわせます」

神宮司が待機していた女性警官を手招きした。

「こちらへどうぞ」

女性警官に促され、葵は歩きはじめた。倉庫の外に出る。東の空が白みはじめていた。

女性警官にパトカーに乗るよう促されたが、葵は足を止めた。男性警官に体を支えられて、前島が救急車に乗り込もうとしている。

「前島さん！」

葵は声を張り上げた。前島が振り返る。

「今度、ふたりでご飯食べながら、有馬記念の予想しようよ」

前島が笑い、すぐに顔をしかめた。

＊＊＊

事情聴取が終わり、浅草署を出たときにはもう、日が高く昇っていた。

前島はまだ病院で治療を受けており、事情聴取はその後になるということで、一旦帰宅した方がいいと神宮司に言われたのだ。

駅に向かって歩き出そうとしたところで、浅草署の前に車が乗り付けてきた。かなり年季の入ったハイエースだ。運転していた男が助手席の方に身を乗り出してきて窓を開けた。

「葵ちゃん、乗りなよ。送ってく」

齋藤だった。

「でも――」

葵は躊躇した。

「芳男から連絡があってさ、ボディガード兼ねて家まで送れって厳命されたんだ。乗ってよ。乗り心地のいい車じゃないけど」

「だったらお願いします」

葵はハイエースの助手席に乗り込んだ。

「とんだ災難だったね」

「ほんとに」

葵は溜息を漏らした。

「迎えに来てもらって、ほっとしてるんです。ひとりで歩くのはなんだか怖くて」

「神宮司の野郎がしくじらなきゃ、そんな目に遭わずに済んだのにな。あいつに代わって謝るよ」

「齋藤さんが謝る必要ないですよ」

ハイエースが静かに動き出した。齋藤の運転は滑らかだ。

「怪我はなかったのかい？」

「ええ、わたしは大丈夫です。でも、前島さんが酷く殴られて」

「芳男が？」

齋藤が素っ頓狂な声をあげた。

「ええ」

「あいつが黙って殴られてた？」

「そうですけど？」

「相手は何人？」

「四人かな？」

「たった四人に芳男がやられたっての？　嘘だあ」

斎藤が首を振った。

「どういうことですか？」

「相手が飛び道具持ち出したってんなら話は別だけど、刃物持ってるぐらいの相手四人で、芳男が一方的にやられるわけがねえ」

斎藤の言葉がべらんめえ調になっていく。

「そうなんですか？」

「店を継ぐって腹を括って真面目になる前は、六区の芳男って名を聞きゃ、ものほんのヤクザもビビるってぐらいでさ、名うての暴れん坊だったんだぜ。おれも、六人ぐらいの不良をあっという間に叩きのめすところをこの目で見たことがあるんだ」

「本気で怒ってるときはやけに迫力があるなと思うことはありますけど」

「地元のヤクザ者にスカウトされたこともあるんだぜ。半グレなんてのはよ、中途半端な連中ってことだよ。そんなのが四人ぐらい、芳男なら目じゃねえって。年食ったとしてもな」

葵は目を閉じた。前島は抵抗ひとつすることもなく殴られていた。

「そっか」

斎藤がまた声を張り上げた。

「葵ちゃんがいたからだな。葵ちゃんが怪我するぐれえなら、自分が殴られてもかまわねえってか。芳男らしいなあ」

交差点の信号が赤に変わって、斎藤はハイエースの速度を落としていく。

「喧嘩は強いし、商売も如才なくやってるけど、女のことに関しては昔から不器用なんだ。童貞捨てるのも、相手が商売女じゃいやだなんて抜かしやがって、結局、仲間内じゃ一番最後だったしなあ」

「そ、そうなんですか……」

「あ、ごめん、ごめん。つい、口が滑っちまった。内緒にしてくれよ。こんなこと葵ちゃんに話しちまったってばれたら、芳男の鉄拳が飛んでくるからさ」

「大丈夫です。絶対に話しません」

葵はうなずいた。

「大事にされてるな、葵ちゃん。葵ちゃんもあいつのこと大事にしてやってくれよ」

「わたしたち、別にそういう関係じゃ――」

「やれ、早く結婚しろだの、跡継ぎをなんとかしろだの、親や親戚筋にやかましく言われても、見合いひとつしねえんだからな。おれにはちゃんとわかってるんだ」

齋藤は矢継ぎ早に言葉を継いだ。相当にせっかちな性格らしい。

「あいつには心に決めた女がいるのさ。それが葵ちゃんだ」

頬が熱くなるのを感じて、葵は俯いた。

心に決めた女というフレーズに心臓を打ち抜かれていた。

前島は本当に自分のことをそう思ってくれているのだろうか。だから、泥酔したときにあんな口説き方をしてきたのだろうか。

前島は兄の親友だ。男として見たことはない。兄が死んだ後は、いつもそばにいて、なにがあっても支えてくれて、それが至極当然のことだと思っていた。親友の妹のために力を貸してくれているのだと。

そうではなかったのだ。

なんて無神経で鈍い女だろう。

自分が恥ずかしくてたまらない。

「あ、そういや訊くの忘れてた」

齋藤が右手で自分の額を叩いた。

「なんですか?」

「葵ちゃん家、どこ?」

突然、笑いの発作が沸き起こった。

「おれ、変なこと言った?」

齋藤の言葉に応じることもできず、葵は腹を抱え、涙を流しながら笑い続けた。

13

前島が店に入ってくると、常連客たちがどよめいた。左目の周りの腫れはだいぶ引いているが、まだ痣は残っている。振り込め詐欺グループとの一件は、だれにも話していない。

「前島さん、喧嘩でもしたの?」

和田と飲みに来ていた石井が前島に声をかけた。

「まあ、そんなところだ」

「こないだ、後楽園のＷＩＮＳで客同士の乱闘騒ぎがあったけど、まさか前島さんじゃないよね」

ＷＩＮＳというのは場外馬券売場のことだ。場外馬券売場は昔は鉄火場の雰囲気が色濃く残っていたが、最近は若い客も多く、昔ながらの博奕打ちたちは肩身の狭い思いを強いられている。

「馬鹿言うな。競馬に負けたぐらいで殴り合いの喧嘩なんかしねえよ」

前島は軽口を叩きながらカウンターの左端に腰を下ろした。

「怪我の具合は大丈夫なの？」

「どうってことねえよ、こんなの。生、中ジョッキで」

葵はビールの代わりに大ぶりのグラスに烏龍茶を注ぎ、前島の前に置いた。

「なんだよ、これ」

「怪我が完全に治るまでは断酒して」

「女房みたいな口ぶりだな」

前島が顔をしかめた。

「今は平気でも、アルコールが回ったら痛み出すわよ」

前島は舌打ちして烏龍茶を啜った。

「他の店でも飲んじゃだめ。いい？」

「おれがいつどこでなにを飲もうがおれの勝手だろう」

「約束して」

葵は有無を言わせぬ口調で言った。

「なんだよ、急に怖い声出しやがって。わかったよ。傷が癒えるまで酒は飲まない。これでいいか?」

「うん。今日はわたしの奢りだから、食べたい物好きなだけ食べていって」

「いいのかよ?」

「今日だけだからね」

葵は微笑みながら前島に背を向けた。石井たちがオーダーしたラム肉のたたきを作りはじめる。

「じゃあ、ポテサラとモツ煮込みもらおうかな」

前島が言った。

「なによそれ。もっと高いの頼みなさいよ」

たたいたラム肉にスパイスと塩を振りかけ、特製のタレを垂らし、卵黄を中央に載せた。

聡史が懇意にしていた北海道の羊飼いから送られてくるラム肉の鮮度がいいときにだけ提供するメニューだ。

「おれもそれがいいな」

ラムのたたきを見て前島が言った。

「了解」

「それに、ちょびっとだけ赤ワインってのはどうだ?」

「却下」

葵は宝塚記念のファンファーレを口ずさみながら、ラムのたたきを石井たちのテーブルに運んだ。

中央競馬ではレースがはじまる前にファンファーレが奏でられる。競馬場のある地域、レースの格などによってファンファーレは変わってくるが、宝塚記念のファンファーレは宝塚記念専用だった。

年に一度しか流れない特別なファンファーレだから、それを聞くといやが上にも気持ちが盛り上がる。

石井と和田が歓声を上げながらラム肉に箸を伸ばした。葵は他のテーブルを回って注文を取った。秋のＧⅠ戦線も終盤にさしかかり、暮れの有馬記念、ホープフルステークス、そして大井競馬場で行われる東京大賞典まで、競馬ファンは休む暇がない。

「穴澤と話したんだが……」

葵がカウンターの内側に戻ると前島が口を開いた。葵は手早くポテトサラダとモツ煮込みを器に盛った。

「穴澤さん、なんて？」

「とりあえず年内に一度こっちに戻るって」

前島はモツを口に放り込み、烏龍茶を不味《まず》そうに啜った。

「とりあえず？」

「向こうの暮らしが相当気に入ったみたいでな。株はパソコンとネット環境が整ってたらどこでだって売り買いできるから、もしかすると日高に完全移住するつもりかもしれん」

「そうなんだ……でも、そうなると、ウララペツの面倒見てもらえそう。白山牧場さんに挨拶に行くのも先のことになりそうだし……」

「その白山牧場だけどな――」

「あそこも廃業するって言うんじゃないでしょうね？」

「人の話は最後まで聞けよ。相変わらずせっかちだな」

「違うの？」

「女王が出資してくれるかもしれん」

「女王って、あの女王？」

葵は思わず高い声を放った。

「そう。あの女王だ。今はあちこちの牧場に預けてるプライベート種牡馬を、白山牧場に一手に引き受けてもらいたいみたいだ」

「いつの間にそんな話が出てきたのよ」

「女王は今回のドタバタがほんとに楽しかったらしくてな。テンションが上がってるみたいだったから、ダメ元で話してみたんだ。そしたら、二つ返事でＯＫってわけにはいかなかったが、脈ありって感じだった」

「前島さん、やることが早い」

「商売で身を立ててるんだぞ。それぐらい、当然じゃないか」

前島は烏龍茶を口に運び、飲んでからそれが酒ではないことを思い出して顔をしかめた。

「なあ、葵、赤ワイン、一杯だけ。頼むよ」

「ノンアルの赤ワイン出してあげる」

葵は言った。

「葵――」

「さっき、約束したじゃない。男に二言はなしでしょ」

前島が口を尖らせた。

「目の周りの痣が消えたら、わたしが美味しい赤ワインご馳走してあげるから」

「しょうがねえな」

葵は前島に背を向け、料理をはじめた。

「前島さん、こっちで一緒に飲もうよ」

和田の声が飛んでくる。

「おう。ひとりで烏龍茶飲んでてもしょうがねえし、合流するか」

前島が腰を上げる気配がした。

「前島さんにお酒飲ませたら、出入り禁止よ」

葵は包丁を振るいながら声を張り上げた。

「ああ、やな店だな」

前島が聞こえよがしに言った。葵は振り返る。石井たちと合流した前島が、嬉しそうにスポーツ新聞の出走表を覗きこんでいた。

＊＊＊

「いやあ、迷惑かけたよね。好きなもの食べて、好きなもの飲んで。全部、ぼくの奢りだから」

穴澤が言った。羽田空港から〈空〉に直行してきたそうで、東京にしては厚着だ。額にうっすらと汗が浮かんでいる。

「向こうはマイナス五度だったからさ、これぐらい着込んでなきゃ寒くて寒くて。アンダーウェア上下に厚手のパンツ、フリースにダウンジャケット。東京だと、ダウンジャケット脱いでも暑いよ。やっぱ、一旦ホテルに行って着替えてくればよかった」

おしぼりで額の汗を拭う穴澤を、大将と愛衣が微笑みながら見守っている。前島は物珍しそうに店内を見渡していた。前島は〈空〉は初めてなのだ。

「それじゃ、お言葉に甘えて……大将、〈澤の花〉があるじゃないですか」

前島が日本酒が並んでいるクーラーを見ながら言った。

「お、お客さん、〈澤の花〉知ってるの？」

大将が相好を崩した。

「ええ。信州の酒じゃ、一番好きかな」

「純米から無濾過生原酒まで、いろいろ取りそろえてるよ」

「じゃあ、最初は純米から行こうかな。こいつにずっと禁酒させられてたんで、肝臓が美味いアルコールに飢えてるんですよ」

前島は葵を指さした。目の周りの腫れはすっかり引き、痣も消えかかっている。

「前島さん、ぼくのために怪我したんですもんね。飲んでください、じゃんじゃん飲んでください」

穴澤が言った。

「違うわよ」

葵は口を挟んだ。

「前島さんは穴澤さんのためじゃなくて、わたしのために殴られて怪我したの。わ・た・し・の・た・め」

葵は言葉を切って発声した。

「隊長、しばらく会わないうちにキャラ変わった？」

穴澤が葵の顔を凝視する。

「変わってないわよ」

葵は穴澤を睨みつけた。

「確かに、怖いところはこれっぽっちも変わってないや」

「ちょっと、穴澤さん――」

「まあまあ、痴話喧嘩はそれぐらいにして、お飲み物はどうします？」

愛衣が葵たちの会話に割って入ってきた。葵と穴澤は生ビールを、前島は〈澤の花〉の純米酒の冷やを頼んだ。すぐにお通しが運ばれてくる。蛸の煮物だった。柚がほんのりと香り、食欲をそそる。

「もうこれで、穴澤さんはなんの心配もなくなったのよね？」

葵は口の中の蛸をビールで流し込んでから口を開いた。

「ああ。神宮司は実刑食らうのは間違いないと言ってる。半グレのグループも解散だ。こいつにちょっかいかけてくるやつはもういないだろう」

前島が言った。愛衣が小皿の上に載せたグラスに日本酒を注いでいく。注ぎ終わると、前島は小皿にこぼれた日本酒を啜った。

「うめぇな、やっぱ」

目を細める前島を見ていると、無性に〈澤の花〉を飲んでみたくなる。

「ビール飲み終わったら、わたしも同じお酒をください」

愛衣がにっこりと微笑んだ。

「じゃんじゃん飲んでくださいね。穴澤さんの奢りですから」

「そのつもり」

葵も微笑み、前島たちに顔を戻した。

「で、穴澤さん、これからどうするの？　日高の暮らしが気に入ったみたいだって前島さんに聞いたけど」

「うん、それなんだけどね……」

穴澤は一旦口を閉じ、ビールを啜った。

「白山牧場の長井君には妹がいるんだよね。出戻りなんだけど。瞳《ひとみ》ちゃんっていうんだ」

「巨乳だって言ってた子だな」

前島が口を挟んだ。

「そうそう」

「もうやったのか？」

「なんでそういう話になるんですか」

「電話でその子のことを話すときの声、完全に恋する男子の声だったしなあ」

「ちょっと、前島さん！」

穴澤が前島の口を手で塞《ふさ》ぐ真似をする。前島は笑いながらその手をはね除け、また酒を啜った。

葵は複雑な思いでじゃれ合うふたりを見つめた。穴澤を振ったのは自分だ。穴澤が他の女性の虜《とりこ》になったところでなにかを言う権利は自分にはない。

それにしても——わたしに未練はないのかよ、穴澤。

ふたりには聞こえないように呟き、ビールを一気に呷る。空になったグラスを掲げると、愛衣がすぐに日本酒の用意をしてくれた。

「それで、長井さんの妹がなんだっていうの？」

葵は言った。言葉に棘が混じらないようにするのにかなり気を使った。

「瞳ちゃんは今、実家にいて牧場の手伝いをしてるんだけどさ、いつか、養老牧場をやりたいっていう夢があるって言うんだ」

養老牧場というのは、競走馬や種牡馬、繁殖牝馬を引退した馬を繋養する牧場だ。昨今、その必要性があちこちで訴えられるようになっているが、馬主からの預託料しか収入を得る道がないため経営は難しい。

「その夢のサポートしたいななんて考えちゃったりしてて」

穴澤が照れくさそうに頭を搔いた。

「やっぱりもうやっちまったんじゃねえか」

「だからどうしてそういう下品な発想になるんですか」

「赤の他人の夢をサポートするなんて、普通考えねえだろう。あれだろ？　その瞳って子に岡惚れで、夢を実現するための金出してやってものにしようって魂胆だろ？」

穴澤が言葉に詰まった。図星を突かれたのだろう。

「ぼくは純粋に、養老牧場もありだろうなと思って……ほら、ウララペツだって、いつかは種牡馬を引退することになるわけでしょうが。そのときになってあたふたするより、受け入れてくれる養老牧場があれば安心じゃないですか。ウララペツの産駒だって受け入れられる」

「そりゃそうだ」

前島が穴澤の言葉をあっさり受け入れた。

「隊長もいいアイディアだと思わない？」

「うん。だけど、養老牧場って経営が大変なんでしょ？」

「だから、ぼくが株で儲けた金を投入するわけよ。利益出すとか、そういうことは考えない。じゃないと、養老牧場は難しい。今だって、養老牧場とか、引退馬の繋養引き受けてる牧場のほとんどは、引退馬協会とかその手の団体からの補助金でなんとかやってるってのが現状だから」

「じゃあ、日高に永住するのね。寂しくなるなあ」

葵は言った。

「北海道と東京は意外と近いよ。飛行機に乗っちゃえば一時間ちょっとだし」

「空港までが遠いんじゃない」

「ぼくはちょくちょく東京に来るつもりだし。ここの鮨も食べたいからさ。隊長たちも、ウララペツに会いに、もっと日高に来ればいいんだよ」

「そうだな。おれたち、ウララペツの馬主だもんな。牧場に預けてそれっきりってのも寂しいもんがある」

「でしょ？　どこにいようと、ぼくらがウララペツを種馬にして産駒を中央で走らせる会の主要メンバーであることに変わりはないんだし」

「なに、その会。初耳なんだけど？」

「堅いこと言わないで、さ、飲もう、飲もう。大将、腹がぺこぺこだよ。早くなにか出してよ」

「そっちがぺちゃくちゃ喋って止まらないから、出すタイミングを見計らってたんじゃねえか。ほい、お造りの盛り合わせだ」

うっとりするほどの艶を帯びた刺身が載った皿が目の前に置かれた。葵はまず、鯵を口に放り込み、〈澤の花〉を啜った。

「大将、口の中が天国」

大将が嬉しそうに破顔した。

＊＊＊

穴澤は荷物を詰め込んだ買い物袋を足もとに置くと、大きく息を吐き出した。ひとつは伊勢丹の買い物袋、もうひとつは羽田空港の買い物袋だ。どちらも、瞳という女性へのお土産らしい。

葵たちが入った喫茶店は、客の姿もまばらで、落ち着いた時間が流れていた。

「ずいぶんな量のお土産ね」

葵は笑いながら頬杖を突いた。日高に戻る穴澤を見送りに来たのだ。前島は仕事があって来られない。

「なにを買っていいかわからないから、これはと思うもの片っ端から買っちゃったよ」

穴澤は悪びれることなく答えた。

「瞳さんとうまくいくといいわね」

「向こうも悪い気はしてないと思うんだよね。そこんとこ、ぼく、疎《うと》いから確信は持てないんだけど」

「大丈夫よ。穴澤さんはまあまあの顔だし、お金持ちだし、馬が大好きだし。牧場の娘さんなら向こうから飛びついてくるわよ」

「まあまあの顔ってなんだよ」

「ごめん。嘘がつけない女で――」

葵は口を閉じた。ウェイトレスが注文を取りにきたのだ。ホットコーヒーをふたつ、頼んだ。

ウェイトレスが立ち去ると、穴澤が口を開いた。

「まあ、本当のことだからいいけどさ。それで、隊長はどうするの?」

「どうするって、なにを?」

「前島さんとのことだよ。決まってるだろ」

「前島さんとのことって言われても……」

「とぼけるなよ。隊長も前島さんも好き合ってるのバレバレなのに」

「バレバレ?」

「うん」

「ほんとに?」

「〈Kステイブル〉の常連たちも、いつ付き合い始めるんだろうって話してたよ」

〈空〉で鮨を堪能した翌日、穴澤は〈Kステイブル〉にも顔を出したのだ。葵は注文を捌くのにてんてこ舞いで、ろくに相手をしてやれなかった。穴澤は顔見知りの常連客のテーブルに混ざり、楽しそうに話していた。

「マジ？」

「マジ。数週間ぐらい前から、隊長と前島さんの間に流れる空気が変わったってみんな話してた」

「参ったなあ……」

葵は顔をしかめた。自分の気持ちは隠し通せているつもりでいたのだ。

「相手が前島さんなら、ぼくは祝福するよ」

穴澤が真面目な顔で言った。

「杉山君じゃなくてよかったぁ」

「なによそれ」

葵は噴き出した。

「よくわからないけど、隊長と前島さんなら、素直に祝福する気持ちになれるんだよね」

コーヒーが運ばれてきて、葵たちは口を閉じた。コーヒーに口をつけ、ウェイトレスが去っていくのを待つ。

「結婚式には呼んでよ。北海道から飛んでくるからさ」

「まだ付き合ってもいないのに、話が飛躍しすぎよ」

葵はまた苦笑した。

「ねえ、知ってる？　北海道の結婚式ってさ、会費制なんだよ。ご祝儀だといくら包むか悩んだりするじゃん。でも、会費制ならすっきり明朗会計」

「会計はおかしいでしょ」

「とにかく、合理的なんだ。お金持ちもそうじゃない人も、一律一万円とかね。そういうの、暮らしてみてはじめてわかったし、やっぱ、北海道っていいなあって思えてさ」

穴澤はコーヒーを啜った。

「にしても、穴澤さんが北海道で暮らすことになるなんて、想像もしてなかったな」

「ぼく自身がそうだもの。これも、ウララペッツのおかげかな。新婚旅行は北海道においでよ。日高で牧場巡りして、道東や道央、道北で観光旅行して。楽しいよ」

「だから、わたしたち、まだ付き合ってもいないの」

「付き合って、結婚するのさ。ウララペッツが取り持つ仲だよ。特別な絆で結ばれるに決まってる」

「ウララペッツに会いたいなあ」

「だいぶ白くなったよ、あいつ」

芦毛の馬は年を取るごとに白くなっていく傾向が強い。中には白毛馬と見紛《みまが》うような白さの芦毛もいる。

「そろそろ、搭乗ゲートに向かわなきゃ」

穴澤が腕時計を覗きこんだ。

「あれ？　時計変わった」

以前は金無垢の高級な機械時計を腕にはめていたのだが、今は黒い無機質な腕時計になっている。いかにもアウトドア仕様の腕時計だ。

「牧場仕事に金無垢の時計は似合わないからね」

葵と穴澤は腰を上げた。穴澤が会計を済ませ、店を出る。葵は手荷物検査場まで付き合った。

「それじゃ、みんなによろしく」

「うん。伝えておく」

「早く、ウララペッツに会いにおいでよ」

「そうする」

「隊長と前島さんはぼくの大恩人だから、熱烈大歓迎するよ」

穴澤は微笑みながら葵に手を振り、手荷物検査場へと進む列に加わった。葵は穴澤の姿が視界から消えるまで見送った。

14

インターホンのボタンを押し、名を告げる。スピーカーから亀山の声がした。

「いらっしゃいませ。門を入った左手に、カートが置いてあります。申し訳ありませんが、それに乗って玄関までお越しください。運転は簡単ですから。わたしは今、手が離せないのです」

「あ、はい」

門扉が開きはじめた。葵は敷地の中に入り、左手に視線を向ける。亀山の言ったとおり、カートが停まっていた。カートのハンドルには、ご丁寧に運転方法を記した手書きの紙が貼り付けられていた。スタートボタンを押すとエンジンがかかる。アクセルとブレーキ操作は普通の車と変わらない。

安全走行でカートを走らせる。

「確かに、カートがないとしんどいわよね、玄関まで辿り着くの……」

カートなら四、五分だが、徒歩なら優に十分はかかりそうだ。それぐらい広大な敷地だった。

ごく親しい友人を招いてちょっとした食事会をするから——飯田華から連絡があったのは三日前のことだった。

その日は店の営業があると告げたのだが、女王様は聞く耳を持たなかった。

必ず来るのよ。いいわね——そう言っただけで電話を切ったのだ。

無視しようかとも思ったが、飯田華は白山牧場への出資をしてくれていた。ウララペッツのためと自分に言い聞かせ、〈Kステイブル〉を臨時休業にして目白までやって来たのだ。

「そもそも、親しい友人を招くって、わたし、親しい友人?」

葵はぶつぶつ独り言を呟きながらカートを操作した。

玄関の脇にカート置き場があった。三台のカートが停まっている。葵は自分のカートを左端に停めた。

バックミラーで自分のいでたちを確認する。紺に白のストライプが入ったパンツスーツ。白いブラウスの上に、馬をかたどった赤いヘッドがついたネックレスが映える。

化粧は控えめにした。こちらはゲスト。主役はあくまで女王様なのだ。

呼び鈴を押そうとしたが、すぐに玄関が開いた。

「いらっしゃい。みんな、お待ちかねよ」

飯田華が満面の笑みで葵を迎え入れた。

「みんなって、だれが来てるんですか？」

「いいから、いいから。早く、早く」

飯田華に急かされ、慌ててスリッパに履き替えた。廊下を跳ぶように歩いていく飯田華の背中を追いかける。

「葵ちゃんが到着したわよ」

ダイニングに入ると飯田華が声を張り上げた。数人が拍手する音が聞こえてくる。

葵は一瞬遅れてダイニングに足を踏み入れ、息を飲んだ。鮨屋のようなガラスケースの並んだカウンターが設置され、その向こうに捻りハチマキ姿の〈空〉の大将がいる。その横にはエプロンを着けた愛衣の姿があった。エプロンの下はいつもと違ってカラフルなワンピースだった。

「大将……どういうこと？」

「今日は出張握り鮨〈空〉ってことよ」

大将が得意げに胸を張った。

「出張握り鮨って……」

「葵さん、話は後にして、とりあえず座って」

愛衣が言った。

「前島さんも待ちかねてるんだから」

「前島さん？」

「よお」

カウンターの左端に、前島が居心地悪そうに座っていた。手に握っているのはビールの入ったジョッキだ。

「葵さんもまずは生？」

「え、ええ」

愛衣に訊かれ、葵はとりあえずうなずいた。前島の右隣に腰を下ろす。

「どうなってるの？」

前島に訊いた。

「おれにもさっぱりだ。友達招いて食事会やるから絶対に来いって言われて来てみたら……」

「わたしも同じ」

「華さん、うちの常連なんですよ」

葵の前におしぼりを置きながら愛衣が言った。

「そうなの？」

「そうなのよ。驚いたわ」

飯田華が葵の隣に座った。

「こないだ久しぶりに行ったら、話のついでにあなたたちのことが出て。あら、あのふたりはわたしの競馬友達なのよって」

愛衣がカウンターの内側に移動していく。生ビールのサーバーがあり、ウイスキーやワインのボトルが並べられた棚もある。これだけ揃えるのにどれだけの金がかかったのだろう。

「それでね、どうせなら華さんの家で鮨でも握ろうかって話になってね」

大将が口を開いた。

「鮨ネタからシャリから、店でやるのとは勝手が違うんでどうかと思ったけど、やってみたらなんとかなるもんだな」

大将は話しながらリズミカルに包丁を動かしていく。

「でも、どうして出張鮨なんて……店に行けばすむことなのに」

「こういうの、楽しいじゃない」

飯田華が言った。

「前々からね、一度、虎ちゃんにわたしの家でお鮨握ってもらいたいなと思ってたの。そこにちょうど、あなたたちの話になったものだから」

愛衣が生ビールを運んできた。続いて、飯田華のワイングラスに白ワインを注いでいく。ボトルのラベルが目に入って、葵は溜息を押し殺した。名前だけは知っている、超高価なワインだ。

「後であなたも飲んでよくてよ」

葵の視線に気づいたのか、飯田華がワインの香りを嗅ぎながら言った。

「もちろん、いただきます」

ここで飲まなければ一生縁のないワインだ。飲まずにはいられない。

「わたしたちの話って、なにを話したんですか?」

葵は訊いた。

「その話はおいおいするわ。とりあえず、乾杯しましょ」

飯田華がグラスを掲げた。葵と前島もそれに倣う。

「競馬に乾杯」

飯田華が高らかに言った。

「競馬に乾杯」

葵と前島も声を揃える。〈Kステイブル〉でもよく耳にする乾杯の音頭だ。その言葉には競馬を愛する者たちの万感の想いが込められている。

「はいよ。お造りの盛り合わせ」

大将が威勢のいい声を出し、それぞれの前に皿を置いていく。

葵はビールを一気飲みした。

生ビールなど頼むのではなかった。大将の手になる刺身には、是非とも女王様ご愛飲の白ワインを合わせたい。

「鯨のはりはり鍋とかも用意してるから、ワインでも日本酒でもどんどんやっちゃって」

大将は楽しそうだった。

「鍋の下ごしらえは亀山がやっているのよ」

飯田華が言った。

「そうなんですか?」

だから、亀山は手が離せないのだ。

「普段、料理なんかしないから顔面蒼白になって野菜を切ってたわ。おかしいったらありゃしない」

「わたしも白ワインください」

葵は空になったジョッキを置いた。前島が脇腹を突いてきた。はしたない真似をするなとその顔は物語っていたが、無視を決め込む。

愛衣がグラスとワインのボトルを持ってきた。丁寧な手つきでワインを注いでいく。

「このワイン、凄いですよね」

愛衣が言った。

「名前はもちろん知ってるけど、実物を見たのは初めてです」

「わたしも」

葵は答えた。

「亡くなった主人がワインの蒐集《しゅうしゅう》に一時期凝っていたのよ。地下にワインセラーまで作ってね。わたしひとりじゃ飲みきれないぐらいのワインがあるから、みんな、遠慮しないで飲んでね」

「いつもこんなワイン飲んでるんですか？」

葵は訊いた。飯田華は肩をすくめた。

「ワインが飲みたくなったら亀山が勝手にワインセラーから持ってくるのよ。わたし、ワインは美味しければいいの。銘柄だとか葡萄の品種だとか、全然わからないわ」

葵は愛衣と目を合わせた。

「後で亀山さんに頼んでワインセラー覗いてきますね。ここじゃなきゃ飲めなそうなの、見繕ってきます」

「お願い」

葵はワインの注がれたグラスを回した。それだけで芳醇な香りが溢れ出てくる。グラスに鼻を近づけて香りを吸う。自然と笑みがこぼれてきて、葵はワインをひとくち啜った。

酸味と甘みの完璧なバランス。柑橘系のフルーツとバニラの味わい。こんなワインが存在していいのだろうか。

真鯛の昆布締めにほんの少しワサビをつけて口に放り込む。大将が仕事をしているのだ。醬油につけるなどという無粋な真似はできない。

昆布の旨味と真鯛の脂が口の中で渾然と広がっていく。そこに白ワインを一口。口の中に天国が生じた。

「大将、最高」

「全部飲まないで、おれと愛衣の分も残しておいてくれよ」

大将の言葉にうなずき、葵はイカの刺身に箸を伸ばす。

「おれも白ワイン」

隣で前島が声を上げた。飯田華のワインを飲むピッチも速い。この調子で行くと、今夜だけで目もくらむような金額のワインを飲み干すことになりそうだった。

＊＊＊

「だめ。もうお腹がパンパン。これ以上食べられない」

葵はだらしなく椅子の背もたれに体を預け、腹をさすった。

大将の出す料理や鮨がことごとく美味で、愛衣と亀山がワインセラーから運んでくるワインがこれまた美味で、ついついがっついてしまったのだ。普段の三倍は食べてしまったように思う。胃がはち切れそうだった。

「おれもう食えねえ」

前島が賛同の声を上げた。前島は葵以上に食べ、飲んでいた。目の焦点がときおりずれるのは相当酔っ払っている証だ。

「デザートもあるけど、どうする」

大将が言った。

「デザートは別腹です」

葵は即答した。

「おれは無理」

前島の呂律はかなり怪しくなっている。

「じゃあ、ちょっと一休みしたらコーヒーと一緒に出そう」

「虎ちゃんのフォンダンショコラ、絶品なのよ」

飯田華が我がことのように自慢げに言った。

「じゃあ、デザートの用意ができるまで歓談なさっててくださいね」

大将と愛衣はまた、忙しなく立ち働きはじめた。

「そういえば、華さん。食事がはじまる前に、〈空〉でわたしたちの話が出たなんて言ってましたけど、なんの話をしたんですか?」

葵はグラスに残っている白ワインをなめるように飲んだ。

「虎ちゃんと愛衣ちゃんが焦れったいって」

「焦れったい?」

葵は目を丸くした。

「そう。くっつくのか今のままなのか、煮え切らなくて焦れったいって言うのよ」

急に胸の辺りが熱くなって、葵は前島に顔を向けた。前島は頬杖をついて船を漕いでいる。

「それでね、わたしがキューピッドになってあげようかなって言ったら、ふたりが賛成してくれて。それで、今日の出張握り鮨になったのよ」

「ちょっと待ってください。キューピッドって、わたしたちは別になにも——」

「芳男君もだいぶお酒が弱くなってきたわね。そろそろ不惑かしら？」

葵はうなずいた。前島は兄と同い年だから、来年、不惑を迎える。

「急がないと、子どもが成人する前にお爺ちゃんになっちゃうわね。あなた、子どもは欲しくないの？」

「さあ、どうでしょうか。ほんとのところ言うと、深く考えたことないんです」

「わたしは子どもができなかったけど、家族のいない年寄りは寂しいわよ。わたしはその寂しさを紛らわすために馬に愛情を注いでるの。わたしが死んだら、飯田家の財産は引退馬協会と、わたしの馬を繋養してくれてる牧場に寄付するつもりなのよ」

「そうなんですか……」

「犬を飼ってたこともあるけど、あの子たちは早く逝っちゃうでしょ。その点、馬なら二十年、強い子なら三十年以上、愛し続けることができるもの」

「はあ……」

「あなたも急がないと、高齢出産になっちゃうわよ。とっとと芳男君と結婚して子どもを産みなさい」

「そんなこと言われても――」

飯田華がおもむろに腰を上げた。前島の後ろにまわる。

「前島芳男、起きなさい！」

飯田華は細いからだから発せられたとは思えない大きな声を前島に浴びせかけた。

「え、え？」

前島が反射的に目を開け、立ち上がる。状況が理解できていないようだった。

「前島芳男君、あなたは倉本葵さんを愛してますかっ？」

「は、はい」

「心の底から？」

「ちょ、ちょ、ちょっと、華さん、なんの真似ですか、これ」

前島がやっと我に返った。

「あなたの気持ちを確かめてるんじゃないの」

「いきなりは反則ですよ」

前島が顔をしかめる。

「そうですよ。べろんべろんに酔っ払ってる人間に気持ちを確かめようなんて、無茶です」

「馬鹿ね。酔ってるからこそ、本音を口に出せることもあるでしょう――芳男君」

「なんですか？」

「いつまでうだうだしてるつもり。こんなの芳男君らしくないでしょ」

「うだうだっていうか、なんていうか、葵は聡史の妹で、ずっと聡史の代わりってつもりで見守ってきて、それがいきなり兄妹じゃなくて男女の関係になりたいとか、それってやっぱ、あまりにも身勝手だと思うし――」

「それがうだうだだって言ってるの」

飯田華がぴしゃりと言った。前島は口を閉じた。

「六区の芳男の名前が泣くわよ」

飯田華の言葉に、前島の肩が震えはじめた。

葵はぽかんと口を開けたままふたりのやりとりを見守った。

これはなんなの？　なんなのこれは？

半分酔っ払った頭が眼前の出来事を処理できないでいる。

まるでB級映画の笑えないギャグシーンを見ているかのようだ。

「葵ちゃんのことが好きなの？　だったら、その気持ちをちゃんと彼女に伝えなさいな。それが男ってもんでしょ、前島芳男」

前島がロボットのようなぎごちない動きで葵の方に体を向けた。

「なに？」

「葵、おれはおまえに惚れてる」

胸が締めつけられる。同時に、どこか現実味のない展開に呆れる自分もいる。

これでは本当にどうしようもないB級映画ではないか。

「おれと結婚してくれ」

前島が片膝をついた。

「嘘でしょ。やめて」

葵は呟いた。前島が上着のポケットに手を入れた。

違う、違う、違う。わたしが夢見ていたのはこんなプロポーズじゃない。

後ずさろうとして、背中がだれかにぶつかった。大将と愛衣がいつの間にか真後ろに立っていた。

少し離れたところには亀山もいる。

三人とも、真剣な眼差しを葵と前島に向けていた。

前島がポケットから指輪の入ったケースを取り出した。

「酔っ払って覚えちゃいないって嘘をついた。ちゃんと覚えてる。あのときも、今も本気だ。葵、おれと結婚してくれ」

前島がケースを開いた。ダイヤをあしらった指輪が姿を現す。

葵は瞬きを繰り返した。

これが夢なら覚めて欲しい。

洒落たレストランでディナーを楽しみ、これまた洒落たバーに移動して美味しい酒を飲み、その後で、たとえば、東京タワーの足もとなどでおもむろに求婚され、指輪をはめて熱いキスをする。

若い頃に夢見ていたのはそんなプロポーズだ。

相手は泥酔しておらず、ギャラリーもいない。ふたりだけの世界で、ふたりの思いを確かめ合って、ふたりの未来を約束する。

それがプロポーズというものではないのか。

「葵さん、前島さんが返事待ってますよ」

後ろで愛衣が囁いた。

「そんなこと言われても……」

「もし断ったりしたら後悔すると思いますよ。それに、きっと前島さん、泣いちゃう」

葵は前島を見た。確かに、前島の瞳が潤んでいる。

こんなプロポーズ、前島だって本意ではないのだ。だが、乗りかかった船というかなんというか、引くに引けない状況になって、意を決したのだろう。

酔っているせいもある。間違いなくある。

それでも、前島の瞳の奥に見えるのは誠実な気持ちだ。

聡史がいなくなってから、いつもそばにいてくれたのは前島だ。店の開店準備を手伝ってくれたのも、接客に慣れない葵の代わりに注文を取り、料理を運び、本業が忙しいだろうに毎晩顔を出してくれたのも。

売り上げが伸び悩んだときは、一緒に代々木駅前でビラ配りをしたし、常連客の話では競馬場や場外馬券売場でそれとなく〈Kステイブル〉のPRをしてくれていたらしい。

悲しいときも苦しいときも辛いときも、そして嬉しいときも、必ず葵のそばには前島がいた。

前島が支えてくれたから、これまでやって来られたのだ。前島が背中を押してくれたから、ウララペツの馬主になれたのだ。

「はい」

葵は言った。

「なんだって？」

「はいって言ったの」

「お、お、おれと結婚してくれるのか？」

「何度も言わせないでよ。ただでさえ雰囲気ぶち壊しのプロポーズなのに」

「ほんとにおれと結婚してくれるのか、葵」

「するわよ。女に二言はないわ」

葵は言った。拍手が沸き起こる。

「格好いいわ、葵ちゃん」

飯田華が感極まったような声を出した。本気で感激しているらしい。

「前島さん、葵さん、おめでとうございます」

愛衣の目がきらきらと輝いている。

「こりゃ出張で鮨を握った甲斐があったってもんだな」

大将が笑っている。

「ほら、なにをぼうっとしているの」

飯田華に背中を押され、葵は前島に抱きついた。前島がそっと腕を回してくる。

懐かしい場所に戻ったような感覚を覚え、目頭が熱くなっていく。

＊＊＊

くぐもった唸り声で目が覚めた。頭が割れそうに痛み、絶え間なく吐き気が襲ってくる。おそるおそる体を起こし、目を開ける。

見知らぬ部屋に見知らぬベッド。隣にだれかが寝ていた跡があり、葵自身は下着にブラウスという格好だった。

唸り声が聞こえてくるのはどうやらトイレからのようで、声の主は前島のようだ。

両手で頭を押さえながら記憶を掘り起こす。前島からプロポーズされ、みんなに祝福された。すでにかなり飲んでいたにもかかわらず、飯田華がシャンパンのボトルを開け、それをみんなで飲んだ。

その辺りから記憶が曖昧になっていく。

大将自慢のフォンダンショコラは食べたはずだが味は覚えていない。一緒に出されたコーヒーにだれかがブランディーを注いだ。その後もなにかを飲まされたような気がする。

料理を終えた大将と愛衣も酒宴に加わってきた——と思う。

芳男君と葵ちゃんがわたしの家で初夜を迎えるのよ、興奮しちゃうわ——飯田華のはしゃぎ声が耳によみがえった。

そうだ。もう帰るという葵と前島を、飯田華が無理矢理引き留め、半ば強引に泊まっていけと勧めたのだ。

前島とふたり、だだっ広いゲストルームに放り込まれたのを思い出した。ベッドの上で抱き合い、キスをした。

その後のことはまったく記憶にない。

葵は自分の体を確かめた。ショーツもブラも身につけたままだし、行くところまで行ったという感覚もない。

きっと、キスをした後に気絶するように眠りについたのだ。

左手の薬指に、前島から贈られた指輪がはまっていた。プラチナの台座に小さなダイヤが収まっている。シンプルだが、凛とした佇まいの指輪だった。

トイレから嘔吐する音が聞こえてきた。それを聞くと、吐き気が強まった。

部屋を見渡す。二十畳ほどの部屋で、トイレとバスルームも併設されている。まるでホテルのスイートルームだ。

「前島さん、大丈夫？　わたしもトイレ使いたいんだけど」

声を発し、すぐに顔をしかめる。激しい頭痛と吐き気が同時に襲いかかってきた。

「悪い。もうすぐ出る」

前島の声はひび割れていた。酒と胃酸で喉が焼けたのだろう。

痛みと吐き気に身もだえしていると、トイレから前島が出てきた。ワイシャツと靴下姿だ。大笑いしたくなる格好だが、今はそれどころではなかった。葵は入れ違いにトイレに駆け込み、便器に向けて盛大に吐いた。

吐いても吐いても吐き気はおさまらず、吐くものがなくなってようやく一息つくことができた。

手と顔を洗ったあとで洗面台の蛇口から流れる水をがぶがぶと飲んだ。

また吐き気がぶり返し、飲んだばかりの水を便器に吐き戻した。

ドアがノックされた。

「開けて大丈夫か？」

前島の声がする。

「うん」

葵は答えた。下着にブラウスを羽織っただけの姿だが、いずれ結婚するのだ。見られて困るわけでもない。

ドアが開いた。

「これ飲め。少しましになる」

前島は手にしていたペットボトルを差し出してきた。スポーツドリンクだ。

「どうしたの、これ？」

「冷蔵庫に入ってた」

「冷蔵庫なんてあった、この部屋？」

「キッチンまであるぞ」

葵は肩をすくめ、ペットボトルの中身を飲んだ。甘い液体がアルコールにズタボロにされた内臓に染み渡っていく。確かに、効き目抜群だ。

「やだなあ。メイク落とさないで寝ちゃった」

トイレを出て、ベッドの端に腰掛ける。前島はソファにだらしなく腰掛けていた。ズボンは穿いている。さすがにあの姿ではいたたまれなかったのだろう。

「どうやってこの部屋に来てどうやって寝たのか、まるで記憶にない」

前島が言った。

「まさか、わたしにプロポーズしたことも覚えてないって言うんじゃないでしょうね？」

「それは覚えてるよ。忘れるわけねえじゃねえか」

「この前は覚えてないふりしてたくせに」

「それはゆるせ」

前島が頭を下げた。

「おまえとの関係がぎくしゃくするのが怖かったんだ。酔った勢いで求婚して、断られたなんて目も当てられないし」

「ゆるす」

葵は言った。

「ありがとう」

前島が苦笑した。

「わたしの方こそ、今まで本当にありがとう。そして、これからもよろしくお願いします」

葵は前島に向かって頭を下げた。

「でも、結婚する前に確認しておきたいことがあるの。わたし、結婚しても店はやめない」

「わかってる」

「子どもを産みたいのかどうかも今はわからない。だけど、老舗の和菓子店としては跡継ぎが欲しいのよね？」

「んなもん、おれの代で潰れたって構やしねえよ」

「でも、ご両親は――」

「あの店の社長はおれだ。引退した爺や婆には口出しさせねえって」

「本当にそれでいいの？」

「もしガキができてもよ、そのガキが和菓子屋なんか継ぎたくないって言ったらそれでおしまいじゃねえか。気にするな」

「店を続けたら、家に戻るのは明け方近くになるし、休みもなかなか取れないし、お客さんに色目使われるし」

「だれだ？」

前島の目の色が変わった。

「おれの知ってるやつか？　おまえにちょっかいかけてくるのか？」

「もしもの話よ」

「そ、そうか」

「とにかく、普通の主婦がすることやる時間がない。それでもいいの？」

「いい」

前島は即答した。

「お互い、真面目に仕事に取り組んで、時間のあるときに一緒に競馬を楽しめたらそれでいい」

「共通の趣味があるんだから、いい夫婦になれそうね。式は挙げたいけど、披露宴はいらない。新婚旅行は――」

「日高だろう？」

前島がにやりと笑った。

「穴澤のやつ、向こうに家を建てるってよ。家ができたら遊びに来いって言ってるから、その頃を狙って日高に行こう。ウララペッツにも会いたいしな」

「うん」

葵はペットボトルに口をつけ、ベッドから降りた。ソファの前島の上に倒れ込む。

「昨日はなにもなかったよね？」

「ああ。お互いにべろんべろんでそんな余裕はなかった」

「女王様の家で結ばれるのって、なんか嫌」

「落ち着かないよな」

「今夜、わたしの部屋に来る？　この二日酔いじゃ店には出られそうにないから、お休みにする」

「昨日も休んだじゃないか」

「前島さんとふたりきりでいたいの」

「そ、そうか？」

前島の頬に朱が差した。照れているのだ。

葵は前島の顔を両手で挟み、キスをした。唇を離すと、抱きつく。

「大好き」

「初めて会ったときから、嫁にするならおまえだと心に決めてた。知らなかっただろう？」

「初めて会ったときって、わたし、まだ中学生じゃない。やだ。前島さん、ロリコン？」

「その時はおれは大学一年だ。ロリコンもくそもねえだろう」

「そういえばそうね」

葵は前島の胸に頬を押しつけて笑った。

「笑うなよ。つられて笑っちまうじゃないか。まだ二日酔いが残ってるんだぞ」

前島の言うとおりだった。笑っているうちに吐き気がぶり返してくる。

「ちょっとトイレ」

葵は体を起こした。

「待てよ、おれも行きたいんだ」

「レディ・ファーストでしょ」

葵はトイレに駆け込み、便器に覆い被さった。

15

北海道で一番気分のいい時期といったら、やはり五月ではないだろうか。そこかしこにまだ冬の気配が残っているが、日差しは穏やかで、空は溜息が出るほど青い。春の花々が風に揺られ、放牧地の芝の色がどんどん濃くなっていく。

前島の運転するレンタカーが日高道を降りて国道を目指している。海岸線を走る道の左手には小高い山や丘、そして牧場が点在し、日高に入ったのだということを実感させる。

「もうすぐウララペッツに会えるのね」

葵は言った。

「ああ。白山牧場まで、あと二十分ってとこかな」

前島が答えた。白山牧場には、今日、ウララペッツを見に行くと伝えてある。ウララペッツは放牧地で葵たちを待っているはずだ。

「穴澤と杉山も白山牧場で待ってるってよ」

「穴澤さんの彼女も？」

「さあ、そこまではわからねえよ」

「どんな女の子かしらね？」

「会えばわかるさ」

「なによ、その答え。つまらない男ね」

「しょうがねえだろう。想像もつかないんだからよ」

前島が苦笑した。ステアリングを握る左手の薬指には馬蹄をあしらった金の指輪がはまっている。エンゲージリングとして葵が贈ったものだ。

籍を入れるのは九月を予定している。秋のＧＩシーズンがはじまる前にすべきことをすませてしまおうというのが葵と前島の共通認識だった。

ふたりで暮らす新居も、前島の仕事場がある浅草と、〈Ｋステイブル〉のある代々木の中間あたりで探しはじめている。

前島は毎週金曜日、葵の部屋に泊まっていくようになった。ふたりでいちゃつきながら競馬の予想をし、馬券を仕込んで浅草に戻っていくのだ。

車が新冠町に入った。サラブレッド銀座と呼ばれる牧場の居並ぶ通りを無視して直進すると、やがて狭い市街地エリアに入っていく。道の駅を右手に見ながら直進し、新ひだか町との町境の手前を左に折れ、坂を登ったところに白山牧場はあった。

太平洋を見下ろす、丘の上の牧場だ。敷地を入った奥に、二軒の民家が並んで建っている。車が数台停まっており、そのうちの一台は真新しいアウディの四駆だった。

「きっと、あれが穴澤さんの車ね」

葵はアウディを指さした。

「だな」

前島はうなずき、アウディの隣にレンタカーを停めた。すぐに家の中から人が出てきた。穴澤に杉山、それともうふたり。杉山と同じ年配の男と、二十代と思しき女性だ。背は低いがプロポーションがよく、笑顔の似合う女性だった。

「遠いところをお疲れ様です」

杉山と同年配の男が口を開いた。

「長井です。初めまして」

白山牧場の場長である長井努だ。

「どうも。倉本です。こちらは前島さん。本当はもっと早くにご挨拶にうかがうべきだったのに、すみません」

葵は長井が差し出してきた手を握った。前島もそれに倣う。

「おふたりのことは達也や穴澤さんから散々聞かされてるから、初めて会った気がしませんよ。あ、こっちが妹の瞳です」

長井が女性を紹介した。葵は瞳とも握手をする。

「早速ですけど、ウララペッツに会いたいです」

葵は長井に告げた。

「こっちです」

長井はわかっていると言わんばかりの笑みを浮かべ、葵たちを放牧地の方に誘った。

「元気そうね」

葵は穴澤と肩を並べた。

「日焼けしちゃって、別人みたい」

以前はいかにも都会で株のトレーダーをやっているという蒼白くて細面だった穴澤が、日焼けした逞しい男に変貌していた。

「野外作業が多いからね、牧場の仕事は。冬だって、雪に反射した日光で焼けちゃうんだ。最初は日焼け止めをまめに塗ってたりしたんだけど、真冬は冷たくてたまらないからやめちゃったよ」

「可愛い女性じゃない」

葵は唐突に話題を変えた。

「え、え？　あ、瞳ちゃん？」

穴澤がしどろもどろになる。

「もう付き合ってるの？」

「やめてくれよ、そうやってからかうの」

「ええええ、まだ告白してないの？」

「こういうことは、ほら、時間をかけて――」

「信じられない。わたしのときは、速攻で告白してきたくせに」

「隊長は都会の女じゃないか。彼女はそういうのとは違うんだよ」

「そういうのって、どういうのよ?」

「それぐらいにしてやれよ」

前島が割って入ってきた。

「ほら、ウララペッツが見えるぞ」

前島が指さす方角には、だだっ広い放牧地があった。真っ白な芦毛の馬が、放牧地の真ん中で草を食んでいる。

「うわあ、白くなったわねえ」

葵は嬌声を上げ、放牧地に向かって駆けた。

「元気にしてた、ウララペッツ?」

放牧地を囲う牧柵に手をつき、ウララペッツに声をかける。ウララペッツはちらりと視線を上げただけで、牧草を食み続けた。

「白くなったねえ。白毛馬みたいじゃない」

葵は意に介さず語りかけ続けた。

「楽しくやってる? 種付けは上手にできた?」

ウララペッツが顔を上げた。口の中の牧草を咀嚼しながら葵の方にゆっくり歩いてくる。

葵は振り返った。長井が上着のポケットからニンジンを取り出していた。

「食べさせてやってください」

「ありがとうございます」

葵は受け取ったニンジンを、牧柵から頭を突き出してきたウララペッツの口元に持っていった。バリボリと音を立ててウララペッツがニンジンを貪《むさぼ》る。

葵はウララペッツの鼻面を撫でた。ウララペッツが目を細めた。気持ちがいいらしい。掌の上のニンジンがなくなっても、葵はウララペッツを撫で続けた。

「前島さん、嫉妬しちゃいません？」

背後で杉山が話しはじめる。

「葵さんとウララペッツ、相思相愛の男女みたいじゃないですか」

「馬に関してはなんでもゆるす」

前島が答えた。

「種付けは順調だったんですよね」

「はい。ちょっと気合いが入りすぎるところはありますけど」

葵はウララペッツの顔に自分の頬を寄せた。ウララペッツは嫌がる素振りも見せず、ただ、じっとしている。

ウララペッツの体温が頬を通じて伝わってくる。温かく力強い。ウララペッツの体内で生命力が漲《みなぎ》っている。

「相変わらずハンサムだね、おまえは」

顔をウララペッツから離し、目を覗きこむ。漆黒の大きな瞳が葵を見返す。ずっと見つめていると吸い込まれてしまいそうだった。

「葵、明日も会いに来られるんだ。今日はそれぐらいにしておけよ」

前島に促されて、葵は後ろ髪を引かれながらウララペッから離れた。

今日はウララペッの仔を宿している牝馬たちにも会いに行かなければならないのだ。

三月にリナホーンが無事出産したという報せが届いた。芦毛の牡馬で母子共々順調らしい。前島と穴澤が持つ牝馬三頭も、今月出産の予定だ。明日は、リナホーンと仔馬に会いに行く予定だった。

リナホーンの仔が無事に成長していけば、半年後には離乳、同世代の仲間たちとの共同生活を経て育成牧場に移動し、競走馬として走るための馴致育成に入る。二歳になればトレセンの調教師の元に送られて、二歳から三歳の間にデビューすることになる。中央でデビューできるかどうかはまだ未知数だが、早ければ二年後には、ウララペッの血を引く馬がターフを走る姿が見られるのだ。

楽しみに思う気持ちと、不安が葵の心の中で行ったり来たりする。

日高の牧場の人たちは、デビューするだけでもたいしたものだとよく口にする。それだけ、流産や不慮の事故などでデビュー前に亡くなる仔馬は多いのだ。

無事に育ったとしても、能力が足りなければデビューはできないし、中央で走ることのできる馬は一握りだ。

ウララペッの産駒を中央の勝ち馬にする。

口で言うのは簡単だが、その夢を実現するのはとても難しい。

だが、その険しい道のりに、葵たちはあえて足を踏み入れたのだ。

「また来るね、ウララペッ」

葵はウララペッに手を振った。もうニンジンはもらえないと悟ったのか、ウララペッは放牧地の真ん中まで歩いて戻り、再び草を食みはじめた。

「健康で幸せそう。ウララペツの面倒を見てくださって、本当にありがとうございます」

葵は長井に頭を下げた。

「いやあ、こちらこそ、マックイーンの産駒預からせてもらって光栄です。そうそう、うちのドリームジャーニーの娘、見ていきます？」

葵はうなずいた。長井も白山牧場で繋養している繁殖牝馬にウララペツの種を付けたのだ。ドリームジャーニーの産駒だ。無事、生まれれば、その仔馬はメジロマックイーンの濃いクロスを持つことになる。

ドリームジャーニーの父はステイゴールド。

日本の競馬を変えたと言われるサンデーサイレンスの産駒だ。ドリームジャーニーはグランプリと呼ばれる宝塚記念と有馬記念を勝ち、二歳時には朝日杯フューチュリティステークスというＧＩを勝った名馬だ。その全弟でもあるオルフェーヴルは言わずとしれた三冠馬。日本競馬界の悲願とも言われているフランスのＧＩレース、凱旋門賞で最も勝利に近づいた。

二頭の母はオリエンタルアート。メジロマックイーンの娘だ。

そしてステイゴールドの産駒にはもう一頭、化け物的な強さを誇り、多くのファンに愛されているゴールドシップもいる。

ＧＩを複数回勝つ馬が三頭も現れたということで、ステイゴールドとメジロマックイーンの血はニックス——黄金配合と呼ばれ、多くの生産者たちが競うようにマックイーンの娘にステイゴールドの種を付けた。

ステイゴールドがいなければ、マックイーンの血統は滅びの道を辿っていたのではないか。多くの競馬関係者及びファンがそう考えている。

今度は、そのステイゴールドの血を持つ牝馬にマックイーンの血を引くウララペッツの種を付けたのだ。

「競馬はロマンですよね」

長井が嬉しそうに笑った。

「ほんと、競馬はロマンですね」

葵も微笑んだ。

＊＊＊

「嘘」

車が坂を登り切ると穴澤の新居が見えてきて、葵は思わず呟いた。

家は丘の上に建っており、牧場と新冠の街並み、そして、太平洋を見下ろしている。

家の周りは芝生が生える牧草地で、太平洋に面した南側は全面ガラス張り。モダンなデザインの外観は牧草地の風景にマッチして、まるで外国にいるかのようだ。

建坪は七十坪ほどだろうか。周りになにもないぶん、もっと広く見える。

「どう？　いい家でしょ」

車から降りると、穴澤が自慢げに言った。

「よくこんな場所見つけたわね」

「たまたま牧場を畳むっていう人に紹介されて、牧場ごと買い取ったんだよ」

穴澤は長井瞳にちらりと視線を走らせた。

「ほら、彼女の夢は養老牧場をやることだって言ったでしょ?」

穴澤は声を低めた。

「その最初の布石としてここを買ったんだよ」

「まだ付き合ってもいないのに馬鹿みたい」

葵は言った。

「そういう言い方ないじゃないか、隊長」

「だって、本当のことでしょ」

「相変わらず厳しいなあ、隊長は」

穴澤が肩を落とした。

「とりあえず、中に入ろう。ここの唯一の欠点は風が始終吹きつけてくることなんだ。夏は快適みたいだけど、五月じゃまだ寒いよ」

穴澤に促され、葵と前島は玄関に向かった。今夜はこの新居に杉山や長井兄妹を招き、酒宴を催すことになっている。

家の中は新築の木の匂いが充満していた。家具からなにからすべてが真新しく、穴澤の新たな旅立ちに相応しい家に思えた。

ひととおり家の中を案内してもらってから、前島と共にゲストルームで一息ついた。

「素敵な家ね」

葵は荷ほどきをしながら前島に声をかけた。

「ああ。北海道ならではだよな。見ろよ、この景色」

前島が窓辺に立った。ゲストルームの窓も大きく作られており、牧草地と太平洋が見渡せる絶景が広がっていた。

「うちの和菓子屋、日高に支店作っておれが支店長になろうかな」

「やめてよ。わたしはお店があるから別居婚になるじゃない」

「〈Kステイブル〉も日高に移転すればいいんだ」

「そそられる話だけど、無理よ」

前島が肩をすくめた。絶景と馬に囲まれた暮らしというのは確かに憧れる。だが、たまに訪れるからこそそう思うのだ。牧場のひとたちの苦労は並大抵のものではない。馬に対する愛情があるから、その苦労を厭わないというだけのことなのだ。

リビングに戻った。二十畳ほどの広さで、薪ストーブが焚《た》かれていた。

「朝晩はまだストーブが必要なんだよ。さ、適当に座って」

穴澤がキッチンに向かい、缶ビールを持ってくる。

「今日は潰れても全然かまわないんだから、飲んで、飲んで。しこたま飲んで」

葵と前島は缶ビールを受け取り、プルトップを開けた。すでに他のみんなはなにかを飲んでいる。

「穴澤さんの新居に乾杯！」

葵は缶ビールを掲げた。穴澤が舌を鳴らしながら、顔の前で人差し指を振る。

「違う、違う。ウララペツの種馬としての前途を祝してだろ」

「そうね」

葵は舌を出した。

「ウララペッツの種牡馬としての前途を祝して、乾杯」

「乾杯！」

その場にいる全員が唱和し、酒宴がはじまった。

「食べ物はもうすぐ〈蝦夷屋〉の大将が持ってきてくれるから」

杉山が歓声を上げげた。葵はビールを飲みながら微笑んだ。

気分がいい。とてもいい。やっぱり、北海道は最高だ。

＊＊＊

「もうお腹いっぱい」

葵は床に寝転がった。〈蝦夷屋〉の大将が作ってくれたお造りの盛り合わせに焼き魚、野菜の煮物、ポテトサラダに、こちらではザンギと呼ばれる鳥の唐揚げ。食べきれないほどの食事に、穴澤秘蔵の白ワイン、赤ワインが次から次へと栓を抜かれ、お腹はパンパンだし、肝臓も悲鳴を上げている。

スマホで時間を確認すると、まだ午後八時だった。

「よく食うな、おまえは」

前島が葵を見下ろし、呆れたというように顔をしかめた。

「だって、こんなに美味しい物を目の前に並べられたら我慢できないわよ」

「せっかくのダイエットが台無しだ」

ウェディングドレスを着るためにと、ここ二ヶ月ほどダイエットに精を出してきた。確かに、その努力も水の泡だ。

「あれ、長井君、もう帰っちゃうの？」

穴澤が素っ頓狂な声を上げた。相当酔っている。

「うん。明日の朝も早くから仕事があるからね。ご馳走様」

長井が腰を上げた。

「瞳ちゃんも帰っちゃうの？」

穴澤は今にも泣き出しそうな顔つきだった。

「うん。わたしも仕事があるし」

長井は飲んでいたが、瞳はノンアルコール飲料を口にしただけだ。瞳が車を運転するのだろう。

「じゃあ、おれも帰るわ。瞳ちゃん、送ってくれる？」

杉山が立ち上がった。瞳がうなずく。

「もうちょっといいじゃない。もう少しいてよ」

穴澤は瞳のことしか見ていなかった。

「馬が可哀想でしょ」

瞳は幼児を窘める母親のような口調で言った。

「穴澤さんがこんなに酔うの、初めて見たな」

「普段は飲まないの？」

意外な言葉に、葵は体を起こした。

「当たり前じゃないか。ぼくは牧夫だぞ。牧場の朝は早いのだ。酒なんか飲んでる場合じゃない。今日は特別」

穴澤が真顔で言った。喋れば喋るほど呂律が怪しくなっていく。

「せっかく隊長と前島さんが来てるんだからさ、もうちょっと居ようよぉ」

「穴澤、しつこいぞ、おまえ」

前島が口を挟んだ。

「だって、久しぶりに会うんだよ。それに、ウララペッは白山牧場で繋養してるんだから、馬主ともっと親交を深めないと――」

「馬が待ってるんだよ」

前島が語気を強めた。穴澤が見る間に萎れていく。

「葵さん、前島さん、お先に失礼します。また明日」

瞳が明るい声を放ってライトダウンを羽織った。外はかなり気温が下がっているようだ。

萎れたままの穴澤をリビングに残し、葵は前島と連れだって三人を見送りに出た。太平洋から吹きつけてくる風に身震いがする。酔いも一気に醒めてしまいそうだった。

家の裏手の森で、野生動物が蠢《うごめ》く気配がする。エゾシカだろう。風が孕んでいるのは潮の香りと植物や野生動物の香りだ。自分が住んでいる東京と、同じ国だとは思えない。

「葵さん、見て、見て。今夜は飛びきり綺麗」

瞳が人差し指を空に向けた。葵は空を見上げ、溜息を漏らした。

真っ黒な空に、満天の星。天の河までくっきりと見える。夜でもネオンが瞬く東京では決して見ることのできない無数の星々が煌めいている。今にも星屑が降り注いできそうだ。

「冬はもっと凄いんですよ。星が多すぎて怖いぐらい」

瞳が言った。

空気が澄み、人工の明かりが少ないからこその星空だ。

「あ、流れ星」

杉山が叫んだ。東の方で、尾を引く星が移動していた。葵は咄嗟に手を組み、流れ星に願いを託した。

――ウララペツが種牡馬として成功しますように。ウララペツの産駒が中央で勝利を収められますように。

目を開くと、流れ星はもう消えていた。

「冷えますから、もう戻ってください」

杉山が車に乗り込みながら言った。

「気をつけて運転してね」

葵は瞳に声をかけ、家の中に駆け戻った。体がすっかり冷えている。

「なにやってんだよ、おまえ」

先に家に戻っていた前島の声が響いた。リビングに向かうと、穴澤がウイスキーのボトルに口をつけて飲んでいた。

「瞳ちゃんが帰っちゃった」

前島がボトルを取り上げると、穴澤がかすれた声を出した。

「まったく、ガキじゃねえんだからよ」

「だって、今夜はもっと一緒に居られると思ってたのに」

「穴澤さん、もしかして、デートに誘ったこともないの?」

「そんなことしたら、都会の男はちゃらちゃらしてるって思われるかもしれないじゃないか」

「呆れた」

葵は腰に両手を当て、穴澤を見下ろした。

「わたしのときはあんなに積極的だったのに」

「瞳ちゃんは隊長みたいにすれてないんだ」

「どういう意味よ、それ」

「田舎育ちの純朴な子なんだよ。都会の垢にまみれた隊長とは違うの。見ればわかるだろう」

「ムカつく」

葵は前島に目を向けた。前島は笑っている。

「ぐずぐずしてたって事は進まないぞ、穴澤。当たって砕けろだろうが」

前島が言った。

「どの口が言ってるのよ」

葵は思わず口を開いた。ぐずぐずしていたのは前島ではないか。

「おれは玉砕覚悟で思いをぶつけて葵を手に入れたぞ」

前島は声を張り上げた。葵の言葉をなかったことにしたいのだ。

「ちょっと——」

葵は文句を言おうとしたが、穴澤がそれを遮った。

「ですよね！」

耳を覆いたくなるような大声だった。

「思い切って告白して、隊長とだっていいとこまで行ったんだ。前島さんさえいなければきっと
――」

穴澤が前島を睨んだ。

「なんだ、おい。雲行きが怪しくなってきたな」

前島はまだ笑っている。穴澤を焚きつけて面白がっているのだ。

「まあ、隊長のことは仕方ないですけど……」

穴澤が肩を落とした。

「彼女だって、おまえが告白してくるの待ってるかもしれないぞ。どうだ、葵。女としての感触は？」

「どうかなあ」

葵は首を捻った。

「痛っ」

前島に脇腹を小突かれた。

「あ、そうね、そうね。いい感じなんじゃないかなあ。瞳ちゃんも満更でもなさそうよ」

慌てて付け加える。

「ほんと？」

穴澤が顔を上げた。

「ほんとほんと。もっと自信持った方がいいよ、穴澤さん。お金持ちってだけで、他の男よりポイント高いんだから」

「金とぼくの人格は関係ない！」

穴澤が叫ぶように言った。葵は口を閉じた。どうやらやぶへびになってしまったらしい。隣で前島が顔をしかめている。

「隊長が満更でもなさそうだったのは、ぼくの金が目当てだったのか……」

「そうじゃないわよ。全然そうじゃない。わたしは穴澤さんの馬に対する思いが素敵だなと思って――」

「とって付けたような言い方しなくてもいいよ。どうせぼくなんか、金がなけりゃなんの魅力もない男なんだ」

穴澤は床に倒れ込み、葵たちに背を向けた。

「どうすんだよ。いじけちまったじゃないか」

前島が小声で言った。

「あなたがわたしに振るからでしょう。気の利いたこと言えるタイプじゃないんだから、わたし」

「しょうがねえな」

前島は頭を搔いた。

「おい、穴澤。わかってんだろ。葵の言いたかったことは、ただでさえいい男なのに金もあるんだから鬼に金棒ってことだ」

返事はなかった。

「いい加減、拗ねるのはやめろよ。いくら酔ってるとはいえ、いい大人がみっともねえぞ」

鼾が聞こえた。葵と前島は顔を見合わせた。

「マジ？」

「マジみてえだな」

そっと穴澤の様子をうかがう。穴澤は横向きで体を丸めた姿勢で眠りに落ちていた。

前島が穴澤を揺すった。

「おい、穴澤。こんなとこで寝たら風邪引くぞ」

前島が穴澤を揺すった。しかし、起きる気配は微塵もない。

「だめだな、こりゃ。すっかりできあがって寝落ちしてる」

前島が首を振った。

「毛布と枕、探してくるわ」

ストーブの中の薪はまだ燃えていたが、一晩中燃やしておくわけにもいかない。

葵は自分たちに用意してもらったゲストルームに向かった。収納の中に寝具があるかもしれない。

だが、ゲストルームにある収納は洋簞笥がひと棹《さお》だけだった。

階下に降りる。

「わたしたちの部屋には毛布も枕の予備もないわ」

「じゃあ、こいつの寝室だな」

前島が穴澤の寝室に向かった。ひととおり案内してもらっているので部屋の配置は頭の中に入っている。

「ちょっと、人の家勝手に歩き回るのはマズくない」

「しかたねえだろう。風邪を引かせるわけにもいかねえし」

「じゃあ、わたしは後片付けしておくね」

葵はテーブルに残った皿やグラス、食べ残しをキッチンに運んだ。日持ちしそうな料理は一皿ずつラップでくるみ、冷蔵庫に押し込む。レストランでも十分にまかなえそうな大きなアメリカ製の冷蔵庫だから、スペースはたっぷりとあった。

パントリーで町指定のゴミ袋を見つけ、分別してゴミを捨てる。洗い物をすませてリビングに戻ると、前島がソファに座って窓の外を見つめていた。穴澤は枕をあてがわれ、毛布を掛けられている。鼾は収まっていたが、やはり起きる気配はなかった。

「いい家だな」

「うん。最高ね。ここからなら、他の牧場のとねっこたちが放牧地で戯《たわむ》れてる姿も見えるんじゃない」

「おれたちも日高に越すか」

前島が言った。

「だから、店があるから無理だって――」

「今すぐじゃない。年食って、もう仕事はいいかって気持ちになったら、こっちに移ってきて、馬を愛でながら老後を送る。悪くないと思わないか。まあ、冬はきついだろうけどよ」

「そうね。それなら考えてもいいかも」

葵は答えた。先のことなど考えてもわからないし、考えるだけ意味がない。最近はそう思える。

その日、その日を精一杯生きて、あるとき、別の道に進みたくなったら進んでいけばいいのだ。

「来いよ」

前島が手招きしている。

「ちょっと恥ずかしい」

葵は言った。

「穴澤なら核戦争がはじまったって起きねえから大丈夫だって」

「核戦争って、その喩え方おかしくない？」

葵は首を振りながら、前島の隣に腰を下ろした。肩に腕が回される。葵は前島の腰に自分の腕を回し、胸に顔を押しつけた。

「ウラペッツの産駒が子どもを産んで、その子がまた子どもを産んで……おれたちが年取ったら、こういうところでウララペッツ一族の面倒見るってのも悪い話じゃねえなあって、さっき思ったんだ」

「でもさ、自分でも言ってたけど、冬、大変だよ。五月でこの寒さなんだから」

「慣れりゃ、なんとかなるんじゃねえかな。こいつが一冬越したんだぞ」

前島は床で眠りこけている穴澤を一瞥した。

「そうね。穴澤さんがやれるなら、わたしたちもやれるかな」

本格的な冬がやって来る前、葵は前島と賭けをした。

冬の北海道で穴澤が踏ん張れるか、それとも心が折れて逃げ帰ってくるか。

葵は踏ん張る方に、前島は尻尾を巻く方に賭けた。こちらに来る飛行機に乗る前に、その賭け金は倍になって戻ってきた。

「明日、ウララペツの子どもに会えるのね。楽しみだわ」

「ああ。立派に育ってくれよ」

前島は窓の向こうに見える星に向かって呟いた。

＊＊＊

仔馬は母馬のそばで草を食んでいた。父親に似た芦毛の馬体はまだ華奢で頼りない。四肢などはすぐに折れてしまいそうな細さだ。

それでも母馬が動くと懸命にその後を追う。

「ぽーぽーぽーぽー」

佐々田牧場の経営者である佐々田和臣が声を出して馬を呼んだ。

理由はわからないが、牧場の人たちは馬を呼ぶときにそういう声を出すのだ。

声に気づいた母馬が柵に向かってくる。仔馬も後をついてくる。

「バネのあるいい体つきをしてます。中長距離向きといったところかな」

佐々田が言った。

「母子共に無事の出産でほっとしましたよ」

「ありがとうございます」

葵は頭を下げた。

「このまま順調に育ってくれるといいんだけどね」

佐々田は牧柵の上から顔を突き出してきた母馬——リナホーンの鼻面を撫でた。仔馬はリナホーンの背後でじっとこちらの様子を伺っている。初めて見る人間を警戒している。

「大丈夫だよ。おいで」

葵は優しい声を出した。

「ほら、ママを見てごらん。平気でしょ？」

仔馬がおそるおそる近づいてくる。葵はまず、手の匂いを嗅がせた。仔馬の警戒心が緩むのを待ってゆっくりと手を動かし、鼻面を撫でる。仔馬が手に顔を押しつけてきた。

「可愛い」

頬が緩む。葵は顔を寄せ、仔馬にキスをした。

「丈夫に育つのよ。わたしがなんとしてでも中央でデビューさせてあげるから」

「気が早いな」

前島が笑った。

「夢は大きくよ。ウララペッツの産駒すべてを中央でデビューさせるぐらいのこと思ってやらなきゃ」

「それもそうだな」

葵は仔馬を撫でながら目を閉じた。この馬が中央競馬のターフの上を走る姿が脳裏に浮かぶ。白い馬体を弾ませてターフを走る姿に、葵たちはもちろん、多くのファンが声援を送っている。

メジロマックイーンが好きだったオールドファン、ヘロド系の血統が絶えることを憂える血統好きのファン、白毛や芦毛の馬になぜか惹かれてしまう女性ファン、穴党の競馬ファン。

多くのファンの思いを乗せて、ウララペッツの仔はターフを走るのだ。

重賞やＧⅠで好走するというのは望みすぎだ。自分でもわかっている。ウララペッツの戦績を見れば、中央でデビューし、ひとつでも勝てればたいしたものなのだ。

「なに泣いてるんだよ」

前島に言われて、葵は自分が涙ぐんでいることに気づいた。

「なんだか感激しちゃって。競馬場でウララペッツに出会って、マックイーンの産駒だとか、ヘロド系だとかなんにも知らなくて、ウララペッツを生かすために馬主になろうって決めて、いろいろあって、こうやってウララペッツの血を引く仔馬が生まれてきたんだよ。これって凄くない？」

「隊長の思いが強かったからだよ」

穴澤がかすれた声で言った。重度の二日酔いで顔が青ざめている。

「家で寝ててもよかったのに。ゾンビみたいな顔色だよ」

「隊長がウララペッツの仔と初対面する記念すべき日に寝てなんかいられないよ——ちょっと失礼」

穴澤は口を押さえ、厩舎の裏手の方に駆けていった。

「吐くところ考えろよ」

遠ざかっていく背中に前島が声をかける。

「まったく……。本物の馬鹿だけど、あいつがいなきゃ、ウララペッツ産駒を中央で走らせることもできねえからな」

葵はうなずいた。前島や葵の経済力では地方競馬の馬主資格を取るのがやっとなのだ。今年生まれたウララペッツ産駒は基本は穴澤が馬主となる予定だ。見所のありそうな馬を、中央競馬に登録する。

「まあ、でも、あいつの言うとおりだ。おまえのウララペツに対する思いが強かったから、競馬の神様が手を差し伸べてくれたのさ」

「なんでもいい。この子が無事にデビューしてくれて、いつか、わたしたち以外の生産者がウララペツの種を付けたいって言ってきてくれたら、それで十分」

車が近づいてくる音がして、葵は口を閉じた。埃まみれの軽トラがこちらに向かってくる。開け放たれた運転席の窓から見える横顔は長井のそれだった。助手席には瞳が乗っている。

「来たか」

前島が呟いた。

「来たって、なに？」

「穴澤の家を出る前に電話をかけて来てくれって頼んでおいたんだ」

葵は首を傾げた。長井兄妹に特に用事があるわけではない。

「なにそれ？」

「まあ、任せておけって」

前島は意味不明な言葉を口にして、軽トラに腕を振った。軽トラは佐々田牧場の入口で停まる。長井兄妹が歩いて放牧地に向かってきた。

「昨日はお疲れ様でした」

瞳が言った。

「調子に乗って食べ過ぎちゃって、まだお腹がぱんぱん」

「わたしもよ」

「穴澤さん、大丈夫ですか？　昨日はべろんべろんだったけど」

「二日酔いでゾンビみたいになってる。今、向こうで吐いてるところよ」

葵は厩舎の方に目を向けた。

「大変」

瞳が駆けだした。

「大丈夫ですか？」

見えない穴澤に声をかけながら厩舎の裏手に回っていく。

葵は溜息を漏らした。

「好きな女の子に二日酔いでゲロしてるとこ見られるのってきついわね」

「そうか？」

前島が首を傾げた。

「瞳ちゃん、穴澤のこと心配してるじゃないか。脈ありってやつだ。昔からそうだけど、おまえ、女のくせに女心に疎いよな」

「そんなことないと思うけど」

葵は頰を膨らませた。

「瞳、穴澤さんに気があると思いますよ」

長井が口を開いた。

「昨日も帰りの車の中でしっかり後ろ髪引かれてましたから。穴澤さん、お酒飲むとあれだけど、もともと東京の人だから垢抜けてるし、優しいし。けっこうモテるんですよ」

「金払いいいですしね」

「静内のカラオケパブとか行ったら、バイトのホステスさんとか群がってきますから。まあ、

「そんなとこ行くんだ」

「田舎に住んでると、楽しみ少ないですから」

長井が肩をすくめた。

「来たぞ」

前島が言った。瞳に背中をさすられながら、穴澤が覚束ない足取りで戻って来る。

「葵、穴澤とふたりで話したいんで、ちょっと瞳ちゃんの気を逸らしてくれよ」

「え？　わたしが？」

「そうだ。おまえがだ」

前島は戻ってきた穴澤の肩を抱き、葵たちから離れていった。

「だいぶ吐いてた？」

葵は瞳に話しかけた。

「胃が空っぽなのに吐き気が収まらなくて辛そうでした」

「飲み過ぎなのよね」

「なんだか、お酒の場にわたしがいると飲み過ぎちゃうみたいなんですよね。なんでだろ？」

瞳が前島と穴澤の方に目を向けた。

「瞳ちゃん、彼氏いるの？」

葵は訊いた。

「いません。離婚してからは、男の人はちょっとって感じで」

「でも、ずっといらないってわけじゃないんでしょ？」

「それはまあそうですけど……ここら辺りじゃ、新しい出会いっていうのもなかなかないし」

「それはそうよね」

葵はうなずいた。東京にいたって、ある程度の年齢を超えると新しい出会いなどそうあるものではない。ましてや田舎暮らしとなれば、難しさは倍増するだろう。

「でも、穴澤さんとは新しい出会いなんじゃないの？」

葵が言うと、瞳の頬がうっすらと赤くなった。なるほど、これは脈ありだ。

「でも、穴澤さんは東京の人だし、お金持ちだし、女の人なんか掃いて捨てるほどいるだろうし、わたしなんて……」

瞳が俯いた。お互い好意を抱いているのに、遠慮したり、不安に駆られたり。まるで高校生の恋愛ではないか。

なんだか馬鹿馬鹿しくなって、葵はリナホーンとその息子に目を向けた。動物の親子はいい。余計な夾雑物はなく、純粋に母と子の愛が溢れている。

「ひ、瞳ちゃん！」

突然、穴澤の声が響き渡った。穴澤の後ろで前島がにやついている。

「ぼくと付き合ってください」

突然というか、唐突すぎる告白だった。前島が強引に背中を押したのだろう。

「え？」

瞳が目を白黒させる。佐々田が予想もしていなかった展開に口をぽかんと開けていた。

「将来、瞳ちゃんと養老牧場をやりたいと思ってる。け、け、結婚を前提としたお付き合いをしてくれませんかっ」

「あ、あの、わたし――」

「はいでしょ、はい」

葵は瞳を一喝した。

「は、はい。わたしでよかったら、是非」

一気にまくし立ててから、瞳は手で顔を覆った。

「ほら、おれの言ったとおりだろうが」

前島の声が響く。

「おまえら見てると、苛々してしょうがなかったんだよ」

「ほんとにいいの？」

穴澤は前島を無視して瞳に歩み寄った。

「はい、お願いします」

瞳は顔を覆ったまま言った。

「隊長――」

穴澤が葵を見る。さっきまで死にそうな顔をしていたのと同じ人間とはとても思えない。顔一杯に喜色が広がっている。

「瞳ちゃんがぼくと付き合ってくれるって」

「うん、聞いてたよ。よかったわね」

葵は素っ気なく応じた。

「結婚を前提としたお付き合いだよ」

「聞いてたってば」

「隊長に振られてよかった。じゃなきゃ、瞳ちゃんと出会えてないもんね」

いちいち癪に障る。葵は穴澤をひと睨みして、瞳に顔を向けた。

「困ったおじさんだけど、よろしくね、瞳ちゃん」

「こちらこそ、よろしくお願いします」

瞳が頭を下げる。この女性なら、安心して穴澤を任せることができそうだ。

そう考えて、葵は頭を捻った。どうして、穴澤の母親のような気持ちになっているのだろう。

突然、リナホーンがいななないた。そのまま放牧地の奥に向かって駆けていく。その後を仔馬が追った。

空の青と草の緑のコントラストの中で駆け回る馬の親子は、まるで穴澤と瞳、そしてふたりが作る養老牧場の未来を祝福しているかのようだった。

16

額に汗が浮かび、心臓が早鐘を打つ。もう秋もずいぶん深まっているというのに、上着を脱ぎたくてたまらない。

暑いのだ。

緊張しているせいだというのはわかっている。わかっていても、止まらない。

葵はバッグからハンカチを取り出して額の汗を拭った。

府中競馬場は競馬ファンでごった返している。おそらく、十万人を超すファンが詰めかけているはずだ。今日は第十一レースでジャパンカップが行われる。ほとんどのファンの目当てはそれだ。

だが、葵たちは違った。例年なら、金曜辺りからジャパンカップの予想に熱が入り、当日は〈Kステイブル〉も昼過ぎから開店して、常連客が集まって酒を飲みながらレースを見るのが普通だ。

今年は違う。

第五レースの新馬戦で、ウララペッツとリナホーンの仔であるウラリナがデビューするのだ。

この一週間、よく眠れず、食べ物も喉を通らなかった。極度の緊張がピークを迎えようとしている。

「死人みたいな顔してるぞ」

前島に背中をどやされた。

「デビューするのはウラリナなんだ。おまえがそんなに緊張してどうする」

「だって、ウララペッツの最初の仔だよ。その仔が中央でデビューするんだよ。緊張するなっていう方が無理よ」

葵は唇を尖らせた。朝から何度リップを塗っただろう。緊張のせいで唇もかさかさに乾いていた。

「五レースに変な名前の馬がいるぞ。ウラリナだってよ」

どこかで素っ頓狂な声が上がり、笑い声が続いた。

葵は顔が強張るのを感じた。ウラリナという名前を笑うというのはゆるせない。

「だから言ったじゃないか。もうちょっとまともな名前付けろって」

前島が言った。

「だって、ウララペッツのウラとリナホーンのリナだよ。いい名前じゃない」

そんなことはちっとも思っていなかった。ホクトレーシングの厚意で馬名を決めさせてもらえたのだ。冠名も付けなくてもいいと言ってくれた。ああでもない、こうでもないと頭を悩ませ、しかし、これだという馬名が思い浮かばず、馬名申請の締め切りが容赦なくやってきて、泣く泣く、ウラリナという名前で登録したのだ。

ウラリナ、お願いだからわたしを恨まないで——デビューに向けて美浦《みほ》のトレセンに入厩したウラリナに会いに行ったときに、本人には謝った。

前島のスマホに着信があった。前島は葵に背を向けて電話に出る。その口調で相手が穴澤だということがわかった。

今日は、穴澤と一緒に馬主席に来ているのだ。葵も前島も、この日のために誂《あつら》えたスーツで競馬場までやって来た。

「パドックに来いってよ」

電話を終えた前島が言った。

「だめだよ。パドック周回するウラリナ見たら、心臓が破裂しちゃう」

「おまえの心臓はそんなにヤワじゃねえ。行くぞ」

前島に手を取られ、引っ張られる。前島は人混みを掻き分けて強引に進んでいった。

生まれてからの十ヶ月を、佐々田牧場で過ごしたウラリナはその後、杉山の育成牧場に預けられ、競走馬になるための馴致《じゅんち》育成を施された。

会いに行くたびに精悍さを増す若駒は、成長するにつれてどんどん父親に似ていった。横顔などはウララペツにそっくりだった。

馬主であるホクトレーシングクラブが出資を募ると、出資希望者がぽつぽつと現れ、半年ほどで満口になった。ウララペツの、メジロマックイーンのラストクロップというプロフィールが競馬ファンの心をくすぐったのだろう。出資希望者がいなければ、借金をしてでも自分で全額出資しようと思っていたが、その心配は杞憂だったのだ。

人を背中に乗せることに慣れ、調教もこなせるようになると、葵に前島と穴澤、それにホクトレーシングクラブの責任者である滝本《たきもと》と話し合いを持った。

ウラリナの調教タイムは上々で、これなら中央でデビューさせることも可能だというのが滝本の考えだった。葵たちは諸手を挙げて賛同した。まさか、最初の一頭目から中央でデビューさせることができるなんて、夢のようだった。

調教師はホクトレーシングクラブの馬を管理することの多い、美浦の花岡《はなおか》調教師に決まった。中堅どころの調教師で、GⅠにはまだ手が届いていないが、重賞勝ちはいくつも収めている。

ウラリナは五月に一度花岡厩舎に入厩し、夏のデビューを目指して調教を施されたが、もう少し馬体の成長が欲しいということで杉山の牧場に戻され、そこで夏を過ごした。

秋になって美浦に戻ってきたウラリナの馬体は一回り大きくなり、他の馬と比べても遜色のない体躯を誇るようになっていた。

花岡調教師の管理の下、二ヶ月間調教を施され、ついにデビューの日を迎えたのだ。

「やっぱりさ、府中なんかじゃなくて、福島とか小倉とか、ローカル開催でデビューさせた方がよかったんじゃないかな」

前島に腕を引っ張られて歩きながら、葵は言った。

「なんだ、おまえ、まさか、デビュー勝ちなんて夢見てるんじゃないだろうな」

前島が振り返った。

「そこまでは言わないけど、ジャパンカップの日に府中でデビューなんて、一緒に走る馬、良血馬ばかりじゃない」

「しょうがねえだろう。今のうちに一度使っておきたいって、花岡先生が決めたんだからよ」

「来週まで待ってもよかったんじゃない？　来週からは中山開催だし、まだ府中よりはそっちの方が――」

「どこでデビューしたって一緒だ。だったら、府中でデビューの方が華々しくていいじゃねえか。もう決まったことをいつまでもぐだぐだ言うな」

前島の顔が険しくなった。

「はい」

葵はうなずき、口を閉じた。

デビューの日程のことは何度も花岡調教師と話し合った。どうせなら強い馬たちに揉まれた方がいいということで府中でのデビューになったし、葵も納得した。

それでも、いざデビューの日となると気持ちが落ち着かないのだ。

ウラリナが箸にも棒にもかからなかったらどうしよう。ウララペッツの種牡馬としての評判に傷がつくのではないか。それよりなにより、素質馬たちの後塵を拝して、ウラリナの心が傷ついたりはしないだろうか。

心配の種は次から次へと芽を出して、葵の心にさざ波を立てるのだ。

馬主専用のパドックエリアに降りていくと、ホクトレーシングの滝本と調教師の花岡が話し込んでいた。

「ああ、前島さん」

滝本が葵たちに気づき、口を開く。結婚して姓が前島になってしばらく経つが、いまだにそう呼ばれることに違和感を覚えてしまう。前島は法律がゆるすなら夫婦別姓でも構わないと言ってくれた。いつになったら法律が変わるのだろう。

「花岡先生、今日はよろしくお願いします」

前島が花岡に頭を下げた。

「過剰な期待はしないでくださいと、今、滝本さんに話していたところです」

花岡が言った。

「調教の時計で言っても、一桁着順で入線してくれたら御の字というところですから。競馬を使いつつよくなっていく血統です。勝負は三戦目辺りからですかね。今日はとにかく競馬に参加して、無事にゴールすることが目標です」

現実は厳しい。なんとか中央でデビューするところまでは漕ぎ着けたものの、一緒に走る馬たちはセリで高値で取引された馬や、社台グループ系のクラブ馬ばかりだ。

それでも、ウララペツの初めての仔が中央でデビューするという意義は大きい。

「先生、本当に本当に本当にウラリナのこと、よろしくお願いします」

葵は花岡に縋るような視線を向けた。

「できる限りのことはします。安心して任せてください」

花岡は笑っているが、内心はうんざりしているのかもしれない。会うたびに同じことをお願いしているからだ。

「そろそろ、周回がはじまりますよ。ウララペツの初めての仔の中央デビューです。しっかりと目に焼き付けてください」

滝本が言った。

「はい」

葵は子どものような声で答え、パドックに目を向けた。第五レースに出走する馬たちのパドック周回がはじまるのだ。すぐに一枠一番の馬が姿を現した。

ウラリナは五枠九番。

心臓が筋肉と皮膚を突き破ってしまいそうなほど高鳴っている。何度も生唾を飲み込み、パドックにウラリナが現れるのを待った。

「来たぞ」

前島が言った。ウラリナがパドックに姿を現した。初めてのパドックに戸惑い、盛んに首を振っている。

「あのウラリナって馬、ウララペッ産駒ってことだけど、おまえ、知ってるか？」

パドックのどこかから声が流れてきた。

「ウララペッ？　聞いたことねえな。マジ、どこの馬の骨だよ」

笑い声が続く。

葵は唇を噛んだ。前島の手が肩に置かれた。

「気にするな。中央しかやらないやつなら、ウララペッを知らないのも当たり前だ」

「うん」

前島の言うとおりだ。ウララペッはデビューこそ中央だったが成績はふるわず、地方に転入してからの戦績もぱっとしたものではない。

「おい、待てよ。ウララペッってマックイーンの産駒だぞ」

さっきの声がまた流れてきた。

「マックイーン？　嘘だろ」

「マジだよ、マジ。それも、マックイーンのラストクロップみたいだぞ」

「ほんとだ。すげー」

スマホで検索をかけたのだろう。男たちの声からは、先ほどまでの揶揄の響きが消えていた。

「こんな戦績の馬、よく種馬にしようと思ったな」

「馬鹿、マックイーンのラストクロップだからだろ。馬主がさ、マックイーンの血を残したいと思ったんだよ。確か、マックイーンってバイアリーターク系だしな。メジロマックイーンっていう名馬の血ってだけじゃなく、滅び行く血統をなんとか残したいっていう思いじゃないか。こりゃ、応援しないわけにはいかないぞ。複勝だけでも買うか」

「おまえ、マジで言ってんの？」

「マジだよ。マックイーンのラストクロップの仔だぞ。バイアリーターク の血を引く馬だぞ。ロマンじゃないか。競馬はロマンだ」

声が遠ざかっていく。きっと、ウラリナの複勝馬券を買うために券売機の方に向かったのだ。

「わかってるやつもいるな」

前島が言った。

「うん」

葵はまた、子どものようにうなずいた。ウラリナがこちらに向かってくる。引き綱を持つのは厩務員と調教助手のふたりだ。二人引きと呼ばれるもので、従順な馬なら厩務員がひとりで引く。

ウラリナは気難しい面のある馬だ。なにもかもが初めてのことだらけのデビュー戦で万一のことがあってはいけないと、花岡調教師が二人引きでパドックを周回させると決めたのだ。

「落ち着いて、ウラリナ」

葵は小さな声で言った。馬のそばで大声を出すのは厳禁だ。

「大丈夫よ。落ち着いて走ればいいの。なんにも怖いことはないから」

「まるで母親みたいだな」

前島が笑った。

「だって――」

葵は唇を尖らせた。

「だって、ウラリナは隊長の子どもみたいなもんだからね」

穴澤が葵の隣に立った。

「ちょっとテンション高すぎだなあ。返し馬で落ち着いてくれるといいんだけど」

返し馬というのは、レース直前の馬の準備運動のことだ。パドックから本馬場に出て引き綱を外されて、騎手の指示に従って馬場を走る。テンションが高すぎる馬はここで暴走することもあるので、返し馬を見るまでは馬券は買わないというファンも多い。

「いい馬っぷりじゃないの」

背後で甲高い声がした。振り返ると、飯田華がいた。鍔《つば》の大きな帽子を被り、黒地にオレンジをあしらったワンピースを着ている。黒とオレンジは飯田華の勝負服の色だ。

「いらしてたんですか?」

葵は訊いた。

「馬主席で探したけど、見かけなかったから」

「さっき着いたところなの。自分の馬が走るんじゃないかぎり、午前中は競馬場には来ないわ。今日はウラリナのデビューだから特別」

飯田華はシャネルのハンドバッグから馬券を取りだした。

ウラリナの単勝と複勝、それぞれ一万円を買っている。

「そんなに買ったんですか」

前島が言った。声が裏返っている。

「ご祝儀よ、ご祝儀」

飯田華は微笑みながら、パドックを周回するウラリナに目を向けた。

「初戦向きって感じじゃなさそうね。繊細な馬ね。だけど、大きなお尻。そのうち走るわよ。なんてったって、メジロマックイーンの孫なんですものね」

「そう思います？」

嬉しくって顔が綻《ほころ》んでいく。

「これでも馬を見る目はあるのよ。伊達に馬主歴が長いわけじゃないんだから」

「ありがとうございます」

葵は頭を下げた。飯田華の言葉が嬉しくてたまらない。

「でも、過剰な期待は禁物よ。一勝でもしてくれたら御の字。そういう気持ちじゃないと馬主は続けられないわ」

「肝に銘じます」

待機していた騎手たちがパドックに出てきた。それぞれの馬に跨がっていく。

ウラリナに跨がるのは中堅騎手の渡辺太一《わたなべたいち》。五枠の黄色帽に、白と黒の縦縞ラインの勝負服を身にまとっている。ホクトレーシングクラブの勝負服だ。中央競馬では、馬主がそれぞれの勝負服を申請し、持ち馬に乗る騎手にその勝負服を着せることになっている。

ウラリナと渡辺はパドックから地下馬道を通って本馬場に向かい、返し馬を行うのだ。

「どうする？　馬主席に戻るか？」

前島が訊いてきた。葵は首を振った。

「近くでウラリナの走るところを見たい」

「だよな。じゃあ、ゴール前は混み合ってるだろうから、一コーナー辺りで観戦するか」

「うん」

今日はジャパンカップ目当ての競馬ファンで府中競馬場は混み合っている。絶好の観戦スポットは立錐の余地もないほどの人で溢れているはずだ。

「ぼくも一緒に行くよ」穴澤が言った。「ぼくら三人でウララペッツの仔を見守らないとね」

前島と穴澤に挟まれて、葵はパドックを離れた。人混みを掻き分けながら一コーナー方向へ歩いていく。

一コーナーの周辺には芝生が敷き詰められており、混雑していないときは芝の上に座って競馬観戦を楽しむこともできる。だが、今日は一コーナー周辺にも大勢の人がいた。

「これじゃ、よく見えないな。やっぱり、馬主席に戻るか」

前島の言葉に、葵は首を振った。

「ここがいい。ウラリナの走る足音を聞きたいの」

「だけど、人だらけでちゃんと見えないぞ」

「それでもいい」

「まったく……」

前島が首を振った。

「隊長は言い出したら聞かないからな」

穴澤が笑う。

馬の走る音が聞こえてきた。第五レースに出走する馬たちの返し馬がはじまったのだ。発走が近づいているということもあり、観客が続々と集まってくる。

「これ、下手したら人の後頭部しかみえないよ」

穴澤は顔をしかめている。

「しょうがねえな。ちょっとこれ持ってくれよ、穴澤」

前島が上着を脱ぎ、穴澤に渡した。

「いいけど、なにするつもりなのさ？」

前島はそれには答えず、しゃがみ込んだ。

「来いよ、葵。肩車してやる。そうすりゃ見えんだろ」

「いやだ。そんなの恥ずかしい」

「なに言ってんだよ。ウラリナのデビュー戦、目に焼き付けるんだろう」

「でも……」

「そうだよ、恥ずかしがってる場合かよ。ウララペツの初めての仔が中央でデビューする晴れ舞台だぞ。見てやんなきゃ」

穴澤が言った。

葵は周囲に視線を走らせた。無数の観客の目は、ほぼ、馬場に向けられている。こちらに注意を向ける者は皆無だ。

「ええい、これ持ってて」

葵はハンドバッグを穴澤に押しつけた。前島の肩に跨がる。パンツスーツにして本当によかった。

「しっかり摑まってろよ」

前島がゆっくり立ち上がる。葵はバランスを崩さぬよう、細心の注意を払った。少しずつ視界が高くなり、やがて前方を埋め尽くす観客の向こうに緑のターフが見えてきた。

返し馬を終えた各馬がゲート裏に集まっている。もうすぐファンファーレが鳴って、ゲート入りがはじまるのだ。

ウラリナは他馬から離れたところにぽつんと立っていた。パドックで見せた気の昂ぶりは収まったようで、落ち着いた様子だ。

「頑張れ、ウラリナ！」

葵は叫んだ。観客の一部が振り返る。しかし、もう他人のことは気にならなくなっていた。目に入るのはウラリナだけだ。

ウララペッツによく似た芦毛の貴公子。

スターターがスタート台に立ち、赤い旗を振った。ファンファーレが響き渡る。奇数番の馬たちがゲートに入り始めた。

「ゲート入りがはじまった」

葵は前島と穴澤に告げた。

「ファンファーレが鳴ったんだから、それぐらいわかるよ」

穴澤が言った。

「もうすぐ、ウラリナがゲートに入る」

喉から心臓が飛び出そうだった。

着順なんてどうでもいいから、無事にゴールして、お願い——葵は祈った。

ウラリナは駄々をこねることもなく、素直にゲートに入っていく。

ウララペッツもゲート入りはスムーズだった。ウラリナは間違いなくウララペッツの仔だ。ウララペッツの遺伝子とリナホーンの遺伝子が混ざり合い、新たな可能性を内包してウラリナが生まれた。

飯田華の言ったとおり、一勝でもしてくれれば御の字だ。セリで何億もの高値で買い取られても一勝もできずに競走馬生活を終える馬は無数にいる。

ウラリナは最初の第一歩なのだ。ウララペッツの種牡馬としてのセカンドキャリアのはじまり。

ウララペッツ産駒の成績がふるわなくたってかまわない。自分の力の及ぶ限り、ウララペッツに種付けをさせ、その子どもたちを競馬場でデビューさせるのだ。

へこたれることなく前に進み続けていれば、いつか、祖父のメジロマックイーンに匹敵する名馬が生まれるかもしれない。そうなれば、メジロマックイーンの、ひいては滅び行くバイアリータークの血が細々とでも繋がっていくかもしれない。

大外枠の馬が最後にゲートに入った。

葵は固唾《かたず》を呑んでその時を待った。

ゲートが開く。

ウラリナは他の馬たちと一緒にターフを駆けだした。

「行け、ウラリナ！　頑張れ!!」

葵は腹の底から絶叫した。

装画　おがわじゅり
装丁　征矢武
初出「オール讀物」二〇二二年三・四月号～二〇二三年五月号

馳星周（はせ・せいしゅう）
一九六五年、北海道生まれ。横浜市立大学卒業。出版社勤務、書評家などを経て、九六年『不夜城』で小説家デビュー。同作で吉川英治文学新人賞、日本冒険小説協会大賞を受賞。九八年『鎮魂歌　不夜城Ⅱ』で日本推理作家協会賞、九九年『漂流街』で大藪春彦賞、二〇二〇年『少年と犬』で直木賞受賞。主な著書に『生誕祭』『復活祭』『アンタッチャブル』『比ぶ者なき』『暗手』『雨降る森の犬』『黄金旅程』など多数。

ロスト・イン・ザ・ターフ

二〇二三年十月三十日　第一刷発行

著　者　馳《はせ》 星周《せいしゅう》
発行者　花田朋子
発行所　株式会社 文藝春秋
〒一〇二―八〇〇八
東京都千代田区紀尾井町三―二三
電話　〇三―三二六五―一二一一
印刷所　TOPPAN
製本所　加藤製本
組　版　萩原印刷

ISBN978-4-16-391764-1